KB202001

한국 웹소설의 서사세계

한국 웹소설의 서사세계

박지희 저

책머리에

이 책은 한국 웹소설의 서사공간과 그 안에서 행위하는 등장인물들의 관계를 살펴보고 이를 통해 전체적인 서사가 가지는 의미를 궁구함으로써 한국 웹소설의 서사세계를 조망하고자 했다. 가장 먼저 서론에서는 한국 웹소설이 2010년대 태동한 새로운 서사콘텐츠로서 기존 문학의 자장 안에 포섭되지 않은 여러 지점이 있음을 발견하고 이에 대한 타당한 연구 방법이 무엇일지에 대해 고민하였다. 특히 한국 웹소설의 '현대판타지' 장르는 '현대물'과 '판타지'라는 두 장르의 이종교배 장르답게 각각의 장르가 지닌 특성을 함께 지니고 있다. '현대물'이라 함은 '현대'가 가진 실제의 시공간을 모방하고 재현하는 이야기다. 거기에 '판타지'라는 기이와 경이 사이의 세계가 섞인 '현대판타지' 장르의 서사세계는 환상과 실재를 넘나드는 다양한 세계관을 지니고 있다 할 수 있다. 리얼리티와 환상성이 혼재된 '현대판타지' 장르는 두 가지 성질의 상상력이 중첩되는 바 새로운 연구방법이 필요하다고 판단해 이 책에서는 가능세계이론을 주요 방법론으로 채택하여 서술하였다. 이 중 텍스트를 통한 새로운 세계 창조와 그 관계 양상을 살펴본 마리-로르 라이언(Marie-Laure Ryan)의 서사이론이 한국 웹소설의 '현대판타지' 장르를 심도 깊이 조망하는 데 유용할 것으로 판단하여 분석작들을 대상으로 해당 이론을 적용해 톺아보았다. 이어서 제2장에서는 공간 속에서 벌어지는 행위의 플롯을, 제3장에서는 등장인물의 행마(行馬)를 자세히 들여다보았고, 제4장에서는 제2장과 제3장의 행마와 플롯 분석을 통해 텍스트가 가지는 궁극적인 서사의미를 사유해 보았다.

한국 현대판타지 웹소설의 여정은 등장인물 중심으로 이루어져 있으며 그중에서도 주인공의 여정에 초점이 맞추어져 있다. 주인공은 보통 영웅으로 간주될 만하며 이들 영웅이 모험을 벌이는 서사가 한국 현대판타지 웹소설의 주요한 특징이기도 하다. 영웅 서사는 인간의 근원적인 욕망을 건드리는 원초적 서사로서 이러한 영웅 모티프는 일찍이 할리우드에서 실험·적용된 바 있으나 스마트폰에 설치된 애플리케이션을 통해 소비되는 웹소설은 유독 길이에 민감하고 단시간에 강한 자극을 이끌어야만 하는 장르이므로 한국 웹소설의 영웅 여정은 재구성될 필요가 있었다. 이 논문은 크리스토퍼 보글러(Christopher Vogler)의 3막 12장으로 구성된 영웅 여정을 웹소설에 걸맞게 3막 10장으로 단축해 웹소설에 맞는 서사세계를 구성해보고자 했다.

영웅의 여정을 자세히 살펴보기 위한 방편으로 2장에서는 가능세계에서의 서사공간을 고찰했다. 한국 현대판타지 웹소설의 공간을 '회빙환'이 일어나기 전과 후로 나누고 '회빙환'이 일어나는 세계를 양립 불가능한 서사공간으로, '회빙환' 이후의 인생역전 공간을 양립 가능한 서사공간으로 상정해 구체적 텍스트를 통한 분석을 진행했다. 3장에서는 실제 인간(actual person)과 가능한 인간(possible person)이 똑같은 존재론적 위상을 가진다는 전제하에 허구세계에서 등장인물이 움직이는 양상을 소원, 의도, 지식, 의무의 네 가지 패턴으로 나누어 분석함으로써 등장인물간에 벌어지는 이야기 행위를 통한 텍스트 속 인물들의 욕망을 추적해보는 작업이었다. 그리고 그 세부 유형은 조지프 캠벨(Joseph Campbell)과 크리스토퍼 보글러가 제시한 인물 원형을 따랐다. 4장에서는 이러한 인물과 공간 분석을 바탕으로 한국 현대판타지 웹소설의 서사가 가진 의미를 고찰했다. 이를 통해 한국 현대판타지 웹소설이 우리가 발을 딛으며 살고 있는 실제세계(AW)의 텍스트적 대안세계(TAPW)로 작동하는 거울임을 증명하고 더 나아가 한국 웹소설이 당대의 대중문화 콘텐츠로서의 역할을 톡톡히 하고 있다는 것을 확인할 수 있었다.

이 책은 향후 한국 웹소설을 분석하는 데 있어 유효한 기준을 제시할 뿐만 아니라 등장인물의 고유한 캐릭터성으로 서사를 이끌어가는 여러 서사콘텐츠에 적용 가능한 바로미터로 활용되는 데 단초를 제공하고자 한다.

목차

제1장

서론

1. 연구사 검토

이 글은 한국 웹소설의 서사세계를 조망하고 그 서사적 의미를 궁구하는 데 목표를 둔다. 지금까지 진행된 인문사회학 분야 웹소설 연구는 크게 다섯 갈래로 나눠볼 수 있다. 첫째는 웹소설을 기존 장르소설의 연장선상에서 볼 것인지 아니면 새로운 디지털 콘텐츠로서 접근해야 할 것인지에 대한 논쟁이었다. 이는 주로 웹소설 연구 초반에 이루어졌으며 새롭게 등장한 웹소설이 무엇인가에 대한 궁금증과 고민이 그 출발점이었다. 둘째는, 웹소설을 웹을 기반으로 한 서사창작물로 보고 그 서사구조와 특징 등을 살펴보는 작업이었다. 셋째는, 웹소설이 판매를 위한 상업 콘텐츠인 만큼 이를 소비하는 주체, 즉 독자의 주체성이 중요하다는 관점 아래 수용미학적 측면에서 독자 연구를 진행하거나 빅데이터 방식을 통해 웹소설 키워드를 분석한 경우이다. 넷째는, 웹소설을 연재하는 웹 플랫폼의 기능과 역할에 대한 고찰이다. 이는 출간이 아닌 연재를 목적으로 하는 웹소설의 고유한 특성을 나타내는 연구이자 웹 플랫폼이 상업 콘텐츠인 웹소설의 서사와 긴밀한 관계가 있다는 것을 말해주는 지표이다. 다섯째는, 기존의 종이책 위주의 창작론에서 벗어나 웹소설만이 가진 작법을 분석하고자 하는 시도였다. 시중에 유통되는 현업 작가들이 쓴 작법서를 분석하거나 디지털 매체에 맞는 글쓰기에 대한 의견을 개진하기도 했다. 이 마지막 창작방법에 관한 연구는 최근 들어 개진된 논의들로서 아직은 흥행 작가들이 작업한 창작 작법서들에 대한 일괄적인 점검 수준에 머물러 있다.

이 글에서는 주안점을 두고 있는 두 번째와 세 번째 논의를 확장해서 웹소설의 서사세계 전체를 해부하는 작업을 진행하고자 한다. 즉, 웹소설은 웹이라는 매체에 기반을 둔 서사창작물이지만 기존의 근대 서사와는 다른, 금세기 들어 탄생한 새로운 방식의 서사콘텐츠라는 데서 시작한다. 그러므로 웹소설의 서사를 바라보는 관점이나 방법론 또한 새로워져야 하며 웹소설의 서사세계를 구성하는 주체는 텍스트로만 국한되는 게 아니라 텍스트를 생산하는 창작자, 이를 소비하는 독자, 이를 유통하고 서비스하는 플랫폼 등으로 다양한 정체성을 가진 행위자가 유기적인 관계에 놓여 있다는 것을 주목하고자 한다. 그럼으로써 웹소설을 이루는 서사세계를 포괄적으로 바라보는 시각을 마련하고자 한다.

본격적으로 논의하기에 앞서, 먼저 인문사회학 분야에 제출된 그동안의 논문 양상은 다음과 같다. 웹소설 역사 십여 년 동안, 석사학위논문은 40여 편, 박사학위논문은 3편이 제출되었고, 2014년 이후 제출된 학술논문은 약 100여 편에 이른다. 박사학위논문의 경우 3편 중 두 편은 신문방송학과의 연구물[1]이고, 한 편은 융합콘텐츠학과에서 나왔다. 이 중 웹소

1 학술연구정보서비스(RISS)에 따르면 학위논문 208편, 학술논문 275편이 검색되나 이 중 인문사회학 분야로 한정하고, 웹소설 자체에 대한 논의를 중점적으로 한 논문만 보면 위와 같은 수치가 나온다(검색일: 2023. 3. 12). 특히 박사학위논문의 경우, 사회학 분야 학위가 2편, 인문학 분야가 1편이었다. 사회학 분야 논문은 모두 원광대학교 신문방송학과 학위논문으로 웹소설 이용자의 이용동기와 만족도가 미치는 영향을 고찰한 것이었다. 2021년에 나온 첫 번째 박사학위논문은 중국 웹소설을 분석(향진, 2021, 『중국 웹소설 이용자의 이용동기가 만족도에 미치는 영향에 관

설 자체에 대해 본격적으로 논의한 박사학위논문은 정은혜의 연구[2]라 할 수 있다.

정은혜는 웹소설을 '웹 속성'과 '서사적 속성'이 결합된 '디지털 콘텐츠이자 디지털 텍스트'라고 정의 내렸다. 또한 웹소설 장르를 분류하는 기호로서 '태그'에 주목했는데 이 해당 태그들의 집합이 웹소설을 구성하는 이야기 데이터베이스를 구축한다고 보았다. 이런 논의는 초창기 웹소설 연구에서 행해졌던 장르 개념이나 장르성 연구를 연상케 한다. 이러한 장르 개념 또는 장르 연관 개념 연구는 웹소설이란 무엇인가에 대한 질문이자 웹소설에 대한 개념을 규정하는 첫 번째 발걸음이었다. 이는 여러 연구자의 주장이 첨예하게 부딪히는 부분이기도 하다.

초창기 웹소설의 장르적인 특성과 매체적인 특성에 관한 대표적인 연구로는 한혜원 · 김유나 · 노희준 · 류수연 · 김준현 · 김예니 등의 논의를 들 수 있다. 한혜원 · 김유나는 기존의 출판문학이 언어만을 사용하는 단일 모드인 반면, 웹소설은 언어적 텍스트를 넘어서 시각적, 음성적인 다양한 기호적 수단을 사용하는 멀티모드성을 가지고 있다며 웹소설의 매체성에 주목하는 연구 결과를 내놓았다.[3] 이 연구에서는 웹소설의 가장 큰 특징으로 '재매개(remendiation)'를 꼽았는데 이는 노희준에게 있어 논쟁적인 부분이 되었다.

노희준은 웹소설이 같은 기간 순문학과 장르소설에 비해 '재매개' 성과가 낮다는 점을 들어 과연 웹소설을 매체론적으로만 볼 수 있는지에 대해

한 연구』, 원광대학교 박사학위논문)했고, 다음 해 같은 학과에서 국내 이용자의 이용동기와 만족도를 연구한 논문(김주, 2022, 『웹소설 이용자의 이용동기와 준사회적 상호작용이 만족도와 지속적 이용의도에 미치는 영향에 관한 연구』, 원광대학교 박사학위논문)이 출판되었다.

2 정은혜, 2023, 『한국 웹소설의 장르 생성 연구』, 이화여자대학교 박사학위논문.

3 한혜원 · 김유나, 2015, 「한국 웹소설의 멀티모드성 연구」, 『대중서사연구』 21(1), 263~292쪽.

의문을 제기했다. 즉, 웹소설을 장르교섭이 일어나는 새로운 문화콘텐츠로만 규정하는 것도 문제라는 것이다. 그러면서도 웹소설을 장르소설 그 자체로 보는 견해와는 선을 그었다. 그에게 있어 장르소설은 순수소설과 웹소설 사이의 '중간문학'이기 때문이다. 이렇듯 노희준은 장르문학으로서의 웹소설과 웹콘텐츠 사이의 줄다리기를 시도했다.[4] 한편, 류수연은 아예 웹소설을 '장르소설의 한 형태'라고 규정했다. 하지만 디지털 콘텐츠적인 측면을 부정할 수는 없으므로 웹소설이 웹 2.0시대[5]의 전환점으로 작용하는 디지털 콘텐츠임을 인정했다.[6]

김준현은 장르소설의 연장선상에 웹소설이 있다는 주장에 대해 우려를 표명했다. 이는 장르소설에 종사했거나 이를 소비했던 이들이 웹소설 장에서 일어나는 담론 투쟁에서 우위를 점하기 위해 벌이는 일일 수 있다

---

4 노희준, 2018, 「플랫폼 기반 웹 소설의 장르성 연구」, 『세계문학비교연구』 64, 409~428쪽.

5 월드와이드웹(www) 기술이 개발된 초기 인터넷 시절을 웹 1.0시대라 하고 웹 1.0보다 한 단계 발전해 사용자가 직접 데이터를 다룰 수 있는 플랫폼(블로그, SNS 등)이 등장해 정보를 공유하거나 서비스받을 수 있는 시대를 웹 2.0 시대라 일컫는다. 웹 2.0이란 용어는 1999년 다시 디누치(Darcy DiNucci)가 처음 사용한 말(「파편화된 미래」, 『Fragmented Future』 Print 매거진)이나, 2004년 말에 올라일리 미디어가 개최한 웹 2.0 콘퍼런스를 계기로 널리 확산한 용어이다. 웹 1.0과 웹 2.0을 대략 시대 구분을 하면 웹 1.0은 1990~1998년까지, 웹 2.0은 1999~현재까지로 보고 있다. 웹 플랫폼 콘텐츠는 스마트폰을 기반으로 하는 매체 환경에서 영향력을 확대하는 경향이 있으므로 류수연은 2000년대 중반에 등장한 스마트폰이 그 자체로 웹 2.0의 가치를 내재화한 멀티미디어라 하였다. 인공지능 기술의 발달로 최근에는 웹 3.0 시대가 열렸다는 견해도 고개를 들고 있다. 웹 3.0은 컴퓨터가 사람을 대신해 정보를 읽고, 이해하고, 가공하는 시멘틱 웹 기술이 적용된 지능형 웹 기술이 보편화된 시대를 말한다. 블록체인을 기반으로 한 미디어 플랫폼의 등장과 챗GPT 등의 인공지능 기술의 보편화로 가상경제가 구현되는 시대를 뜻한다. 이에 대한 설명은 네이버 IT용어사전의 웹 2.0에 관한 설명과 나무위키의 웹 3.0에 대한 설명을 참조하였다(검색일: 2023. 5. 6).

6 류수연, 2019, 「웹 2.0 시대와 웹소설 - 웹 로맨스 서사를 중심으로」, 『대중서사연구』 25(4), 9~43쪽.

면서 웹소설의 매체성을 강조하는 집단이 등장하게 되면 장르소설과의 친연성을 강조하는 기존 담론들은 도전장을 받을 수밖에 없다고 주장했다. 이는 장르문학의 '장르'는 애초부터 명징하게 정립된 개념이 아니므로 '중간' 단계인 장르소설을 거쳐 웹소설로 진화했다는 노희준의 견해나 웹소설이 장르소설의 한 형태라는 류수연의 입장과 배치된다.[7] 후속 연구자인 김예니는 김준현의 견해를 뒷받침했다. 웹소설을 대중소설의 연장선상에서 바라보는 견해에 문제 제기하면서 인터넷소설과 웹소설의 분기점이 무엇인지를 고찰했다. 여기서 편당 결제 시스템의 등장이 웹소설을 이전 인터넷소설과 달라지게 만들었다고 했다.[8]

웹소설의 매체성에 대한 연구는 정은혜에 의해 더욱 깊이 진행되었다. 그녀는 로맨스 웹소설과 개화기 딱지본 소설의 파라텍스트 비교·분석을 통해 변화된 매체를 기반으로 공통된 문화적 코드를 도출했다.[9] 이후, 웹소설 속 태그가 웹소설의 파라텍스트 중 하나라고 주장하며 그 생성구조 및 기호학적 분석을 시도하는 연구를 진행했는데 이는 그녀의 박사학위 논문과 연결되는 지점이다.[10]

다음으로는, 웹소설을 서사적인 측면에서 바라보는 연구들이다. 주로 서술형식과 서사구조, 서사 모티프 등을 논의했는데, 가장 많은 연구결과가 산출된 분야이기도 하다. 주요 논의로는 한혜원·정은혜·최배은·안상원·김미현·음성원·장웅조·권경미·유인혁·홍우진·신호림의 연구

---

7 김준현, 2019, 「웹소설 장에서 사용되는 장르 연관 개념 연구」, 『현대소설연구』 74, 107~137쪽.

8 김예니, 2019, 「웹소설의 미감과 장르교섭 양상」, 『한국문예비평연구』 64, 37~56쪽.

9 정은혜, 2018, 「한국 로맨스 웹소설과 딱지본 소설의 파라텍스트에 나타난 공통점 분석」, 『인문콘텐츠』 50, 247~267쪽.

10 정은혜, 2021, 「한국 웹소설의 태그 생성 구조」, 『글로벌문화콘텐츠』 47, 125~140쪽; 정은혜, 2022, 「한국 웹소설 태그의 기호학적 분석」, 『문화와 융합』 44(4)(통권 92집), 207~222쪽; 정은혜, 2018, 앞의 글.

를 들 수 있다. 이들은 웹소설의 서술형식이 기존 출판문학과 어떻게 다르지 살펴보고, 그 속에 드러나는 인물 양상과 서사구조로서의 모티프 연구를 행했다. 크게 1) 서술형식과 서사구조 연구 2) 회귀·환생 등의 주요 모티프 연구 3) 장르별 서사 특징 및 하위 장르로서의 '~물' 연구[11] 4) 고전소설과 웹소설 간의 상호유사성 연구 5) 웹소설 서사의 총체적 정리 등으로 나눌 수 있다. 이러한 서사 분석은 웹소설이 상업 콘텐츠라는 전제에서 출발하므로 미적 완결성보다는 상업적 가치가 높은 작품 위주로 분석이 이루어졌다.

첫 번째로 서사구조와 서술형식을 논한 연구이다. 한혜원·정은혜는 웹 기반 여성 소설이 설화를 활용한 전기적 세계를 구성하는데 이 공간은 푸코가 말하는 현실화된 유토피아인 '헤테로토피아'와 상관성이 있다면서 이곳에서 여성들은 동성애를 통한 섹슈얼리티를 표출하는 게 특징이라고 했다.[12] 이러한 논의를 바탕으로 정은혜는 한국 웹소설의 애정 서사를 인물 유형과 서사 모티프로 나눠 살펴본 후, 서사가 이루어지는 배경을 헤테로토피아로 상정하는 기존 연구의 틀을 확장·전개했다. 이를 통해 애정서사가 독자로 하여금 웹소설이 그리는 환상을 소비하게 한다고 주장했다.[13] 최배은은 한 장르에 국한되기보다는 한국 웹소설 전반의 서

---

11 '~물'이란 용어는 일어의 '모노가타리(物語)'에서 온 말로 이야기란 뜻이다. 즉, 이세계 이야기라는 뜻인데 웹소설이라는 장르 특성상 축약이나 편이성을 반영한 용어라고 볼 수 있다. '~물'은 판타지, 현대판타지 등과 같은 장르보다도 더 큰 외연을 포함하는 단어이나 장르 안으로 이것이 들어오면 그 장르 안에서 또 다른 관습을 만들어내기도 한다. 즉, '~물'은 웹소설의 내용이나 특성을 좀 더 확실하게 보여주는 용어로서 즉물적이라 할 수 있다. '~물'의 용례에 대한 자세한 설명은 김준현, 2019, 앞의 글 참조. 여기서 김준현은 '~물'을 "웹소설의 하위 장르를 지칭하는 장르 개념"으로 보았다.

12 한혜원·정은혜, 2015, 「한국 웹 기반 여성소설에 나타난 서사적 특성 연구」, 『한국문예창작』 14(2)(통권 제34호), 81~105쪽.

13 정은혜, 2016, 『한국 웹소설의 애정서사연구』, 이화여자대학교 석사학위논문.

술형식에서 나타나는 일반적인 특징을 살펴보았다. 세 가지로 특징을 요약했는데, 첫째는 웹소설의 플롯은 긴장이 연속되도록 구성한다는 점, 둘째는 종이책과 다르게 인물 형상화가 시청각적이라는 점, 셋째는 기존의 글쓰기에서 중시되던 문단 구분이 무의미해짐으로써 문단 파괴를 일으켰다는 점을 들었다. 이러한 서술형식이 기존 소설에 균열을 일으키는 지점이라 했다.[14] 두 번째로는 모티프 연구이다. 웹소설에서 장르를 막론하고 등장하는 모티프가 있다면. 그것은 회귀나 환생, 빙의 코드이다. 이는 웹소설 초반부에 나타나는 공통 코드이기 때문에 여러 연구자들에 의해 논의되었다. 안상원은 차원이동 모티프와 시간여행을 다룬 콘텐츠에 익숙한 장르소설 독자들이 웹소설 시장에 유입되면서 회귀 모티프도 이질감 없이 받아들일 수 있었다고 했다. 회귀 모티프는 새로운 이야기에 대한 욕구를 가진 독자들이 차원이동을 대체할 모티프를 찾으면서 시작됐고, 실수나 실패에 대한 후회와 반성 너머, 다시 한 번 기회가 주어진다면 다른 삶을 살 수 있을 거라는 희망이 회귀의 정동(情動)이라 보았다.[15] 김미현은 웹소설 속 환생과 회귀 장치가 이 시대를 살아가는 사람들의 무의식적 욕망이라면서 죽음충동과 결부시켜 회빙환 코드를 분석했다.[16] 음성원·장웅조는 웹소설의 판매·마케팅 전략으로 회귀와 환생 모티프가 기능한다고 주장했다. 크리스토퍼 보글러(Christopher Vogler)가 이야기하는 3막 12요소의 서사구조[17] 중 주인공이 고난에 들어서는 입문과정까지

14 최배은, 2017, 「한국 웹소설의 서술형식 연구」, 『대중서사연구』 23(1), 66~97쪽.

15 안상원, 2018, 「한국 웹소설의 회귀 모티프 연구」, 『한국문학이론과 비평』 80, 279~307쪽. 안상원은 웹소설이 장르소설로부터 차원이동 모티프와 모험 서사를 차용했다고 보았다. 이에 관한 논의는 안상원, 2018, 「한국 장르소설의 마스터플롯 연구-모험서사의 변이로 본 차원이동 연구」, 『국어국문학』 184, 163~186쪽 참조.

16 김미현, 2019, 「웹소설에 나타난 '회귀와 환생'의 욕망코드: 인과계층관계 분석을 중심으로」, 『미래연구』 4(2), 155~185쪽.

17 크리스토퍼 보글러의 서사구조에 대해서는 이 책 제1장 2절과 3절 그리고 제3장에

〈표 1〉 크리스토퍼 보글러의 3막 12요소

3막	12요소
1막	1. 일상세계(Ordinary world)
	2. 모험에의 소명(Call to adventure)
	3. 소명의 거부(Refusal of the call)
	4. 멘토와의 만남(Meeting with the mentor)
	5. 첫 번째 관문의 통과(Crossing the first threshold)
2막	6. 시험, 동료, 적(Treats, allies, enemies)
	7. 동굴 가장 깊은 곳으로 진입(Approach to the inmost cave)
	8. 시련(Ordeal)
	9. 보상(Reward)
3막	10. 귀환의 길(The road back)
	11. 부활(Resurrection)
	12. 영약과 함께 귀환(Return with the elixir)

의 거리를 단축시켜 무료 회차 안에서 지루함을 빼고 이후의 유료 결제를 이끄는 원동력으로 회귀와 환생 코드가 의미 있다고 했다.[18]

권경미는 회귀물이 신계급주의를 나타내는 서사특징을 나타낸다고 보았다. 회귀한 인물이 치열한 계급투쟁을 통해 소설 속 사회를 변화시킨다는 장점도 있지만, 그 시원한 복수 서사 이면에는 하층 계급의 희생과 착취가 기반을 이룬다고 보았다. 회귀한 주인공의 화려한 삶은 하층 계급의 노동에 바탕을 한 것이기에 주인공의 공적 역량이 빛나면 빛날수록 이를 지탱하는 하층 계급의 착취 구조는 심화된다고 하였다.[19]

세 번째로는 장르별 서사적 특징 및 하위 장르로서의 '~물' 연구이다. 안상원은 로맨스판타지(로판) 장르의 특징이 여성 욕망을 긍정하는 데

서 상세히 설명하려고 한다.

18 음성원·장웅조, 2022,「웹소설에서의 회귀·환생 모티브 활용 연구-Vogler의 서사구조를 중심으로」,『문화콘텐츠연구』 25, 39~72쪽.

19 권경미, 2022,「로맨스 판타지 웹소설의 신계급주의와 서사 특징-책빙의물과 회귀물을 중심으로」,『인문과학』 84, 109~140쪽.

있다고 보았다. 사랑하는 사람에게 선택당하는 것보다 상대방을 스스로 선택하고자 하는 욕망, 때때로 일대일의 독점적인 연애관계를 무너뜨리기도 하고, 같은 성별과도 로맨틱한 관계를 맺는 것, 그리고 이런 욕망을 부끄러워하지 않는 주인공을 통해 독자들은 대리만족을 경험한다고 주장했다. 또한 로맨스판타지 장르를 통해 악녀로 치부된 인물에 대한 재해석이 이루어졌다고 보았다. 악녀인 여주인공이 실상은 자신의 임무에 충실하고, 타인에게 사랑받고 싶어 하는 인물이라는 게 밝혀지며 그녀를 악녀로 몰아넣은 사회구조에 대해 비판적 시각을 가질 수 있다는 것이다. 하지만 이런 서사의 반복과 패턴화가 피로도를 증가시키고 교조적인 흐름을 야기시키는 역기능도 가져왔다고도 분석했다.[20] 앞선 회귀 코드를 분석한 권경미의 논문에서도 비슷한 논의가 이루어졌다. 그녀는 로맨스판타지 장르가 아닌 로맨스 장르에서 안상원과 유사한 결과물을 추출해냈다. 즉, 현실에서는 도저히 충족될 수 없는 욕망을 해소하거나 충족할 수 있는 통로로 로맨스 장르가 기능하며 무엇보다 현실을 반영한다는 측면에서 이 소설 텍스트를 통해 정치적 무의식을 추적할 수 있다는 것이다.[21]

다음으로, 하위 장르 또는 장르 연관 개념으로서 기능하는 '~물'에 대한 연구의 일환으로 책빙의물과 회귀물을 들여다보는 논의도 있었다. 유인혁은 판타지 장르 속 책빙의물을 연구했다. 책빙의물에서 주인공은 주로 원작의 중심인물이 아닌 주변인물로 빙의하는 특징이 있으며, 대중서사의 주인공에게 주어지는 빼어난 용모와 비범한 능력, 또는 유능한 동료 등을 가지고 있지 않다고 했다. 대신 자신이 알고 있는 원작의 내용을 바

20 안상원, 2019, 「한국 웹소설 '로맨스판타지' 장르의 서사적 특성 연구」, 『인문콘텐츠』 55, 219~234쪽; 안상원, 2021, 「모험서사와 여성혐오의 결합과 독서 욕망 - 웹소설 로맨스판타지 장르에 나타난 성장물의 양가성」, 『이화어문논집』 53, 175~196쪽.

21 권경미, 2022, 앞의 글, 110쪽.

탕으로 문제를 해결하면서 궁극적으로는 원작의 내용을 바꾼다는 게 전복적인 서사구조라고 했다. 책빙의물 속 주인공은 '금수저'로 표상되는 계급사회에 대항하기보다는 홀로 사회적 사다리를 타고 올라가고자 하는 욕망을 드러낸다. 그렇기에 책빙의물은 관습의 갱신을 목적으로 하며 기성의 장르와 다른 '장르 비틀기'를 행하고 있다고 보았다.[22] 안상원은 장르소설의 하위 장르인 대체역사소설에서 웹소설의 하위 장르인 대체역사물로 전환되는 연구를 행함으로써 웹소설이 장르소설의 전신임을 확인하는 작업을 했다. 웹소설의 대체역사물은 1990~2000년대에 쓰여진 대체역사소설의 모험 서사 모티프에 회빙환 코드를 덧씌우는 방식으로 재미를 배가했다고 주장했다. 즉 모험 서사에 역사를 결합시킨 대체역사소설이 환생이나 전생, 빙의와 같은 환상성을 업고 그것을 패턴화하는 방식으로 웹소설 장르에 정착했다는 것이다.[23] 이 밖에도, 김기현은 웹소설 판타지 장르에 나타난 인물 유형을 심리학 도구인 에니어그램을 사용, 9가지 인물 유형으로 나눠 살펴보았고,[24] 고경은은 한국의 인기 웹소설에 자주 등장하는 서사 모티프를 분석했다.[25]

서사적 측면에서 바라본 네 번째 연구는, 웹소설의 서사적 특성이 고전소설과 교차점이 있다는 논의이다. 홍우진·신호림은 웹소설 『용왕님의 셰프가 되었습니다』가 고전소설인 『심청전』을 모티프로 해 창작되었으며 장르이론으로 주목받는 '가능세계이론'[26]을 이용해 그 서사 확장 방식

---

22 유인혁, 2020, 「한국 웹소설 판타지의 형식적 갱신과 사회적 성찰 - 책빙의물을 중심으로」, 『대중서사연구』 26(1), 77~102쪽.

23 안상원, 2020, 「상상의 질료, 해체의 대상으로서의 역사 - 장르소설과 웹소설의 대체역사물 연구」, 『민족문학사연구』 72, 71~92쪽.

24 김기현, 2020, 『한국 현대 환상문학 주인공의 인물 유형 연구: 웹소설 판타지 장르를 중심으로』, 중앙대학교 석사학위논문.

25 고경은, 2022, 『한국 웹소설의 서사모티프 연구 - 카카오페이지를 중심으로』, 중앙대학교 석사학위논문.

을 분석하였다.[27] 김정희는 고전소설 『춘향전』과 웹소설 『울어봐, 빌어도 좋고』의 주제어 분석을 통해 두 소설의 서사적 상관성을 논했다. 주제어 분석은 웹소설 태그를 이용했는데 이는 앞선 정은혜의 딱지본 소설과 웹소설 간의 파라텍스트 분석과 태그 생성 구조 연구와 연결점이 있다. 김정희는 이 논문을 통해 웹소설 플랫폼에 고전소설 장르를 추가시킬 것을 제언하기도 했다.[28]

웹소설 서사에 대한 연구는 모티프와 장르를 중심으로 활발히 연구되었는바, 연구 업적 중 가장 많은 비중을 차지하고 있다. 이는 웹소설의 본질에 더 다가가는 방법으로 여겨지기도 한다.

다섯 번째로는, 웹소설 서사에 대해 총체적으로 정리·요약한 글이다. 이는 새로운 견해를 제시했다기보다는 지난 십 년간 웹소설 장에서 논의된 서사적 측면을 갈무리한 측면이 크다. 이 작업은 웹소설의 보편적 속성을 학계에 소개하는 차원에 머물렀다는 한계점이 분명하나 웹소설이 여전히 학술장에서 생소하고 이질적 분야로 취급되고 있다는 것을 보여주는 단적인 예로도 볼 수 있을 것이다. 이 분야의 연구자로는 박수미가 대표적이다. 그녀는 웹소설 서사의 파격성이 과감하고 적극적인 혼성모방에 있다고 했다. 기존 작품과 차이를 두기 위해 모방과 재창조를 거듭

---

26 '가능세계이론'은 논리적 의미론의 특정 문제들을 해결하기 위해 나온 개념으로 데이비드 루이스(David Lewis)에 의해 허구성의 논리가 설명되었고, 움베르토 에코(Umberto Eco), 토마스 파벨(Thomas Pavel), 루보미르 돌레첼(Lubomîr doleẑel), 도린 마흐트레(Doree Maître), 엘레나 세미노(Elena Semino), 마리-로르 라이언(Marie-Laure Ryan) 등의 문학 이론가들에 의해 서사론적 의미론에 적용되었다. 이에 관한 설명은 후술(제1장 2~3절, 제2장, 제3장, 제4장)에서 자세히 다루겠다.

27 홍우진·신호림, 2021, 「고전문학 기반 웹소설의 서사 확장 방식에 대한 시론-웹소설 〈용왕님의 셰프가 되었습니다〉를 대상으로」, 『기호학연구』 68, 189~217쪽.

28 김정희, 2022, 「서사 분석 기반 주제어 설정을 통한 현대소설과 고전소설의 큐레이션 가능성-웹소설 〈울어봐, 빌어도 좋고〉, 고전소설 〈춘향전〉의 서사적 상관성을 중심으로」, 『문화콘텐츠연구』 25, 251~292쪽.

하는 과정에서 파격적인 비현실성을 지향하지만 그럼에도 불구하고 서사의 방향성은 지극히 보수적인 이중성을 보인다고 지적했다. 그녀는 스티븐 킹의 말을 빌려 이야기의 내용이 독자 자신의 사람과 신념 체계를 반영하고 있을 때 독자는 더욱 이야기에 몰입하게 된다고 했다.[29] 그러나 한국 웹소설 시장은 스티븐 킹으로 상징되는 북미 시장과도 다르고, 추리소설이 인기를 누리는 일본 시장과도 큰 성향 차이를 보인다면서 한국 웹소설 시스템이 서사구조에 미치는 영향을 분석하기도 했다. 한국 웹소설의 주요 특징인 '사이다'와 '고구마', '절단신공' 등의 스킬을 예로 들어 웹소설 시장이 커지게 된 배경 요소를 짚어보았다.[30]

다음으로, 독서를 하는 독자를 넘어 유료 회차를 구매하는 소비자이기도 한 웹소설 독자에 관한 연구가 여러 연구자에 의해 진행되었다. 웹소설의 서사구조는 웹소설 시장과 긴밀하게 연결되어 있으므로 소비 주체인 독자의 독서 욕망을 연구하는 것은 판매와 마케팅 전략과 맞물려 논의되었다. 이러한 독자 연구는 크게 두 가지 방향에서 진행되었다. 첫 번째는, 빅데이터 기술의 일환인 텍스트 마이닝을 통한 키워드 분석이고 두 번째는, 수용미학적 차원에서 댓글을 다는 독자의 주체성을 살펴보는 연구였다.

첫 번째, 텍스트 마이닝 기술을 사용해 웹소설의 키워드를 분석한 연구는 다음과 같다. 조수연 · 오하영은 리디북스와 북큐브 사이트의 작품 리스트와 상세 키워드 데이터를 크롤링해 웹소설 이용자의 독서 욕망을 추적했다. 이 연구를 통해 웹소설 작품이 판타지와 역사 소설에 치중해 있을 거라는 통념과 달리 현대를 배경으로 하는 작품이 압도적으로 인기가

---

29 박수미, 2022a, 「웹소설 서사의 파격성과 보수성」, 『한국문예비평연구』 75, 35~60쪽.

30 박수미, 2022b, 「웹소설 시스템이 서사구조에 미친 영향」, 『인문과학』 87, 105~134쪽.

많다는 것이 밝혀졌고, 마초적이고 까탈스러운 남자 캐릭터보다는 '순정남' 이 대세인 것, 그럼에도 여성 캐릭터는 여전히 계급의 사다리를 올라가지 못하는 한계 등으로 인해 사회구조적인 좌절을 겪는 '상처녀'가 대세라는 것을 데이터 분석을 통해 밝혀냈다.[31] 이러한 연구는 과학기술이 발전하지 않았다면 얻어내지 못했을 결과물이다. 특히 웹이라는 현대과학적 매개체를 사용하는 웹소설에 있어서 이러한 혁신적인 기법의 등장은 반가운 일이다. 수용미학적 측면에서만 행해지던 독자 연구가 빅데이터 기술과 만나며 텍스트 마이닝 기술에서 파생된 감성분석 기법으로 확대되었기 때문이다. 김경애는 빅데이터 연구가 소규모 표본 중심이었던 문화연구를 계량적으로 바꿔놓았다며 잠재 딜리클레 할당기법(LDA, Latent Dirichlet Allocation)[32]을 활용해 웹소설 팬덤 현상을 좇았다.[33] 빅데이터 기술로 대량 데이터 취급이 가능해진 덕분에 전성규·곽지은은 네이버 전체 뉴스 기사 제목을 대상으로 웹소설 어휘를 분석하고, 웹소설 역사 십 년을 관망했다. 엔그램(N-gram) 분석[34]과 공기어(collocate)[35]를

31 조수연·오하영, 2020, 「웹소설 키워드를 통한 이용 독자 내적 욕구 및 특성 파악」, 『한국정보통신학회논문지』, 158~165쪽.

32 LDA도 N-gram 분석 기법 중 하나로 각 문서에 어떤 주제가 존재하는지 서술하는 확률적 토픽 모델링(topic modeling) 기법이다. 즉 독자들이 어떤 주제에 댓글을 많이 달았는지 살피는 것으로 댓글에 사용된 단어 수 분포를 바탕으로 해당 웹소설이 어떤 주제를 다루고 있는지 역추적해볼 수 있다. 독자의 독서 욕망을 통해 웹소설 독자가 어떤 서사를 추구하는지 확인함으로서 수용자 측면의 문화비평 방법이다.

33 김경애, 2021, 「한국 웹소설 독자의 특성 연구」, 『한국산학기술학회논문지』 22(7).

34 N-gram은 한 번에 연속적으로 나열된 단어를 뜻한다. N의 개수에 따라 2개, 3개 혹은 그 이상의 어휘들이 연속적으로 나타나는 양상을 확인할 수 있어서 특정 단어를 중심으로 일정 범위를 지정할 때, 해당 어휘와 밀접하게 출현하는 어휘를 검토하는 방법이다. 그러나 해당 논문이 웹소설 기사의 제목만을 분석하고 있어서 제목에는 나와 있지 않지만 기사 내용에서 웹소설을 언급하는 경우, N-gram 분석 통계에서 이러한 데이터는 빠질 수밖에 없다. 그리하여 전성규·곽지은은 공기어 분석을 함께 수행하였다.

통해 확인한 결과, 2013~2014년을 웹소설 형성기로, 2015~2017년을 웹소설 토대기로, 2018~2022년을 웹소설 시장의 확대기로 볼 수 있었다.[36]

한편, 인문학적 시각에서 독자를 바라보는 연구도 이루어졌다. 김준현은 웹소설의 소통 창구인 댓글의 부상으로 인해, 독자의 위상이 변화했다고 주장했다. 과거에는 독자가 받아들이는 의미와 작가의 의도가 다르면, 그것을 독자의 오독이라 받아들였지만, 웹소설에 이르러서는 댓글을 다는 주체로서 독자가 있고, 이 댓글로 소통이 되어야지만 독자로 하여금 작품을 계속 읽게 한다는 것이다. 즉, 편당 결제 시스템으로 이루어진 웹소설 특성상 독자가 유료 결제를 하지 않으면 작품 연재는 이어갈 수 없게 된다. 그만큼 작품에 대한 독자의 영향력이 커지면서 작가가 독자보다 우월하다는 생각은 극적으로 변화되었다고 보았다.[37]

이처럼 독자는 웹소설 시장을 굴리는 주요 기제로 작동했다. 이는 웹소설이 웹 플랫폼이라는 플랫폼 자본주의 안에서 운영되는 상업 콘텐츠이기 때문이다. 즉, 독자를 작품 안에 잡아두는 능력이 흥행지표로서 작동하며 웹소설 시장에서도 작가로서 성공할 수 있는 것이다.

인문사회학 분야 웹소설 연구에서 네 번째의 큰 갈래로 지적한 연구는 연재를 목적으로 하는 웹소설의 특성과 수익률 간의 관계를 논하는 것이다. 이는 플랫폼 자본주의와 연계하여 경제학 분야에서도 꽤 많은 연구가 이루어졌지만, 본고에서는 플랫폼이 웹소설 서사에 끼치는 영향만 논하

---

35 공기어(collocate)는 연어(連語) 관계가 있는 언어를 말한다. 예컨대, 웹소설이라는 키워드를 기준으로 가능도(likelihood)를 측정하여 연어 관계를 살펴보았을 때 2013~2014년의 경우, 상위 키워드가 '웹소설 서비스 개시', '웹소설 네이버', '웹소설 공개'였다. 즉, 웹소설과 서비스 개시, 네이버, 공개 등이 연어 관계를 이루는 공기어라 볼 수 있다.

36 전성규·곽지은, 2022, 「키워드로 본 웹소설의 10년-2013~2022년 네이버 포탈 사이트에 게시된 기사를 중심으로」, 『서강인문논총』 65, 37~68쪽.

37 김준현, 2021, 「웹소설의 댓글과 독자 주체성의 문제」, 『국제어문』 91, 357~379쪽.

기로 한다. 안상원은 웹소설 플랫폼이 편당 결제하는 시스템을 도입하면서 클리셰가 반복되고, 그것이 더욱 자극적으로 변했다고 주장했다. 또한 마스터플롯을 공유함으로써 '예상표절' 현상이 일어날 가능성이 커졌지만, 신기하게도 웹소설 시장은 새로운 스토리를 모색하는 방향으로 나아가고 있다고 분석했다.[38] 전문 웹소설 작가로 성장하기 위한 연재 지침을 제공하는 연구 결과도 발표되었는데 대표적인 연구자가 하철승이다. 그는 웹소설 플랫폼 문피아에서 연재하는 작품을 대상으로 연재주기와 연독률의 상관관계를 따졌으며[39], 흥행 1위부터 100위까지의 작품의 유료 구매 수, 선호작 등록 수, 댓글 수, 추천 수, 연재 횟수 등을 통해 작품의 노출 정도가 흥행에 커다란 영향을 미친다는 것을 분석해냈다.[40]

마지막으로, 인문사회학 분야에서 이루어지는 웹소설 논의는 창작론과 창작방법론에 관한 연구이다. 웹소설 현업 작가들이 내놓는 작법서가 웹소설 창작론에 불을 지핀 것으로 풀이된다. 송명진은 기존의 소설 작법과 변별되는 웹소설 작법의 특징을 알아보았다. 플랫폼이 구축한 웹소설 지형도를 통해 웹소설은 상업성을 강조점에 두고 있으며, 매체의 차이 때문에 기존의 장르소설과 웹소설은 엄연히 다르므로 웹소설 작법도 달라야 한다고 주장했다. 그런 차이를 일으키는 게 클리셰의 강조, 고구마, 사이다, 절단신공과 같은 웹소설의 상업적 창작 전략에 있다고 했다.[41]

이융희는 시중에 나온 작법서를 통시적으로 분석했다. 2013~2017년까지의 작법서는 웹소설 연구에 걸맞은 연구방법이 무엇인지에 대한 원

38 안상원, 「웹소설 유료화에 따른 플랫폼과 서사의 변화 양상 연구」, 2017, 『한국문예창작』 16(3)(통권 41호), 9~33쪽.

39 하철승, 2020, 「웹소설 연재 주기와 연독률의 상관관계 연구 - 웹소설 연재 사이트 문피아 연재작을 중심으로」, 『인문사회과학연구』 21(4), 133~155쪽.

40 하철승, 2021, 「웹소설 플랫폼 지표분석을 통한 흥행작품 특징 연구 - 문피아를 중심으로」, 『인문사회21』 12(3), 1019~1031쪽.

41 송명진, 2021, 「디지털 매체 시대의 소설 쓰기 연구」, 『국제어문』 91, 207~224쪽.

론적 질문을 던졌고, 2018~2022년까지의 작법서는 창작자들이 어떤 스토리텔링을 구사하는지, 웹소설 장르의 대상과 그 속에 구현된 서사, 그 서사가 반복되면서 획득하는 장르성과 그 의미는 무엇인지를 탐구하는 것이 주요 내용이었다. 그러나 웹소설 작가나 독자를 제대로 호명하고 그들의 정체성을 깊이 있게 들어간 논의는 없었다는 한계점을 지적했다.[42] 김명석은 종이책 위주의 창작론에서 웹 미디어 창작론으로의 연구방법의 변화가 요청된다는 점에서 웹소설 창작론을 연구할 필요성을 느낀다고 했다. 2014~2022년까지 발간된 웹소설 창작서 18종을 분석 대상으로 삼았으며 여기서 공통된 웹소설 작법을 도출해냈다. 바로 캐릭터 설정과 코드의 활용이다. 그러나 웹소설이 작가의 개성과 창조성보다는 클리셰와 코드에 의존하는 경향이 있다 하더라도 성공한 작품의 캐릭터는 언제나 개성적이었으며 그 개성은 디테일에서 나온다고 했다.[43]

위와 같은 선행 연구 검토를 통해 이 글은 웹소설이 무엇인가에 대한 질문에서 시작해 웹소설의 장르론적·매체론적 성격이 논해지는 방식, 장르 안에서 이루어지는 문법과 모티프, 서사구조 등이 어떻게 논의되어 왔는지 살펴보았으며 웹소설이 어떤 방식으로 구성되어 있는지에 대해 알 수 있었다. 웹소설 전반의 특징과 그에 따른 서사구조 분석은 웹소설에 대한 정의와 세부 장르마다 가진 특성을 파악하는 데 좋은 지표를 제공했으나 웹소설의 상업적 특성에 매몰된 나머지 웹소설이 하나의 개별 작품으로서 가지는 개성을 간과하기도 했다. 또한 아직 학술적으로 정치하게 분류되지 않은 장르에 대한 논의를 진행하다 보니 개별 작품에 대한 분석보다는 해당 장르에 속한 작품들의 목록을 나열하는 데 그치는 한계점을 드러내기도 하였다. 그리하여 이 책에서는 장르를 통해 작품의 서사

42 이융희, 2022, 「웹소설 시장 변화에 따른 웹소설 창작자 의식 변화 연구: 웹소설 작법서를 중심으로」, 『한국문학연구』 70, 73~102쪽.

43 김명석, 2023, 「웹소설 창작론 연구」, 『우리문학연구』 77, 105~135쪽.

적 특성과 구조를 파악하는 분석이 아니라 창작자의 개성이 반영된 개별 콘텐츠로서 웹소설을 바라보는 작업을 통해 해당 작품이 포함된 '현대판타지' 장르를 전체적으로 조망해보는 작업을 진행해 보고자 한다.

2. 새로운 연구의 필요성

무엇(what)과 어떻게(how)로 시작한 초기 연구는 웹소설이 가진 상업적 가치를 따지는 방향으로 흘러갔다. 이것을 독자의 독서 욕망과 연계짓는 독자 연구는 빅데이터 기술과 만나면서 더욱 과학적인 데이터로 이용자의 욕망을 파악하는 스킬을 얻게 되었다. 웹소설을 소비하는 주체인 독자는 기존의 종이책 독자와는 변별점을 가지는데, 이는 웹소설이 단행본 중심이 아닌 연재 중심이라는 데 있다. 그리하여 독자는 창작자의 창작 방식과 창작 방향에 영향을 끼치는 존재가 되면서 이러한 독자의 욕망을 맞추는 창작 방법에 대한 고민으로 연구 방향이 확대되었다. 기존 문학론 연구의 대상이 창작자에서 독자로 이동한 것과는 반대로 웹소설은 독자 연구에서 시작해 이를 제작하는 창작자로 관심이 전유되는 양상을 보인다. 창작자의 내러티브로 재맥락화하여 웹소설을 바라보거나 독자의 독서 욕망을 파헤침으로써 다양한 사회문화적 담론들을 이끌어내고자 하는 것, 이러한 창작자와 독자의 상관관계를 플랫폼과의 소통구조와 연계해 파악하는 선행 연구들은 기존의 출판문학에서 행해지던 구조주의적 방법론을 넘어서고자 하는 시도로 읽혀진다.

웹소설은 크게 두 가지 측면에서 종래의 출판문학과 차별점을 두고 있다. 첫째는, 웹소설은 '소설'이라는 서사 형태를 띠면서 '웹'이라는 매체성도 가지고 있는 서사콘텐츠라는 점이다. 둘째는, 웹소설 작가와 독자는 한 화면에서 함께 창작의 기능을 수행하고 있다는 점이다. 즉 작가는 본문을 쓰고, 독자는 댓글을 쓴다. 본문과 댓글은 한 화면에서 함께 마주하는 사이로서 상호연관성을 지니고 있다. 독자가 쓰는 댓글은 작품에 영향을 끼치며, 창작자는 이를 작품에 반영하거나 활용하는 등 적극적인 쌍방향 커뮤니케이션을 이룬다. 또한 독자들끼리 댓글 안에서 소설에 관한 이야기를 나누며 전개 방향을 추측하거나 해당 회차에 대한 간단한 소감 등을 남기는 등 댓글은 일종의 창작 놀이터이기도 하다.

독자에 대한 중요성이 웹소설에서 처음 제기된 것은 아니다. 미국의 독자반응비평 이론가인 블라이치는 문학적 의미란 텍스트 속이 아니라 독자 속에서 발견된다며 독자의 문학적 경험과 정서적 반응을 중요하게 여겼다.[44] 가다머의 해석학에 영향을 받은 독일의 야우스는 문학과 독자의 관계가 심미적일 뿐만 아니라 역사적인 내포성(implication)을 지니고 있다며 독자의 이해는 세대에서 세대로 수용의 고리 속에 지속된다고 주장하였다.[45] 그러나 웹소설의 독자만큼 적극적으로 창작에 개입한 경우는 없었다. 출판문학의 독자가 작가에게 끼칠 수 있는 영향력이라고는 독자 편지나 서평 등으로 한정되었고, 웹소설의 독자가 남기는 댓글만큼 즉각적일 수도 없었다. 디지털 매체의 발전으로 작가와 독자의 위계 문제는 재편성되었고, 독자는 작가의 창작에 관여하는 집단지성으로 존재하게 되었다.[46] 즉, 금세기에 융기한 여타 디지털 매체들과 마찬가지로 웹소설은 인터렉티브 스토리텔링을 구사하고 있다.[47] 이런 특성으로 인해 기존

44 박찬기 외, 1992, 「수용미학 개관」, 『수용미학』, 고려원, ii~iii.

45 Jauß, H. R., 1983, 『挑戰으로서의 文學史』, 장영태 옮김, 문학과지성사, 178쪽.

46 'PC'하지 못한 작품에 이른바 '좌표를 찍는' 행위를 함으로써 독자들은 매우 적극적으로 자신들의 의견을 피력한다. 이런 댓글이 많아지면 작가는 위기의식을 느끼고 작품에 들어간 주장이나 이념을 철회하기도 한다. 김준현, 2019, 앞의 글, 374~375쪽.

47 예를 들어, 무장 작가의 웹소설 『갓 오브 블랙필드』에서 주인공 강찬은 고등학생으로 환생해 동급생인 김미영과 사귀게 된다. 그러나 이런 러브라인을 불편하게 보는

구조주의 서사학이 지닌 언어 중심의 텍스트 미학으로 웹소설을 읽어내는 데는 한계점이 있다는 문제의식을 느끼게 되었고, 새로운 서사에 맞는 새로운 방법론을 고민하는 계기가 되었다.

웹소설 장르는 지난 2013년 태동 이래 시장 상황에 따라 압축과 변형을 거듭해왔고 그 과정에서 장르 교섭 현상도 일어났다. 예를 들어 로맨스란 장르에 판타지가 합쳐져 로맨스판타지 장르가 되었고, 현대 일상물에 판타지가 합쳐져 현대판타지 장르가 탄생했다. 놀라운 건 이렇게 교섭 현상으로 태어난 두 장르가 장르문학의 핵심 장르였던 공포, 추리, 미스터리, SF를 누르고 살아남았다는 사실이다. 2023년 현재 네이버시리즈의 웹소설 카테고리는 로맨스, 로맨스판타지(로판), 판타지, 현대판타지(현판), 무협 이렇게 5개 장르만 다루고 있다. 카카오페이지는 이 5개 장르 외에 판타지드라마(판드)와 BL(Boy's Love)을 다루고 있긴 하지만 위에서 언급한 장르문학의 전통 강자였던 추리나 미스터리는 다른 장르에 흡수되었거나 도태되고 말았다. 고정된 장르나 카테고리를 가지고 있지 않았던 웹소설 시스템은 시장 상황에 따라 빠르게 변모했고 십 년이 지난 지금 나름 정형화 단계에 이르렀다.

웹소설은 성별에 따라 즐기는 장르가 나눠지는 경향이 있다. 여성 독자

독자가 많았다. 왜냐하면 환생물에서 주인공은 이전의 기억과 관습 등을 모두 안고 재탄생하므로 아무리 고등학생으로 환생한다 할지라도 신체적인 조건만 어릴 뿐 실제로는 성인과 다름없는 사고방식을 지니고 있기 때문이다. 독자의 인식 속에서 강찬은 성인 남자이기 때문에 여고생을 연애 대상으로 바라보는 모습은 거부감을 일으켰다. 독자들은 여주인공인 김미영이 등장할 때마다 댓글에서 화를 냈다. 급기야 고등학생과 연애하는 것은 범죄라는 이야기까지 나왔다. 무료 회차 분까지 강찬이 김미영을 여자로 보고 대하지만 이후 여주인공을 바라보는 시선은 급선회하여, 고등학교를 졸업할 때까지는 여동생으로 대하기로 한다. 즉, 작가는 독자의 불편한 독서 욕망을 감지해 작품에 수정·반영함으로써 추후 전개되는 소설에서 논란의 소지를 최소화하려는 전략을 펼친다. 무장, 2014~2016, 『갓 오브 블랙필드』, 마루&야마, 1부 10화와 31화 비교해서 참조.

는 주로 로맨스와 로맨스판타지를, 남성 독자는 판타지와 현대판타지 장르를 즐겨 읽는다.[48] 그래서 여성들이 즐겨 읽는 장르의 주인공은 여성인 경우가 많고, 남성 독자가 많은 판타지나 현대판타지, 무협 장르는 남성이 주인공인 경우가 많다. 또한 나이에 따라 선호하는 작품 경향도 달라지는데, 주로 나이가 많을수록 순수 판타지보다는 리얼리티 기반의 판타지를 선호하는 경향이 나타난다. 여기서 말하는 리얼리티 기반의 판타지란 정통 판타지나 게임판타지, 이세계물과 같은 퓨전 판타지가 아닌, 말 그대로 현대인의 '현대판타지'를 표상하고 있는 작품을 뜻한다. 즉, 판타지 성향이 상대적으로 낮으면서 시대 현실을 재현하는 현대판타지 장르의 작품은 청소년보다는 성인 독자의 선호도가 높다고 할 수 있다. 그것은 작품이 다루고 있는 주제와 방향성과도 무관하지 않다. 그래서 리얼리티 기반의 판타지를 다루는 현대판타지 장르의 타깃 독자는 20~50대 성인 남성 독자이거나 이와 같은 성향을 보이는 부류로 상정한다.

현대판타지 장르는 '현대물'과 '판타지'라는 두 장르의 이종교배로 탄생한 장르답게 각각의 장르가 지닌 특성을 함께 지니고 있다. 즉, 현대판타지는 '현대물'이자 '판타지물'인 것이다. '현대물'이라 함은 '현대'라는 실체를 모방하고 재현하는 이야기이다.[49] 거기에 '판타지'라는 기이와 경

48 성별에 따른 선호 장르는 다음과 같다. 여성은 로맨스 42.1%, 로맨스판타지 24.6%, 남성은 판타지 41.7%, 현대판타지 15.6%. 나이대별로 봤을 때 10대의 72.7%가 판타지를 선호했다. 즉, 나이가 많아질수록 판타지를 덜 읽는 경향이 있다. 케이디앤리서치, 2020, 『2020 웹소설 이용자 실태조사』, 한국콘텐츠진흥원, 57~58쪽.

49 모방과 재현에 대한 논의는 플라톤이나 아리스토텔레스까지 소급된다. 플라톤에게 미메시스는 반영적 관계로서 원형의 형상을 거울로 비춰주는 이미지(mirror image)이다. 여기에 연극적 분장의 기술을 더한 게 아리스토텔레스의 미메시스 개념이다. 이들의 미메시스 개념은 서양의 미학적 사고의 원류로서 서사학적 관점에서 보자면 허구를 실체이게 만드는 것이자 인간 행위의 포괄적인 모사를 의미한다. 플라톤과 아리스토텔레스의 미메시스 관점 차이는, 윤혜준, 1996, 「아리스토텔레스 《시학》과 미메시스의 문제」, 『성곡논총』 27(1), 491~513쪽 참조.

이 사이의 세계가 섞인 것이다.[50] 그렇게 놓고 본다면, 현대판타지 장르는 미메시스와 판타지라는 서로 다른 두 가지 성질의 상상력이 중첩되면서 다양한 관계를 확립하는 세계이다.

이 책은 한국 현대판타지 웹소설의 서사세계를 규명하고자 철학적 서사론 중의 하나에서 내러톨로지로 발전한 가능세계이론(possible world theory)을 바탕으로 논의를 진행하고자 한다. 이것은 라이프니츠의 '가능세계'라는 개념에서 출발, 허구세계를 "실제세계의 모방이나 재현이 아니라 가능성 있는 자주적인 세계"에 위치시키는 기호학적 매커니즘이다.[51] 서사텍스트의 의미론적 측면들과 지시 관계를 관점의 중심 대상으로 삼는 가능세계이론은 회귀와 빙의, 환생 코드가 마치 공식처럼 쓰이는 현대판타지 장르에서 유의미한 분석틀로 작용할 수 있을 것이다.

주요 분석작은 무장 작가의 『갓 오브 블랙필드』[52], 산경 작가의 『재벌

---

50 츠베탕 토도로프(Tzvetan Todorov)는 판타지에 생명을 불어넣는 것은 망설임이라고 했다. 판타지라고 하는 것은 자연법칙만을 알고 있는 한 존재가 겉보기에 초자연적인 사건에 직면하여 경험하는 망설임으로 그 양극단에 기이 장르와 경이 장르가 있다. 현실 법칙에 타격을 입히지 않고도 묘사된 현상을 설명할 수 있다면 기이 장르이고, 그 반대로 독자가 그 현실을 설명해 줄 수 있는 새로운 자연법칙을 가정해야 한다면 경이 장르라고 했다. 이를 도표로 나타내면, 순수기이-환상적 기이-환상적 경이-순수 경이로 표현할 수 있다. Todorov, T., 2013, 『환상문학 서설』, 최애영 옮김, 일월서각, 186쪽.

51 Surkamp Carola, 2018, 「내러톨로지와 가능세계이론 - 대안세계로서 내러티브 텍스트」, 권선형 옮김, 안스가 뉘닝·베리 뉘닝 엮음, 『서사론의 새로운 연구방향』, 한국문화사, 229쪽.

52 주인공 강찬이 2007년의 프랑스 용병으로 생을 마감했으나 2010년 대한민국의 고등학생 3학년으로 환생해 펼치는 밀리터리물이자 첩보물이다. 웹소설 초창기 작품으로 카카오페이지에 최초 유통시켰다. 2014년 당시, 카카오페이지는 현대판타지 분야에서만큼은 네이버시리즈에 밀리고 있었는데 이 작품이 현대판타지 독자를 카카오페이지로 이끄는 견인 역할을 했다. 처음에는 419화로 종결했으나 큰 인기에 힘입어 외전 62화, 2부 100화로 총 581화로 연재를 마감했다. 2020년, 웹툰화가 진행돼 2023년 1월, 시즌2까지 연재되다가 2023년 3월 현재 시즌3을 준비하며 휴재 중이다. 무장, 2014~2016, 『갓 오브 블랙필드』, 마루&야마.

집 막내아들』[53], 그리고 장탄 작가의 『보이스피싱인데 인생역전』[54]이며 판본은 네이버시리즈 연재본을 따랐다.[55]

이들 세 작품을 선정한 이유는 다음과 같다. 첫째, 2013년부터 2023년까지 웹소설 역사 십 년 동안 주요 웹소설 플랫폼인 네이버시리즈, 카카오페이지, 문피아에 수록된 현대판타지 작품 중 위 세 작품은 누적 조회수와 누적 다운로드 수가 높아 연재가 끝난 현 시점에도 여전히 상위권에 랭크돼 있다.

웹소설이 상업 콘텐츠라는 걸 감안하면, 이렇듯 성공한 웹소설을 분석 대상으로 올려놓는 것은 타당한 일이다. 제목 자체에 작품 내용, 등장인물의 성격이나 직업 등을 담아내는 게 웹소설의 특징이라 할지라도 성공작이 아니면 수만 개가 서비스되는 플랫폼 사정상[56], 제목과 더불어 소설

---

53 웹소설 현대판타지 장르에서 재벌물의 전성기를 이끈 작품이다. 순양그룹 비서실장 윤현우가 누명을 쓴 채 살해당한 후 1987년 순양그룹 창업주의 막냇손자인 진도준으로 회귀해 그룹을 장악하는 이야기다. 총 326화로 외전 없이 종결지었다. 이 작품은 2022년 웹툰과 TV드라마로 각각 매체 변용을 이루었다. TV드라마가 큰 인기를 끈 탓에 원작인 웹소설로 유입된 독자들이 다수 있었다. 이 작품은 원래 KW북스에서 출간해 카카오페이지에 처음 유통되었으나 2022년 JHS에서 재출간, 네이버시리즈에는 JHS 판본이 올라와 있는 상태다. 산경, 2017~2018, 『재벌집 막내아들』, Studio JHS.

54 문피아의 자유연재 코너에서 시작해 승급 기준을 충족, 일반연재로 넘어갔다가 추천과 선호작 수가 높아 CP사이자 플랫폼사이기도 한 문피아와 정식계약한 케이스다. 신인이었던 장탄 작가의 데뷔작으로 모두가 기피하는 보이스피싱을 새롭게 해석해 인기몰이를 했다. 퇴물 배우가 보이스피싱 전화를 받은 후 인생역전을 꾀하는 사이다물이다. 총 400화로 완결지었으나 독자들의 요구로 외전 23화를 추가해 총 423화로 연재를 마감했다. 장탄, 2019~2020, 『보이스피싱인데 인생역전』, 문피아.

55 출판문학은 작가–출판사–유통사–독자의 형태로 판매가 이루어졌다면, 웹소설은 작가–CP사(Contents Provider)–플랫폼사–독자의 구조로 판매망이 구축되어 있다. CP사는 출판사의 역할에 매니지먼트를 겸한 곳으로, 작품을 기획하고 작가를 관리하는 등의 업무를 맡는다. 즉, CP사에서 원고를 편집해 플랫폼사에 공급하는 형태이므로 웹상에 작품이 서비스되고 있는 한 플랫폼의 종류와 상관없이 같은 판본이 업로드되어 있다.

속 인물과 그 인물이 그리는 이야기가 함께 각인되기는 쉽지 않다. 웹소설의 흥행 성공작에는 일상적이고 원형적인 경험을 가진 인물이 등장하며 비록 그들이 클리셰 범벅인 행동을 할지라도 새로운 디테일로 무장한 서사가 이를 뒷받침하고 있다. 즉 성공작은 우리 내면의 집단 무의식을 건드려 시간과 공간을 초월한 공감을 얻어내는 기술이 있다. 그러므로 유행에 민감한 스낵컬처 시장인 웹소설 시장에서도 그 생명력을 오래 가져가는 것이라 여겨진다.

무장 작가의 『갓 오브 블랙필드』는 카카오페이지가 '기다리면 무료'(기다무) 프로모션을 내놓은 후 현대판타지 장르에서 연재 기간 내내 1위를 했던 작품이다. 원래 현대판타지 장르는 네이버시리즈가 강세였으나 이 작품으로 인해 카카오페이지로 현대판타지 독자들이 많이 유입되는 결과를 낳기도 했다. 『재벌집 막내아들』은 산경 작가의 다섯 번째 웹소설로 재벌물의 표본이 된 작품이다. 『재벌집 막내아들』 이전에도 재벌물이 있었으나 이 작품만큼 큰 반향을 일으키진 못했다. 마지막으로 『보이스피싱인데 인생역전』은 문피아가 신인 등용문으로서의 역할을 톡톡히 한 예로 볼 수 있다. 자유연재에서 시작해 단숨에 문피아와 계약한 후 여러 플랫폼에 작품을 유통한 사례로 회귀와 환생 또는 빙의 코드를 사용하지 않고도 보이스피싱이라는 가장 일상적이면서도 반갑지 않은 소재를 활용, 환상성을 획득한 작품이다.

둘째, 웹소설 십년사를 조망할 수 있는 작품으로 선정하였다. 『갓 오브 블랙필드』는 2014년 7월에 연재를 시작해 2016년 10월에 마감한 작품으로 근 2년을 실시간 연재했다. 『재벌집 막내아들』은 2017년 2월에 시작, 2018년 1월에 연재를 끝마쳐 꼬박 1년이 걸렸다. 『보이스피싱인데 인생역

---

56 전체 작품 수가 집계되어 보이는 카카오페이지에는 현재 4만 611편의 작품이 올라와 있다(검색일: 2023. 3. 6). 네이버시리즈도 카카오페이지와 비슷한 볼륨을 가지고 있으므로 아마 이와 비슷한 수의 작품이 업로드되어 있을 것이다.

전』 또한 2019년 8월부터 2020년 8월까지 연재를 마치는데 근 일 년이 걸렸다. 즉, 첫 번째 작품은 2014~2016년, 두 번째 작품은 2017~2018년, 세 번째 작품은 2019~2020년 연재작으로 웹소설 태동기부터 현재에 이르기까지 웹소설의 경향성과 당대 시대상을 통시적으로 살펴보는 기회를 제공한다.

물론, 세부 분석에 이르러서는 해당 작품 외에도 이들 작품과 비교 분석할만한 여러 현대판타지 작품을 언급할 예정이다. 소수의 작품을 가지고 현대판타지 장르 전체의 문법을 일반화할 수는 없다. 또한 이 글에서 이루고자 하는 장르의 전체적 조망의 목적에도 부합하지 않기 때문이다.

이 책은 이들 작품이 독자를 끌어들일 수 있었던 매력 포인트가 남성성을 재현하는 주인공의 영웅적 여정에 있다고 보았다. 영웅의 여정을 신화적으로 해석한 조지프 캠벨(Jeseph Campbell)은 원질신화[57]의 핵심을 출발-입문-귀환의 3단계로 상정했다. 영웅신화의 주인공은 일상적인 세계에서 초자연적인 세계로 떠나는 계기를 맞닥뜨리며 모험에의 소명을 받는다. 영웅은 할 수 없이 여정을 떠나게 되고(출발), 그 과정에서 엄청난 세력을 만나 우여곡절을 겪지만, 결정적인 승리를 거둔다(입문). 그리고 동료들에게 나눠줄 전리품을 안고 귀환한다(귀환). 이러한 영웅신화 이론은 할리우드의 스토리 제작자인 보글러에게 영향을 끼쳤다. 그는 캠벨의 원질신화를 상업적 시각에서 재해석해 서사콘텐츠가 가져야 할 형식을 발견해냈다. 이는 캠벨의 원형신화를 세속적으로 해석, 구축한 서사 분석법으로서 대중문화 콘텐츠인 웹소설을 톺아보는 데 유용한 방법론을 제

---

57 조지프 캠벨은 세상의 모든 스토리텔링은 의식적이든 무의식적이든 고대 신화의 패턴을 보인다고 했다. 대부분의 스토리에서—조악한 농담에서부터 지극히 고상한 문화에 이르기까지—영웅의 여정을 따른다고 보았다. 캠벨은 그 원리를 '원질신화(monomyth)'라 불렀다. Vogler, C., 2022, 『신화, 영웅, 그리고 시나리오 쓰기』, 함춘성 옮김, 비즈앤비즈, 42쪽.

공한다.

이 글은 캠벨과 보글러의 이론적 배경을 경유하여 한국 웹소설의 인물서사 분석틀을 바탕으로 서사세계를 살펴보고자 한다. 그리하여 여타 장르의 서사콘텐츠와 차별점을 갖는 웹소설만의 특징을 확인하고, 내러티브 의미론으로서 영웅서사에 기반한 인물세계를 분석, 한 시대를 관망할 수 있는 주요한 장르로서 웹소설의 가능성을 타진해보고자 한다.

셋째, 기존 웹소설 연구에서 사례작 분석은 설사 그것이 서사구조를 파악하는 연구일지라도 전체 작품이 아닌 무료 회차 25화 분석에 집중적으로 몰려 있다. 그럼으로써 작품 전체를 관통하는 분석보다는 웹소설이라는 장르에 대한 의견을 개진하거나 해당 장르를 두고 벌이는 인상 비평에 치우치는 경향이 있었다. 웹소설에서 창작자가 독자를 끌어들이기 위해 가장 공들이는 부분이 무료 회차 25화인 것은 어느 정도 사실이지만, 웹소설이 완결성을 가진 서사콘텐츠라는 사실 또한 변함이 없다. 아무리 상업적 콘텐츠라 할지라도 작품은 그 자체로 의미를 내포하는 내러티브 텍스트이다. 그러므로 작품의 전 회차를 대상으로 면밀하게 서사세계를 들여다보는 작업은 필요하다.

3. 연구방법

한국 웹소설의 현대판타지 장르에서는 대부분 초반부에 회귀나 빙의, 환생 모티프를 사용한다.[58] 웹소설의 형식이 점차 정형화되기 시작하면서

58 현대판타지 장르에서만 쓰이는 것은 아니며, 로맨스판타지나 무협, 게임판타지 같은 퓨전판타지 장르에서도 자주 등장하는 모티프이다. 상기 선행 연구에서 밝혔듯, 웹소설은 플랫폼 연구와 함께 이루어졌기 때문에 웹소설에서 쓰이는 용어가 반드시 문학용어와 일치하는 것은 아니다. 연구자에 따라 모티프를 '키워드' 또는 '코드'로

이른바 '회빙환'이라 불리는 이 세 가지 모티프는 초반 3화 이내에 일어나는 필수 요소로서 자리매김했다. 이 글에서 주요 텍스트로 삼은 세 작품 중 두 작품(『갓 오브 블랙필드』, 『재벌집 막내아들』)이 각기 환생과 회귀 코드를 사용했으며, 한 작품(『보이스피싱인데 인생역전』)은 회빙환 코드는 사용하지 않았으나 보이스피싱이 인생을 역전시키는 행운의 전화라는 설정으로 '회빙환' 못지 않은 환상성을 드러내고 있다.

현대판타지에서 회빙환을 거치거나 행운의 계기를 맞은 인물은 이전과 다른 삶을 살아가게 된다. 과거로 회귀한 인물은 미래 정보를 들고 과거로 들어가며, 다른 이의 몸으로 환생한 인물은 더 나은 조건을 가진 인물로 재탄생한다. 등장인물이 살아가는 세상은 이전의 세계와 양립 가능한 세상이지만 주인공이 가진 능력은 동시대의 사람들과 현격히 다르다. 그럼으로써 차이를 만들어내기 때문에 그가 가는 자리마다 기적이 일어나고, 현실세계를 기반으로 하는 서사공간은 무늬만 현실을 재현할 뿐 초현실적 경이로 가득 차게 된다. 실제세계를 모방하고 재현하지만, 소설 속 허구세계는 우리가 아는 세계를 해체하기에 이른다. 이 글은 미메시스와 환상이 교묘하게 섞인 한국 웹소설의 전반적인 특성과 상호연관성을 밝히기 위해 다중세계모형을 제시하는 가능세계이론의 관점에서 서사세계를 살펴보고자 한다. 여기서 말하는 다중세계모형은 기본적으로 다원론을 기반으로 한다. 원자론은 존재하지 않는 실체를 거짓 또는 불확실한 것으로 간주하지만 다중세계모형은 세계는 다원적이라는 데 전제가 있다. 우리가 사는 세계 이외에도 다른 세계가 존재할 수 있으며 그 세계 속 실체를 지시함으로써 각기 다른 지시세계에 대해 다른 진실값을 갖을 수 있다고 본다. 즉, 각기 다른 가능세계는 그 자체로 참이기 때문에 가상세계에 대해 말하는 것이 가능하게 되는 것이다.[59] 이러한 가상세계는 현실

부르는 경우도 있는데 이때는 웹이라는 매체성이 강조되는 경향이 있다.

적 논리로만 설명되지 않는 한국 웹소설의 하위 카테고리인 현대판타지 장르의 서사세계를 들여다보는 데 유용한 접근법이 될 수 있을 것이다.

가능세계라는 개념은 가능성과 필연성의 개념에서 자연스레 생겨난 것으로 변형생성문법학자들이 언어 그 자체를 대상으로 하는 구조주의 문법에 반발해 자신들의 연구에 의미론적 성분을 더하기 위한 시도를 하면서 본격적으로 논의되기 시작했다.[60] 문학이론과 서사학에 적용되기 시작한 것은 1970년대 말로, 움베르토 에코, 토마스 파벨, 루보미르 돌레첼 등에 의해서였다.[61] 가능세계이론은 서사체계를 가능세계로 파악하고, 텍스트의 허구성을 더 이상 텍스트의 내재적인 성질로 보지 않게 되었다. 가능세계에서 실재란 다수의 세계로 구성된 양상(mode) 시스템이다. 이 시스템을 구성하고 있는 것은 우리가 알고 있는 현실세계이며 활성화되지 않은 가능세계가 이 현실세계 주변을 맴돌고 있다는 것이다.[62] 즉, 우리의 현실세계는 무한히 많은 가능세계로 둘러싸여 있는 셈이다.

허구란 꾸며낸 이야기라는 직관적 이해에서 출발하여 허구를 다루는 텍스트로까지 사고가 확장된다. 가능세계이론이 원래는 철학적 서사론이었던만큼 이것은 철학의 오랜 주제인 허구의 의미론적 범위와 실재와의 관계, 그리고 허구적 진술에 있어서의 진실성 문제를 탐구하는 데 있었다.

이런 논의를 전제로 미국의 언어학자 솔 크립키(Saul Kripke)는 '가능

---

59 Ryan, M., 1998, "The Text as World versus the Text as Game: Possible Worlds Semantics and Postmodern Theory", *Journal of literary semantics*, JULIUS GROOS, Vol. 27 No. 3, p. 147.

60 대표적인 학자로 노엄 촘스키(Noam Chomsky)를 들 수 있다. 기존 구조주의 언어이론으로는 온전히 언어를 설명할 수 없다며 이를 채워줄 이론으로 '변형규칙'들을 제시했다. Chomsky, N.·장영준, 2016,『촘스키의 통사구조』, 알마, 14~15쪽.

61 Surkamp Carola, 2018, 앞의 글, 229쪽.

62 Ryan, M., 1991, *Possible Worlds, Artificial Intelligence and Narrative Theory*, Indiana Univ. Press, p. 3.

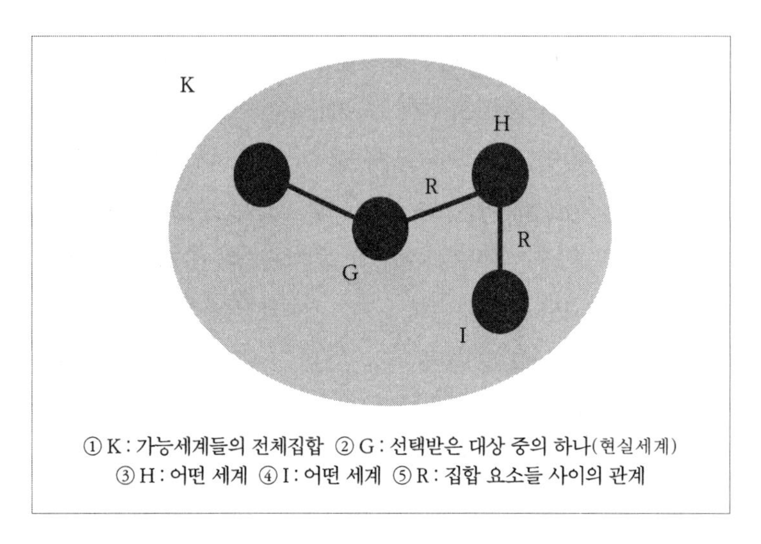

〈그림 1〉 솔 크립키의 '가능세계모델구조'

세계모델구조'를 만들어 형식적 틀을 정초했다.[63] 〈그림 1〉에서 집합 K는 가능세계들의 전체집합, 원소 G는 현실세계, 관계 R은 K 체계에 속한 다양한 세계들 사이의 관계이다. 어떤 세계 H가 어떤 세계 I에 대해 가능세계가 되려면, 세계 I에서 세계 H로 접근 가능성 관계가 성립해야 한다. 그러면 세계 H의 개별자가 세계 I의 개별자들과 동일할 때 세계 H는 세계 I의 가능한 대안세계이다.

철학자 데이비드 루이스(David K. Lewis)는 크립키의 이론을 확장해 서사 내에서 사실로 알려진 세계는 유일한 세계가 아니라 여러 개일 수 있다고 주장했다.[64] 서사세계란 텍스트에 명시적인 것에만 의존하는 세계가 아니라 '알려진 사실'로 이야기되는, 즉 참으로 여겨지는 세계이다.

가령 현진건의 「운수 좋은 날」에서 김첨지가 아내를 먹이기 위해 사 온

63 Ryan, M., 1991, op. cit., pp. 16~17.

64 Ryan, M., 1991, Ibid., p. 18.

설렁탕 안에 든 고기는 양지일까 아니면 사태일까? 텍스트에는 여기에 대해서 전혀 언급된 바가 없다. 이야기 전개상 설렁탕에 들어간 고기의 부위를 밝힐 이유가 없을뿐더러 그것이 양지인지 사태인지는 중요하지 않다. 그러나 논리적으로, 설렁탕이 고깃국인 한 이 질문이 무효화되지는 않는다. 이 질문에 대해 고기의 종류는 어느 한쪽만 참이라고 말할 수도 없고 또 둘 다 거짓이라든가 참이라든가 하는 답도 할 수 없다. 이것은 각기 다른 가능세계 안에 존재하는 참인 이야기다. 우리가 아는 「운수 좋은 날」에서는 알 수 없는 정보가 다른 가능세계에서는 가능하다는 것이다.

그렇기에 이야기는 무수히 많아질 수 있으며, 웹소설에서 이루어지는 허구적 사실은 그 세계 안에서는 참인 이야기가 된다. 즉, 웹소설의 등장인물은 하나의 허구적 사실을 만들어낸다. 회귀나 환생, 빙의가 가능한 세계에서 그 이야기는 참이 되며, 분기를 거쳐 등장인물은 영웅으로 거듭나게 되는 것은 그 자체로 참인 이야기이며 정당성을 얻게 된다. 그러므로 회귀나 빙의, 환생의 원리나 그 정합성을 따로 설명할 필요가 없는 것이다. 또한 그 이후의 서사에 대해 그것의 이치를 따지거나 우리가 사는 현실세계의 논리로 참과 거짓을 따질 수 없다는 것이다. 웹소설 내의 서사세계는 그 자체로 가능한 대안 세계이기 때문이다.

미국의 마리-로르 라이언(Marie-Laure Ryan)[65]은 이러한 가능세계이론을 토대로 텍스트를 통한 새로운 세계 창조와 그 관계 양상을 살펴보는 체계를 구축했다. M. 라이언은 텍스트의 작가(내포화자)는 독자를 우리가 거주하는 실제세계(AW)가 아닌 다른 세계로 그들의 생각을 투영시

65 서사 이론가로 가능세계와 허구이론, 디지털 서사, 장르 이론, 디지털 문화에 대한 연구를 주로 한다. 본고는 가능세계이론을 다룬 저서인 Ryan, M., 1991을 주요 참고 이론서로 삼고 논의를 진행하고자 한다. 마리-로르 라이언에 대한 정보 출처는 위키피디아 '마리 로르-라이언' 카테고리, en.wikipedia.org/wiki/Marie~Laure_Ryan(검색일: 2023. 3. 19) 사용.

킴으로써 그 다른 세계가 실제세계라고 믿게끔 하는(make-believe) 새로운 실제체계를 창조한다고 했다.[66] 바로 이 새로운 실제체계는 텍스트 속 실제세계(TAW, Textual Actual World)라 불리며 이 세계 안에서는 작가가 쓴 문장들을 믿을 수밖에 없게 된다. 이렇듯 M. 라이언의 이론과 다른 허구 이론과의 차이점은 허구 이론을 텍스트로 끌고 와 텍스트 실제세계가 중심인 세계 체계를 만들었다는 데 있다.

M. 라이언의 가능세계 시스템은 정리하면 〈표 2〉와 같다.

허구 이론에서 말하는 허구세계는 라이언식 용어로 이야기하면 텍스트 우주(textual universe)이다. 이 우주의 중심에 텍스트 실제세계(TAW)가 있고, 텍스트에 의해 재현된 실제세계가 모사하는 세계가 텍스트 참조세계(TRW, Textual Referential World)이다. 즉, 텍스트 실제세계는 실제세계를 바로 연결할 수 없으므로 텍스트 참조세계를 통해서만 상(image)을 구체적으로 제시할 수 있다.[67]

SF웹소설 『철수를 구하시오』[68]를 예로 들어보면 다음과 같다. 소설상 설정에서 지구는 소행성 라마의 충돌로 인류멸망을 맞이하게 된다. 거의 달과 맞먹는 크기의 소행성이 충돌한 사건인데, 이 정도 크기의 소행성이 부딪힌다면 당연히 지구는 멸망하고 말 것이다. 이것은 우리가 처한 현실

---

66 『전쟁과 평화』 텍스트를 예로 들어 다음과 같이 설명했다. "『전쟁과 평화』의 세계는 전쟁과 평화 텍스트에 내재된 어떤 본질적인 성질 때문이 아니라 『전쟁과 평화』 세계가 생겨나게 된, 그리고 이 세계를 독자에게 제공하는 의사소통행위 때문에 허구적"이라고 말했다. M. 라이언은 이야기 행위(speech act)를 의사소통의 가장 기본 단위로 보았으며 이러한 이야기 행위는 허구를 생산하는 작가의 행위이며 이를 통해 독자로 하여금 그가 한 이야기 행위를 믿게 만든다고 했다. Ryan, M., 1991, op. cit., pp. 61~62.

67 Ryan, M., 1991, Ibid., pp. 24~25.

68 가짜과학자, 2020, 『철수를 구하시오』, 문피아, 총 175화. 2020년에 연재해 SF어워드 웹소설 부문 본선에 진출했으나 개연성 부족으로 탈락, 2021년 리메이크 후 한결 완성도가 높아져 결국에는 2021 SF어워드 우수상을 수상했다.

〈표 2〉 마리-로르 라이언의 가능세계 시스템

시스템	의미	접근 관계
AW (Actual World)	(하나의) 실제세계	작가
TRW (Textual Referential World)	텍스트 참조세계	내포화자
TAW (Textual Actual World)	텍스트 실제세계	하나의 세계 체계(universe)를 투사 TRW의 재현

세계이다. 그런데 『철수를 구하시오』에서 주인공 강철수는 멸망 이후 중학생 시절로 반복 회귀를 한다. 즉, 지구 멸망을 막을 때까지 그는 계속 죽었다가 다시 살아난다. 실제 현실과 대비해 존재할 가능성이 있는 가능세계는 아마 무궁무진할 것이다. 그러나 텍스트가 선택한 가능세계는 주인공을 반복 회귀시켜서 인류가 사는 지구를 이 우주에서 반드시 존재하도록 만드는 가상세계이다. 즉 여기서 허구세계인 텍스트 실제세계는 실제세계를 모방하거나 재현하는 게 아니라 가능성이 있다고 여겨지는 대안세계인 반복회귀가 일어나는 세상을 참조한다. 그리고 지구를 구하지 못하면 그 세계가 폐기되는 일이 발생하는 것 또한 내포화자에 의해 발생하는 텍스트 참조세계인 것이다. 실제세계에서 우리는 소설 속에서 일어나는 일을 감지할 수 없고, 이 웹소설 속 실제세계는 우리가 사는 실제세계를 모사한 게 아니라 가능성 있는 자주적인 세계로 존재하고 있는 것이다. 그리고 이러한 텍스트 실제세계는 플롯에 따라 우리의 현실과 가까울 수도 있고 멀 수도 있다. 그것은 텍스트가 자신을 어디에 위치시키느냐에 따라 달라진다. 이러한 방법론은 텍스트를 둘러싼 세계들의 특성과 그 세계들 간의 상호연관성을 살펴볼 수 있는 통로가 될 수 있다. 그럼으로써 문학 텍스트의 의미론에 보다 체계적으로 접근할 수 있는 것이다.

이 글은 M. 라이언의 가능세계이론을 통해 한국 웹소설의 현대판타지 장르의 주요 흥행작을 분석하기로 한다. 여기에 M. 라이언의 방법론을 사용하는 이유는 다음과 같다.

첫째, 텍스트가 재현하는 세계상은 현실세계와 일치하지 않는다. 우선 우리가 사는 실제세계에서는 '회빙환'과 같은 일이 일어나지도 않을뿐더러 미래 정보를 모두 알고 있어서 '떡상'할 가능성이 있는 주식만 사는 사람이 존재하지도 않고, 몸 안에 든 다이아몬드가 힘을 발휘해 엄청난 괴력을 가진 인물이 되어 모든 전쟁을 승리로 이끄는 전사가 있지도 않다. 그들은 텍스트 참조세계가 비추는 이미지로 존재하는 인물들인 것이다.

둘째, 한국 웹소설에서 다루는 세계는 '자기애'라는 인간의 원초적인 욕망이 가감없이 표출되는 공간이다. 우리가 살아가는 실제세계 또한 사회적 관계에 경쟁의 논리를 강제하는 신자유주의의 합리성이 지배하는 공간이기에 웹소설의 텍스트 참조세계는 실제세계를 미메시스한 공간이기도 하다. 이러한 공간에서는 남보다 나아 보이고 싶어 하는 욕구를 드러내는 게 당연하다. 결국 이러한 충동적인 욕망이 영웅을 추구하는 서사를 탄생시킨다. 이러한 독서 욕망을 읽어낸 창작자는 여러 가능세계 중 하나를 새로운 중심, 곧 실제세계로 삼아 새로운 실제성을 만드는 재중심화(recentering)[69] 작업을 진행한다. 독자는 비록 재중심화된 새로운 실제세계가 문자 그대로의 실제세계가 아니라는 것을 알면서도 텍스트에서 말하는 허구적 진술을 객관적 사실의 재현으로 받아들이게 된다. 독자는 창작자가 만들어낸 텍스트상의 실제세계를 실제세계인 양 믿으며 그 텍스트의 등장인물이 만들어내는 믿음, 소망, 의도, 의무 등의 정신적 행위가 만들어낸 표상들을 믿는 체한다. 즉, 창작자의 이야기 행위(speech

69 가능세계 중 하나를 텍스트 실제세계로 삼고 그 텍스트의 등장인물들의 꿈이나 믿음 등의 정신적 행위를 텍스트 대안 가능세계(TAPW, Textual Alternative Possible World)에서 재현해낼 수 있는데, 이렇게 창조한 가능세계 중 하나를 새로운 중심, 즉 텍스트 참조세계로 삼고 실제성의 세계를 만드는 것이 재중심화(recentering)이다. Ryan, M., 1998, op.cit., pp. 151~152.

act)를 통해 만들어진 의사표시 행위를 독자가 믿어줌으로써 한국 웹소설이 만들어내는 텍스트 실제세계는 동시대를 살아가는 사람들의 세계관이 집적된 텍스트상의 대안적 가능세계(TAPW, Textual Alternative Possible World)로 재탄생하는 것이다. 이렇듯이 상호 간에 발생한 허구적 의사소통 행위를 통하여 한국 현대판타지 웹소설은 텍스트 실제세계와 텍스트 참조세계 간에 상당히 창발적인 관계를 맺게 된다. 이를 도식화하면 다음과 같다.

텍스트 참조세계 → 텍스트 실제세계 → 텍스트 참조세계 → 텍스트 실제세계 → …… → ∞

무한히 반복하는 루프가 생성되면서 웹소설은 클리셰를 변주하며 이를 무한 변형하는 형태로 나아가게 된다.

이 책에서는 M. 라이언의 가능세계이론이 한국 현대판타지 웹소설에 적용되는 양상[70]을 서사공간, 인물 서사, 서사의미로 나누어 살펴볼 것이다.

2장에서는 서사공간을 접근성 관계 스펙트럼에 따라 양립 가능한 세계와 양립 불가능한 세계로 나누어 고찰할 것이다.

---

70 웹소설 선행 연구에서 가능세계이론을 언급한 논문으로는 홍우진·신호림, 2021, 앞의 글을 들 수 있다. 해당 논문은 웹소설 『용왕님의 셰프가 되었습니다』가 고전소설 『심청전』의 서사를 확장한 예라고 보았다. 시대가 변화함에 따라 실제세계가 변하고 이에 따라 텍스트 참조세계도 달라졌기에 『용왕님의 셰프가 되었습니다』는 서양의 판타지 세계관을 받아들이며 텍스트 실제세계 또한 수정·보완하는 변화를 겪었다고 기술하였다. 해당 연구는 웹소설을 분석하는 방법론으로 가능세계이론을 도입해 고전문학 기반의 웹소설에 접근하는 새로운 시각을 마련하였다는 평가를 내릴 수 있으나 실제세계와 텍스트 참조세계 그리고 텍스트 실제세계 간의 접근 관계를 도식적으로 반영하였다는 한계점이 있다. 이 글에서는 이러한 한계점을 염두에 두고, 재중심화된 텍스트 실제세계와 텍스트 내외적 세계들 간의 접근 관계를 상세히 살펴봄으로써 문학 텍스트에 대한 문학 이론 및 방법론의 피상적 적용을 극복하고자 한다.

여기서 접근성 관계 스펙트럼이란, 허구 정도에 따라 크게 네 가지로 나뉜다.[71]

(1) 다수의 실제 역사적 사건을 포함하거나 그런 사건에 대해 매우 특별한 방식의 연관성을 지닌 작품
(2) 실제일 수 있는 사건들의 상상적 양태를 다루는 작품
(3) 실제일 수 있는 세계와 결코 실제일 수 없는 세계 사이에서 진동하는 작품
(4) 결코 실제할 수 없는 사건들의 양태를 다루는 작품

(1)과 (2)에는 역사소설, 실화소설, 논픽션 등이 해당하며 우리의 생활세계와 동일한 물리법칙이 지배한다. 이와 반대로 (3)과 (4)에는 실제세계에서 벗어나는 허구의 현실들, 즉 환상적인 텍스트나 동화, SF 등에 적용된다.

M. 라이언은 위와 같은 분류를 더욱 세분화하여 분석하는 데 기여하였다. 그녀는 텍스트 실제세계와 텍스트 참조세계 사이의 거리를 논리적, 물리적 일치 정도로만 측정하는 것이 아니라 구성요소의 일치성 및 연대기적, 분류학적, 분석적, 언어학적, 역사적, 사회경제적, 범주적 일치성이라는 요소들을 끌어들였다. 그러나 이 접근 가능성 관계가 허구성을 나타내는 표식이기는 하나 절대적일 순 없다. 예컨대 언어적 양립 가능성이 불가능한 텍스트라면 우리가 텍스트 실제세계 내에서 무언가를 알아내기는 요원하기 때문이다. 이를 표로 나타내면 〈표 3〉과 같다.

양립 불가능한 세계는 알 수 없는 이유로 '회빙환'이 이루어지거나 물리법칙이나 논리적 양립 가능성이 희박한 상황으로서 사건이 벌어지기 전과

71 Ryan, M., 1991, op. cit., pp. 32~33.

〈표 3〉 접근성 관계 스펙트럼

번호	동일성 및 양립 가능성	접근 관계
1	성질들의 동일성	실제세계와 텍스트 실제세계의 공통된 대상 및 성질을 가지고 있으면 텍스트 실제세계에서 실제세계로 접근가능하다.
2	목록들의 동일성	실제세계와 텍스트 실제세계가 같은 대상을 가지고 있으면 텍스트 실제세계에서 실제세계로 접근가능하다.
3	목록의 양립가능성	텍스트 실제세계의 목록이 자신의 고유한 구성요소뿐만 아니라 실제세계의 모든 구성요소를 포함하면 텍스트 실제세계는 실제세계에서 접근가능하다.
4	연대순의 양립가능성	실제세계의 구성원이 텍스트 실제세계의 역사를 보았을 때 텍스트 실제세계에서 시간적 재배치가 일어나지 않았다면 텍스트 실제세계는 실제세계에서 접근가능하다.
5	물리적 양립가능성	실제세계와 텍스트 실제세계가 자연법칙 공유하면 실제세계와 텍스트 실제세계가 접근가능하다.
6	분류학적 양립가능성	실제세계와 텍스트 실제세계가 같은 종을 포함하고 이 종들이 같은 성질에 의해 특성화되면 실제세계에서 텍스트 실제세계로 접근가능하다.
7	논리적 양립가능성	실제세계와 텍스트적 실제세계 모두 비모순 원리와 중간값 배제원리를 지키면 실제세계에서 텍스트 실제세계로 접근가능하다.
8	분석적 양립가능성	실제세계와 텍스트 실제세계의 지시하는 대상들이 같은 본질적 성질을 공유하면 실제세계에서 텍스트 실제세계로 접근가능하다.
9	언어적 양립가능성	텍스트 실제세계를 기술하는 언어가 실제세계에서 이해된다면 실제세계에서 텍스트 실제세계로 접근가능하다.

후가 확연히 다를 때, 이를 양립 불가능한 세계로 놓는다. 양립 가능한 세계는 불가사의한 일들이 끝난 후 M. 라이언이 분류한 동일성 및 양립 가능성에 비추어 '최소한의 이탈원칙'[72]을 적용해 정합성을 따져볼 예정이다.

72 웹소설 『전지적 독자 시점』에서 주인공 김독자는 퇴근길에 인류 멸망을 맞이하고, 자신이 읽던 소설책 내용과 똑같은 일이 실제로 (텍스트 실제세계에서) 벌어지는 것을 경험한다. 독자는 김독자가 처한 초현실적인 상황을 인정하지만, 주인공이 비정규직으로서 미래가 꽉 막힌 젊은이라는 점이나 그래서 유일한 낙이 웹소설을 읽는

3장에서는 인식 과정에 따라 텍스트 실제세계 내 인물 양상을 나눈 M. 라이언의 모델링[73]을 이용해 인물 유형을 분석해보고자 한다. 캠벨은 인간 내부에는 신화적 원형이 자리 잡고 있어서 인간은 신화를 통해 개인이 지닌 완전성과 무한한 힘의 가능성을 깨닫게 된다고 했다. 그리하여 서사 콘텐츠의 주인공은 신성 획득을 위한 공간 여행을 감행하고 통과의례를 위해 리츄얼을 진행하게 되는데, 이는 사실 인간 인생의 여정을 압축한 것과 다르지 않다.[74]

웹소설에 등장하는 인물들의 여정 또한 캠벨이 제시한 영웅의 표준 모형과 크게 다르지 않다. 그들은 제한된 시공간 안에서 주어진 과제를 수행한 후 보상을 얻어 다음 지점으로 이동하는, 어찌 보면 게임의 퀘스트를 수행하는 것과도 같은 여정을 반복한다. 이는 일정 기간 독자를 붙들어두기 위한 전략인지도 모른다. 제한된 여건 속에서 미션을 수행하는 것은 인간을 압박과 강박 속에 몰아넣고 그 과정에서 얻는 몰입감이 쾌락

것이라는 상황 설정은 실제세계(AW)와 동일한 성질과 목록을 가진 것이라 여긴다.

73 M. 라이언의 인물세계 양상은 총 다섯 가지이다. 첫째는 지식세계, 둘째는 소원세계, 셋째는 의무세계, 넷째는 의도세계, 다섯째는 상상의 우주이다. 지식세계는 인물의 지식, 학식, 능력을 포괄하는 개념인 반면에 의무세계는 인물의 가치 시스템과 규범 시스템, 도덕관과 윤리관, 인물이 내면화한 의무들과 관습들을 특징짓는다. 소원세계는 인물의 소원과 욕구로 구성되며 의도세계는 인물의 의도와 계획이 드러난다. 상상의 우주는 꿈 속의 등장인물이 꾸는 꿈과 같은 것으로 예컨대 엠마 보바리가 읽는 소설의 등장인물이 살고자 하는 세계의 인물세계라고 할 수 있다. 웹소설에서는 액자 형태의 서사구조를 보이는 작품이 거의 없고, 빙의물이라 할지라도 빙의된 세계 자체를 텍스트 실제세계(TAW)로 간주할 수 있으므로 이 글에서는 다섯 번째 양상은 제외하고 네 가지 인물 양상만으로 인물세계를 분석할 것이다. Ryan, M., 1991, op. cit., pp. 109~123.

74 영웅은 일상에서 초자연적인 경이의 세계로 떠나고, 거기서 엄청난 세력을 만나 결국 결정적인 승리를 거두고, 이 신비스러운 모험에서 동료들에게 이익을 줄 수 있는 힘을 얻어 현실세계로 돌아오는 여정을 거친다. 캠벨은 이러한 신화적 모험의 양식을 '원질신화(monomyth)'라 일컬었으며 이는 분리-입문-회귀의 확대판이라고 했다. Campbell, J., 2009, 『천의 얼굴을 가진 영웅』, 이윤기 옮김, 민음사, 44~45쪽.

〈표 4〉 캠벨과 보글러의 영웅 여정 비교

캠벨의 영웅 여정			보글러의 영웅 여정		
막	장	중심 여정	막	장	중심 여정
1막 출발			1막 출발 분리	1	일상세계
	1	모험에의 소명		2	모험에의 소명
	2	소명의 거부		3	소명의 거부
	3	초자연적인 조력		4	정신적 스승과의 만남
	4	첫 관문의 통과		5	첫 관문의 통과
	5	고래의 배			
2막 입문	6	시련의 길	2막 하강 입문 통과	6	시험, 협력자, 적대자
	7	여신과의 만남		7	동굴 가장 깊은 곳으로의 접근
	8	유혹자로서의 여성		8	시련
	9	아버지와의 화해			
	10	신격화			
	11	홍익		9	보상
3막 귀환	12	귀환의 거부	3막 귀환	10	귀환의 길
	13	불가사의한 탈출			
	14	외부로부터의 구조			
	15	귀환 관문의 통과			
	16	두 세계의 스승		11	부활
	17	삶의 자유		12	영약을 가지고 귀환

을 선사하는 것이다. 이런 인간의 본성이 회당 결제하는 결제 시스템과 만나게 되면서 웹소설 시장은 폭발적 성장을 이루게 되었다. 즉, 한정된 재화 속에서 최대한 가치를 창출해 내고자 하는 욕구는 인류에게 보편적으로 내재한 집단 무의식과도 같다. 이와 같은 인간의 본질을 깨닫고 일찍이 할리우드 영화제작 시스템에 캠벨의 영웅신화를 접목한 사람이 보글러다. 그는 디즈니 애니메이션 서사에 이와 같은 영웅의 여정을 접목시켜 여러 히트작을 내놓았다.[75] 그와 캠벨의 영웅 여정을 비교하면 〈표 4〉

75 보글러는 캠벨의 영웅신화를 정리해 영화 스토리텔링 매뉴얼을 만들었다. 그가 배포한 '작가를 위한 가이드'는 할리우드의 영화 시나리오 쓰기 규범에 관한 안내서로 인정받아 현장에서 널리 쓰이게 되었다. 이러한 영웅 모델을 적용시켜 직접 제작

와 같다.

캠벨과 보글러는 영웅(주인공)이 이행하는 여행의 과정을 상세히 기술했을 뿐만 아니라 여행의 지도를 따라 여정을 함께 할 인물들을 제작하기도 했다. 영웅과 그의 조력자, 그리고 그의 여행을 막는 적대자의 존재는 이야기를 이끌어가는 원동력이 된다.

캠벨은 영웅이란, 자기 극복의 기술을 완성한 인물로서 자기 방식대로 그 난관의 뿌리를 뽑아 한달음에 해결하는 존재라고 했다.[76] 캠벨이 여러 신화에서 추출한 영웅의 모습은 보글러에게 무한한 가능성으로 다가왔다. 그는 캠벨이 만든 영웅의 여정을 3막 12장으로 줄여 할리우드 서사에 맞는 형태로 수정하였다. 그러나 그 여정의 큰 틀은 캠벨이 제시한 3막 구조로 동일하다.

캠벨의 영웅 여정은 신화를 분석하는 틀이었고, 보글러는 디즈니 애니메이션을 만드는 데 이를 이용하려 했다. 즉, 캠벨이 제시한 영웅의 여정이 인간의 근원적인 욕망을 드러내는 원초적 서사인 것은 맞지만, 상업 콘텐츠는 그러한 주제 의식을 관객에게 쉽고 선명하게 보여주어야 한다. 20세기 영화 관객은 신화를 소비하던 그리스·로마인과 다를 수밖에 없다. 두 시간이라는 주어진 담화시간 안에 영화는 원초적인 인간 본성을 건드리되 대중 콘텐츠가 가진 '매운맛', 즉 자극을 첨가해야 한다. 따라서 신화에서 드러나는 영웅서사를 그대로 영화에 적용하지 않고 여정을 압축해 그 안에 인물을 밀어 넣는 전략을 택했다.

위 표를 보면, 캠벨이 제시한 영웅 여정에 비해 보글러의 영웅 여정은 그 단계가 축소되어 간소해 보인다. 하지만 결코 단순하게 패턴화한 것만은 아니다. 흥행 성공작을 제작하기 위해서는 신화의 원형을 선택 적용할

에 참여한 작품은 〈파이트 클럽〉, 〈라이온 킹〉, 〈미녀와 야수〉 등이다. Vogler, C., 2022, 앞의 책, 15쪽.

76 Campbell, J., 2009, 앞의 책, 29쪽.

필요가 있어서다. 그리하여 이 책에서도 보글러의 3막 12장 구조를 웹소설 서사에 맞는 형식으로 수정해 작품 분석을 시도하려 한다.

이 책은 한국 웹소설의 특징을 3막 10장으로 보고 논의를 진행하고자 한다. 그 이유는 웹소설과 영화는 그 매체적 특성이 다르고, 웹소설은 영화에 비해 고난으로의 입사 과정이 짧은 반면에 모험 서사는 길게 변주되는 특성이 있기 때문이다. 그리하여 미션이 다양하게 주어지며 이를 극복하는 시간과 단계가 짧고, 반복적으로 미션을 수행해 이를 성공으로 끌어내는 자기 모방적 서사를 구사한다.

한국 웹소설에서 주인공은 시련에 처하지만, 회귀나 빙의 또는 환생 경험에서 얻은 초능력적인 힘으로 인해 모든 시련을 단숨에 극복한다. 이는 영화가 관객을 붙들어두는 시간과 웹소설이 독자를 붙들어두는 시간이 다른 데서 기인한다. 웹소설은 한 화당 평균 5천 자 내외로, 이를 읽는데 평균 15분 정도 걸린다. 이야기는 최대한 단순하면서도 그 안에 기승전결을 갖춘 완결된 서사가 나와야 한다. 그 안에서 독자는 다음 화를 볼지 말지 결정하게 된다. 이때, '사이다'[77], '절단신공'[78]과 같은 연재 기술이 등장한다. 즉, 한 회를 끝낼 때 이른바 '절단신공'이라는 스킬이 요구된다는 점에서 주인공은 또 한 번 시련에 처해야 한다. 이 과정은 연재가 끝나는

77 사이다를 마실 때 느끼는 시원함과 청량감을 서사에서 느낄 수 있다 하여 '사이다' 서사라고 부른다. 주인공이 사건을 시원하게 해결한다랄지 불공정한 상황에 처한 주인공이 상대(counterpart)에게 통쾌한 복수를 행함으로써 짜릿한 쾌감을 선사하는 것을 일컫는다. '사이다'의 반대에는 '고구마' 서사가 있는데, 고구마를 씹을 때처럼 답답하게 이야기가 전개되거나 주인공이 주변인물에 질질 끌려다니고 회차를 늘리기 위해 중언부언 설명이 많은 전개가 이루어지면 작품이 지루하다고 하여 '고구마' 서사라 부른다.

78 절단신공은 회당 결제 시스템을 가진 웹소설에서는 아주 중요한 연재 기술로 취급된다. 한 회차 연재를 끝맺을 때 다음 화 클릭을 유도할 수 있도록 호기심을 자극하는 문장으로 끝맺는 기술을 일컫는 말로 절단신공을 잘 부려야 흥행 작가의 반열에 오를 수 있다.

〈표 5〉 보글러와 한국 웹소설의 영웅 여정 비교

보글러의 영웅 여정			한국 웹소설의 영웅 여정		
막	장	중심 여정	막	장	중심 여정
1막 출발 분리	1	일상세계	1막 일상 화빙환	1	일상세계
				2	초자연적인 조력
	2	모험에의 소명		3	모험에의 소명
	3	소명의 거부			
	4	정신적 스승과의 만남			
	5	첫 관문의 통과			
2막 하강 입문 통과	6	시험, 협력자, 적대자	2막 입사 모험 전복	4	시험, 협력자, 적대자
	7	동굴 가장 깊은 곳으로의 접근			
	8	시련		5	시련(미션)
				6	신격화
	9	보상		7	보상
	10	귀환의 길		8	(또 다른) 시련(∞)
3막 귀환			3막 귀환	9	귀환 관문의 통과
	11	부활			
	12	영약을 가지고 귀환		10	삶의 자유

시점까지 무한반복된다. 시련에 처하고, 그 시련을 해결해 보상받고, 그 이후 또 다른 시련이 찾아오는 모험의 반복은 웹소설 연재의 주요 특징이기도 하다.

여기에서는 보글러의 영웅 여정을 바탕으로 한국 웹소설의 영웅 여정을 재구성하였다. 〈표 5〉에 나오는 한국 웹소설의 영웅 여정을 살펴보면, 2막 8장에서 또 다른 시련이 등장하는 것을 볼 수 있다. 한국 웹소설은 2막의 여정을 반복해 보여줌으로써 반복적 카타르시스를 제공한다는 특징이 있다. 유료화된 한국 현대판타지 웹소설은 175화 이상(단행본 기준 7권)의 연재를 기본 단위로 하므로 2막의 여정은 연재 분량에 따라 횟수에는 제한이 없다.

이 책은 한국 웹소설의 영웅 여정을 따라 웹소설을 구성하는 인물과 그들이 사는 공간을 조망할 기회를 가질 것이다. 이를 통해 한국 웹소설

〈표 6〉 등장인물의 유형(원형)과 조력도

번호	인물 유형	인물 원형	주인공(영웅)과의 관계
1	주인공	영웅(Hero)	+(10)
2	조력자	정신적 스승(Mentor)	+(9) / -(1)
3		관문 수호자(Threshold Guardian)	+(3) / -(7)
4		전령관(Herald)	+(5) / -(5)
5		변신자재자(Shapeshifter)	+(5) / -(5)
6		협력자(Ally)	+(10)
7		장난꾸러기(Trickster)	+(10)
8	적대자	그림자(Shadow)	-(1)

의 서사 여정을 재구성하고, 한국 웹소설이 지니는 의의를 확인할 것이다.

한편, 보글러는 캠벨의 원질신화에서 인물의 원형을 뽑아 작품 제작에 사용하기도 하였다. 이 책에서도 보글러가 제시한 인물 유형을 따르되 이들 인물이 스토리월드에서 가지는 역동적인 위상을 고려하여 서사 곡선을 따라 움직이는 등장인물의 패턴을 조형하는 데 초점을 맞출 것이다. 그 일환으로 조력자를 조력자 자체로만, 또는 적대자 자체로만 보지 않고, 영웅인 주인공과의 상호행위를 통한 관계 파악에 중점을 두고 분석할 것이다.

각 등장인물과 영웅과의 관계는 조력의 정도에 따라 +/-로 표시하고, 1단계부터 10단계까지 수치로 설정했다. 이를 분류하면 〈표 6〉과 같다.

정신적 스승(Mentor)은 영웅(Hero)의 퍼스낼리티를 드러내는 인물로 영웅의 여정에 주요 조력자로 등장한다. 블라디비르 프로프(Vladimir Propp)는 『민담형태론』에서 정신적 스승을 '증여자'나 '제공자'과 동일시했는데, 이들은 영웅에게 선물을 주는 존재지만, 영웅이 그가 주는 선물을 얻기 위해서는 모종의 테스트를 거쳐야 하기 때문이다.[79] 관문 수호자

79 Vogler, C., 2022, 앞의 책, 82쪽.

(Threshold Guardian)는 적대자까지는 아니지만, 적대자의 수하거나 고위층 간부로 영웅을 위협하는 존재로 나타난다. 관문 수호자도 정신적 스승과 마찬가지로 영웅을 시험하지만, 영웅이 이 관문을 통과해야만 여행에 입문할 수 있다. 전령관(Herald)은 모험의 시작을 알리는 인물이다. 그것은 인간일 수도 있지만 어떤 사건일 수도 있다. 보통 웹소설에서는 초반부에 나타나 주인공의 여정이 어떻게 흘러갈 건지 가늠하게 해준다. 변신자재자(Shapeshifter)는 영웅을 유혹하는 인물로 주로 남자 주인공에게 다가오는 팜므파탈 같은 여성이다. 그러나 한국 웹소설의 현대판타지 장르에서는 등장인물 간 로맨스가 간략하게 묘사되거나 거의 나오지 않기 때문에 팜므파탈이 등장하지 않는 경우가 많다. 설사 등장한다 해도 남자 주인공은 여자의 계략을 모두 간파하고 있기 마련이다. 협력자(Ally)는 말 그대로 영웅의 부하거나 회빙환 후 만나게 되는 부모로 등장한다. 그들은 주인공에게 전폭적인 지지를 보내고, 언제나 도움을 주는 인물이다. 장난꾸러기(Trickster) 원형은 소설 속에서 재미를 주는 만담꾼으로 등장할 때가 많다. 주인공과의 티키타카가 작품의 재미를 더한다.

이러한 인물 분류는 등장인물을 다소 평면적으로 분석하게 되는 단점이 있다. 그리하여 이 글에서는 M. 라이언의 인물세계 유형에 따라 이들 원형의 상관관계를 분석해 보고자 한다. 예를 들어, 주인공의 소원세계는 이 소원을 이루고자 하는 욕구로 가득 차있게 되는데, 그러면 이 소원세계 속에 들어오는 조력자나 적대자가 있을 것이다. 플롯 내에서 일어나는 이 역동적인 과정은 인물의 도식화를 피하고 작품을 총체적으로 바라볼 수 있는 관점을 제시할 것이다.

마지막으로, 인물이 살아가는 서사공간(제2장)과 인물이 움직이는 궤적(제3장)을 통해 '행마'[80]를 분석한 것을 토대로 제4장에서는 한국 웹소

80 '행마(行馬)'는 M. 라이언이 말한 용어로 여러 행동 대안 중에서 인물이 원하고, 희망

설이 지닌 서사적 의미를 궁구해보고자 한다. 이를 위해 롤랑 바르트(Roland Barthes)의 『S/Z』 분석을 행하고 텍스트주의(Textualism)로는 포섭되지 않는 한국 웹소설의 서사세계를 규명하고자 한다.

이를 통해 논의할 내용은 다음과 같다. 첫째, 한국 현대판타지 웹소설에 드러나는 민족주의의 대중적 경향성을 '국뽕'이라 칭하고 국가적 애국주의에 대한 양가감정 및 코스모폴리탄으로서의 한국인의 정체성에 대해 논해보고자 한다. 이를 분석작인 『갓 오브 블랙필드』를 통해 살펴볼 것이다. 둘째. 현대 사회에서 영웅주의는 돈과 지식, 재화 등과 등속의 것으로 대체되었으며 이것의 신화적 상상력은 결코 과거의 신에 대한 열망에 이르는 길과 다르지 않다. 이렇게 대체된 자존감이 가리키는 시선의 끝에는 완벽한 영웅을 꿈꾸는 판타지가 자리 잡게 된다. 이 책은 이러한 심리를 분석작 『재벌집 막내아들』을 통해 보여주고자 한다. 셋째로, 동시대인의 가치의 부재가 한국 현대판타지 웹소설을 소비하는 힘이라는 것을 확인하고자 한다. 분석작 『보이스피싱인데 인생역전』은 이야기의 기승전결이 딱히 없으며 에피소드 단위로 이슈를 해결해 나가기 때문에 큰 줄기의 서사가 없다. 이는 퀘스트를 수행하고 미션이 완료되면 다음 퀘스트로 넘어가는 MMORPG 게임과 상당히 유사한 서사형태를 지니고 있다. 이것은 종래의 소설문학이 지녔던 가치—전통의 계승과 역사에 대한 진정성—를 전승하는 데 거부감을 표출하는 것이면서 동시에 동시대인의 가치의 부재를 증명하는 것이기도 하다.

본고는 웹소설이 벌어지는 텍스트상의 실제세계를 통해 웹소설이 그려내는 공간을 돌아보고, 이 공간 속에서 살아 움직이는 인물들의 서사를

하고 계획한 가능세계가 현실화되는 것을 일컫는다. 이 '행마'를 통해 독자는 인물의 지식세계, 소원세계, 의무세계, 의도세계로 이루어진 텍스트의 플롯을 따라가다 보면 상호관계를 포착하게 되고, 궁극적으로는 텍스트 실제세계를 자신의 관념과 근접시킬 수 있게 된다. Surkamp Carola, 2018, 앞의 글, 256쪽 참조.

통해 궁극적으로 텍스트의 서사세계가 드러내고자 하는 의미를 추적함으로써 한국 현대판타지 웹소설이 우리가 발을 딛으며 살고 있는 실제세계의 텍스트적 대안세계로 작동하는 거울임을 논구해보고자 한다. 이는 향후 한국 웹소설을 분석하는 데 있어 유효한 기준을 제시할 뿐 아니라, 등장인물의 고유한 캐릭터성으로 서사를 이끌어가는 여러 서사콘텐츠에 적용 가능한 바로미터를 제공할 수 있을 것으로 기대된다.

제2장

♦

가능세계로서의 서사공간

1. 양립 불가능한 텍스트 실제세계

한국 웹소설의 서사공간은 크게 '회빙환'이 일어나기 전과 후로 나뉜다. '회빙환'이 일어나기 전의 서사공간은 우리의 일상세계와 별다를 바 없는 지극히 평범한 공간이다. 그러나 알 수 없는 초자연적인 힘에 의해 '회빙환'이 일어나게 되면 주인공을 둘러싼 세계가 변하고, 그 세계를 살아가는 주인공 또한 변신하게 된다. 즉, 모험을 받아들이게 되는 상황에 부닥치게 되며 그를 도와주거나 적대하는 세력과 조우한 후 결국에는 불어닥친 시련을 극복한다.

이러한 모험 서사는 회차를 거듭해도 동일한 여정의 반복 루프를 탄다. 하나의 시련이 끝나면, 다음 시련이 와 주인공은 다시 어려움에 봉착하지만, 마침내 이를 해결하고 마지막 회차에 이르러 최종 승자가 되는 영웅의 여정은 한국 웹소설의 공통 서사이다. 이 글에서는 이를 3막 10장으로 구분해 분석하기로 하였다.

1막에서 일어나는 '회빙환' 과정은 SF 소설에서 벌어지는 타임슬립과는 다르다.[81] SF에서는 시간여행에 정합성이 필요하고, 그걸 설명하기 위해 많은 장을 할애하지만, 웹소설에서 '회빙환'의 정합성을 따지는 경우는 거

〈표 7〉 한국 웹소설의 서사 여정

막	3막	(1막) 일상-회빙환 ‖ (2막) 입사-모험-전복 ‖ (3막) 귀환
장	10장	(1막 3장) 일상세계-초자연적인 조력-모험에의 소명
		(2막 5장) 시험, 협력자, 적대자-시련-신격화-보상-시련′(∞)
		(3막 2장) 귀환 관문의 통과-삶의 자유

의 없다. 웹소설 독자라면 응당 회빙환이 일어날 거라 예상하므로 시간여행이 과학적·논리적으로 이루어졌는지 아닌지가 중요하지 않다. 단지 방식만이 조금씩 다를 뿐이다. 회귀는 과거로 가는 것이고, 환생이나 빙의는 과거 또는 미래, 심지어 현재와 다름없는 시간대—예를 들어 일주일 전—로 이동한다. 실제세계에서는 쉽사리 일어나지 않을 일들이 웹소설 초반부에서는 일어나는 것이다. 즉, 등장인물이 서 있는 텍스트 실제세계는 우리가 사는 실제세계와 양립 불가능한 사회를 지시하게 된다.

예를 들어, 주인공이 자신이 읽던 웹소설 속 세계로 들어가거나(『전지적 독자시점』의 김독자), 아내가 대학 선배와 바람을 피워 혼외자를 낳았다는 사실을 알게 된 후 충격에 휩싸인 주인공이(『치타는 웃고 있다』[82]의

81 SF, 즉 과학소설은 어떤 기교를 쓰든 내러티브의 기반이 상당 부분 과학지식에 근거해야 한다. SF에는 과학이나 기술이 사람에게 미치는 영향을 다루는 소설이라는 개념이 기본적으로 포함되어 있기 때문이다. 그러나 '회빙환'을 쓰는 모든 웹소설이 반드시 과학적으로 입증할 수 있으며 과학적 사실에 대한 논리적·설득력 있는 서사를 구사하고 있지는 않다. 그렇다면 '회빙환'이 나오는 웹소설은 과학소설보다는 환상소설에 가깝다고 볼 수 있다. 과학소설과 환상소설을 구분하는 기준은 크게 두 가지로 볼 수 있다. 첫째, 과학소설에 등장하는 인물이나 기계는 현존하는 물리법칙에 따라 움직여야 하며 현존하는 기술이 아니더라도 실현가능하리라는 믿음이 생겨야 SF이다. 아예 불가능한 것을 포장하는 것이 환상소설이라면, SF는 쉽게 실현되기는 어려워도 실제 구현이 가능해야 한다. 둘째, 환상소설이 소망을 담는 문학이라면, SF는 과거와 현재의 지식을 바탕으로 변화하는 미래를 다루는 문학이다. 이와 같은 정의에 비추어보면, '회빙환'을 쓰는 웹소설을 '판타지'라는 장르에 넣는 것은 바람직하다. 특히 이 책에서 다루는 '현대판타지'는 '현대'를 배경으로 하는 '판타지'이다. SF에 대한 개념 정립은, 고장원, 2015, 『SF란 무엇인가?』, 부크크, 88~100쪽 참조.

윤태길) 아내와 대학 선배를 처음 알게 되었던 대학교 1학년으로 회귀해 복수극을 펼치는 이야기는 우리가 알고 있는 실제세계와 논리적·물리적으로 양립 불가능하다. 실제세계에서 아무리 화가 난다 한들 과거로 돌아가 복수를 할 수 있는 여건이 조성되지는 않기 때문이다. 그러나 웹소설에서는 등장인물의 강한 소망과 의도가 '회빙환'을 일으킨다. 웹소설에서 그리는 세계는 분명 하나의 현실이지만 이는 웹소설이 참조한 세계, '회빙환'이 일어난 세상으로 존재한다. 이 지시세계는 현실세계 밖, 혹은 현실세계를 초월하는 가능세계로 이루어진 곳이다.

한편, 웹소설에서 '회빙환' 모티프가 충분조건일 수는 있어도 필요조건이지는 않다. 이 모티프를 식상하다고 여기는 일부 웹소설에서는 '회빙환'을 대체할만한 소재를 활용해 이와 유사한 효과를 낸다. 예를 들어, 『마늘밭에서 900억을 캔 사나이』[83]에서 주인공 박민혁은 대학 시절 절친이었던 김철진의 부고를 듣고 그의 장례식장에 갔다가 우연히 그가 쓰던 PMP를 얻어 920억이 묻힌 마늘밭의 소재지를 알게 된다. 이 시대에는 잘 쓰지 않는 PMP라는 물건을 90년대생인 고인이 마지막 유품으로 남긴 점, 그걸 주인공이 우연히 습득한 점, 전원을 넣어 친구의 마지막 목적지를 우연히 가보게 된 점 등은 필연적인 흐름이라기보다는 기연(奇緣)에 가깝다. 그리고 무엇보다 친구가 920억이라는 비현실적인 금액을 마늘밭에 묻은 후 사망했다는 점이다. 이것은 주인공을 횡재로 이끌어 이전의 삶과 절연하게 되는 이유가 된다. 다시 말하면, 한국 현대판타지 웹소설에서는 '회빙환'이 일어나든 '기연'이 일어나든 양립 불가능한 분기점이 생기며 그 이후에 소설 속에서 그려지는 세계 또한 달라진다는 것이다. 그러나 그 이후의 세계는 실제세계와 목록적·연대기적·언어적 양립 가능성이

---

82 서인하, 2021, 『치타는 웃고 있다』, 라온E&M, 총 318화 완결, 1~2화.

83 데이우, 2021~2022, 『마늘밭에서 900억을 캔 사나이』, 문피아, 총 110화 완결, 1~6화.

있는 텍스트 참조세계가 제시된다.

본고에서는 '회빙환'이나 '기연'이 일어나는 1막을 양립 불가능한 텍스트 실제세계로, 2막과 3막에서 펼쳐지는 세상을 양립 가능한 텍스트 실제세계로 본다. 왜냐하면 웹소설이란 이들이 참조한 지시세계를 구체화시킨 텍스트이기 때문에 웹소설 속 세계는 텍스트 실제세계일 수밖에 없기 때문이다.

뒤에서 자세히 설명하겠지만, 2막과 3막의 세계는 '회빙환'이나 '기연'을 거친 등장인물을 통해 왜곡되는 공간이다. 그러나 실제세계와 뚜렷이 구별되지 않는다는 점에서 이 공간은 실제세계와 양립 가능한 공간으로 본다. 본고는 담화시간상 앞부분에 위치한 세상, 즉 양립 불가능한 참조세계를 형상화시킨 '회빙환'과 '기연'의 공간인 텍스트 참조세계부터 어떤 양상으로 이루어져 있는지 주요 분석작을 통해 살펴보기로 한다.

1.1. 아프리카 전장과 배신의 공간

『갓 오브 블랙필드』는 1부 419화, 외전 62화, 2부 100화로 구성, 총 581화를 연재, 단행본으로는 총 32권으로 출간된 대작이다. 여기서 외전은 주인공 강찬이 프랑스 외인부대원으로 아프리카 작전을 수행하던 시기를 그리고 있다. 이때는 '회빙환'이 일어나기 전으로 본편 1부 1화와 내용상 연결된다.[84]

> 그런데 심장은 아직 요동치고 있다. 무언가 남은 위험이 더 있다는 뜻이었다. 지금은 결정을 내려야 하는 시간이었다.

84 온전히 회귀 전 상황만을 그린 것은 아니다. 2011년 여름, 학교 일진이었던 허은실이 특교단에 입단해 훈련받는 미래 상황이 나오기도 한다. 무장, 2014~2016, 앞의 책, 외전 6화.

'이대로 뚫고 나간다.'

적의 수뇌부가 숨어있다는 본부로 갈 각오였다.

그가 막 상황을 설명하려 할 때, 퍼억!

둔탁한 소리가 들리며 세상이 온통 하얗게 변했다.

'염병…….'

그리고 머리와 목이 찢겨 나가는 것처럼 아팠다.

***

강렬한 빛이 파고들었다.

뒤통수와 목이 부러진 것처럼 아팠고 온몸을 청소기로 빨아낸 것처럼 기운이 하나도 없었다.

'죽진 않았나?'

눈을 뜨려 애썼으나 손가락 하나 까닥할 수 없었다.[85]

『갓 오브 블랙필드』는 환생 전 삶이 비교적 자세히 나오는 편이다. 앞에서도 말했다시피 '회빙환'은 주로 초반 3화에 집중돼 일어나기 때문에 이전 삶은 작품에서 주요 분량이 아니다. 그러나 외전을 발간할 수 있을 만큼 작품이 흥행한 경우, 외전에 프리퀄을 담기도 한다. 덕분에 이전 삶과 이후의 삶을 총체적으로 바라볼 수 있었다.

'잘 가라' 샤흐란은 검지에 걸려 있던 방아쇠를 힘껏 당겼다.

타아~앙! 퍼억!

동양인 구대장의 목에서 피가 쏟아졌다.

'하아!'

끝이다! 이걸로 건방진 동양인이 가진 '갓 오브 블랙필드'라는 이름

85 무장, 2014~2016, 앞의 책, 1부 1화.

도 끝난 거다.

(중략)

타아~앙!

조준선 안에서 다예루의 머리가 커다랗게 터져나갔다.[86]

본편 1부 1화에는 주인공의 환생 장면이 나온다. 2007년 프랑스 외인부대 동양인 구대장으로 이름을 날리던 강찬이 아프리카 전장에서 의문의 총알을 맞고 사망, 2010년 왕따를 당해 신변비관으로 자살한 동명이인 고3 강찬으로 환생한다. 그리고 외전 마지막 화인 뒤의 인용문에서 강찬과 그의 절친한 동료 다예루가 부대장 샤흐란에게 죽임을 당하는 장면이 나옴으로써 이 두 명의 환생이 설명된다.

환생 전 강찬은 가정폭력을 행사하는 아버지와 그런 아버지의 폭력에 무방비로 노출된 어머니 밑에서 자랐다. 맞고 사는 어머니도 싫었고, 술과 약에 취해 돈벌이에는 젬병인 아버지도 싫었다. 그는 스무 살이 되자마자 프랑스 외인부대에 자원입대해 '갓 오브 블랙필드', 즉 '죽음을 선사하는 신'이라는 별명까지 얻게 된다. 살기 위해 누군가를 죽여야 하는 운명이지만 기실 그가 원한 건 '한 그릇의 돈까스'였다. 배가 너무나 고파서, 외인부대에서 5년을 버티면 프랑스 영주권을 준다는 말에 덜컥 입대 원서를 썼다. 이러한 외로움과 절망을 하늘도 알았을까. 강찬은 배곯을 걱정 없고, 자식을 위해 무한한 사랑을 보여주는 부모를 새롭게 만나게 된다.

강찬은 유혜숙을 바라보았다. 진심으로 아들을 사랑하고 걱정하는 눈빛이었다. 그런데 왜 정작 예전의 아들이 괴롭힘당하는 것은 몰랐을까?[87]

---

86 무장, 2014~2016, 앞의 책, 외전 62화.

인용문을 보면 2010년의 고3 강찬이 죽을 이유는 분명하다. 부모는 더없이 자식에게 따뜻하고, 물질적으로 풍요로운 사람들이지만 아들이 왜 힘들어했는지는 전혀 알지 못했다.

"앉으시죠. 잠시 보여드릴 것이 있습니다."

그래도 남자라고 강대경이 볼을 씰룩하더니 주방에 있는 식탁으로 걸음을 옮겼다. 강찬은 이참에 몸뚱이의 주인이 가졌던 억울함과 답답함을 풀어줄 생각이었다. 그는 아이가 속을 풀어놓았던 수학 풀이 책을 꺼내 들고 식탁으로 움직였다.

(중략)

강대경이 스마트폰을 내려놓았을 때 유혜숙은 채 반도 읽지 못했다. 그럼에도 입을 틀어막으며 눈물을 쏟아내고 있었다. 한참의 시간이 흘렀다.

(중략)

"학교에 갔었습니다. 그동안 밀린 담뱃값과 빵값을 내놓으라고 하더군요."

"휴우."

"작정하고 갔었습니다. 다시 여섯 명이 몰려오더군요. 커터 칼을 들고 있어서……."

"세상에……!"

"어쩔 수 없었습니다. 칼은 선생님께 넘겨주었고, 학폭위란 것이 열린답니다."

"그동안 왜 한 번도 이렇단 말을 안 했어?"

"그건 저도 모르겠습니다. 그저 거기에 적힌 대로 자살하거나 다른

87 무장, 2014~2016, 앞의 책, 1부 3화.

아이들을 죽이는 것보다는 이게 나을 것 같다는 생각만 했습니다."[88]

환생한 강찬은 원래 몸의 주인이 문제집 한 편에 적어놓았던 학폭 기록을 부모에게 보여준다. 그제야 부모는 아들이 죽기 전까지 운동을 열심히 한 이유를 짐작할 수 있게 된다. 강대경과 유혜숙은 아들이 단지 건강을 위해서 그랬다고만 여겼을 뿐, 학폭 가해자들에게 복수하고 싶은 마음에 그토록 열심히 몸을 단련했다는 것은 몰랐다. 사랑하지만, 사랑하는 이의 마음을 모두 알기는 어렵다. 이들의 틀어진 고리를 바로잡기 위해 3년 전 아프리카에서 죽은 강찬이 몸주인으로 환생한 것이다.

아래 인용문을 통해 강찬이 동명이인인 강찬의 몸으로 들어간 또 다른 이유를 알 수 있다.

> 강찬을 향해 고개를 돌리는 유혜숙의 어깨가 외로워 보였다. 그리고 그를 보는 순간, 얼굴에서 피어나기 시작한 행복이 그녀의 외로움을 지워 나간다.
>
> 엄마에게 자식이란 이런 존재인가.
>
> 문을 열고 나올 때를 외롭게 기다리다가 고작 얼굴 한번 보는 것으로 행복을 느끼는…….[89]

죽은 강찬의 빈자리를 메꾸고, 억울하게 죽임을 당한 또 다른 강찬의 욕망을 해소해주기 위해 환생은 반드시 필요한 기작이 된다.

> "돈까스 좋아하세요?"

---

88 무장, 2014~2016, 앞의 책, 1부 4화.

89 무장, 2014~2016, 위의 책, 1부 11화.

운전 중이던 강대경이 힐끔 시선을 주었다.

서운하고, 화난 표정이었다.

"먹을래?"

그러면서도 강찬의 뜻을 받아주었다.

(중략)

"먹으면서 얘기하자. 얼른 먹어."

강대경은 강찬이 썩썩 썰어 젓가락으로 먹는 것을 보더니 그대로 따라 했다.

"이 집, 나중에 엄마랑 같이 한번 오자."

(중략)

목이 메는지 강대경은 멀건 국물을 한 모금 마셨다.

"아빤 엄마가 어떤 모습이어도 사랑스럽다. 어떤 귀찮은 일을 시키든, 어떤 투정을 부리든, 아빠는 엄마를 이해할 수 있어. 널 낳을 때 죽지 않은 것만으로도 엄만 세상에서 줄 수 있는 최고의 선물을 아빠에게 해준 거거든."

강찬은 입안에 남았던 돈가스를 꿀꺽 삼켰다.[90]

돈까스는 환생 전 강찬이 그토록 먹고 싶어 했던 음식이다. 돈까스를 맘껏 먹을 돈을 벌기 위해 그는 아프리카로 향했다. 그리고 이제는 자신을 무한정 믿고 사랑하는 사람에게는 마음을 여는 수단으로 돈까스를 활용한다. 함께 허름한 분식집에서 돈까스를 나눠 먹으며 아들과 아버지는 서로 정을 느낀다.

그의 환생은 부모에게만 좋은 게 아니다. 사망 당시 강찬은 서른 살 정도였지만 몸주인 강찬은 이제 열아홉 살 고등학생에 꾸준하게 체력 단련

90 무장, 2014~2016, 앞의 책, 1부 18화.

을 해서인지—과거의 강찬에 비할 바는 아니지만—다부진 편이었다. 거기다 원래 몸주인의 몫이었던 따뜻하고 예의 바르며 노블레스 오블리주를 추구하는 중산층 부모까지 얻게 되었다. 이전 삶에서는 꿈도 못 꿀 조건을 모두 가지게 된 것이다. 그러니 환생의 시작은 경쾌할 수밖에 없다.

> 이 맛이다. 언제 달려올지 모르는 총알이 없는 세상. 울긋불긋한 옷에 짧은 치마, 늘씬한 몸매, 고급 차들이 널린 세상을 보며 강찬은 길게 담배 연기를 뿜었다.
>
> '원하는 것을 얻은 거네.'[91]

『갓 오브 블랙필드』에서 환생 모티프는 다른 웹소설에 비해 상당히 중요한 위치를 차지하고 있다. 그것은 두 가지 점에서 그렇다. 첫째, 강찬 말고도 환생한 인물이 두 명 더 나온다. 한 명은 협력자로, 한 명은 적대자로 환생해 환생을 일으킨 물질인 '블랙헤드'를 차지하기 위해 싸움을 벌인다. '회빙환'이 주인공에게 특수한 능력을 부여하는 기제라는 점에서 복수(複數) 인물을 '회빙환'시키는 것은 그 의미를 희석시킬 수도 있어 조심스러운 부분이다. 그러나 이 작품에서는 오히려 그러한 복수 환생이 인물 간 갈등을 고조시켜 극적 긴장을 연출하고 있다. 둘째, 『갓 오브 블랙필드』에서는 환생을 일으킨 물질이 소설의 주요 소재로 등장하기 때문에 환생 경위가 비교적 자세히 서술된다. 블랙헤드라는 이 보석은 아프리카 광산에서 몇십 년에 한 번 나올까 말까 한다고 하며 아프리카 원주민 사이에서는 '누들레의 눈' 또는 '술탄의 유물'이라 불리는 신성한 광물이다. 프랑스 외인부대가 반군을 소탕하려는 목적도, 반군이 부족 학살을 저지르는 이유도 모두 이 블랙헤드를 차지하기 위해서다.

---

91 무장, 2014~2016, 앞의 책, 1부 4화.

블랙헤드에는 총 아홉 가지의 에너지가 들어 있으며, 이를 이용하면 더는 석유 에너지가 필요 없게 된다. 그렇다면 산유국 입장에서는 블랙헤드가 세상에 나오는 게 꺼려질 것이고 더 나아가 이를 손에 넣어야만 석유가 아니더라도 차기 에너지 패권의 승자가 되는 것이다. 그리하여 전 세계 강대국의 정보 세계가 이 블랙헤드라는 이권을 둘러싸고 피비린내 나는 전투를 벌여왔던 것인데 그 와중에 블랙헤드 에너지를 맞고 강찬이 환생하는 바람에 이들의 표적이 된다.

강찬은 환생 후 두 가지 특이점을 얻는다. 첫째, 상처가 보통 사람보다 빨리 아무는 특이체질을 가지게 된다. 이러한 특수 체질은 작품 초반에 학교 일진들과 싸우면서 알려진다. 원래 몸주인이 학폭 피해자이기 때문에 강찬은 등교하자마자 학교 일진들을 상대해야 했다.[92] 원래의 고3 강찬이라면 학교폭력에 무방비로 노출됐겠지만, 프랑스 외인부대 출신인 강찬에게 학교 일진쯤은 손만 대면 픽픽 쓰러지는 상대다. 연이어 고등학생 뒤에 버티고 있던 깡패조직까지 일망타진하면서 그의 능력은 입소문을 타게 된다. 이렇게 되자 깡패 두목이 그를 '형님'으로까지 모시게 되는 상황이 벌어지면서 강찬은 예외적인 인물로 급성장한다. 한편 강찬을 치료하던 의사가 그의 특수한 능력을 발견한다.

> 붕대를 떼어낸 의사가 고개를 갸웃하며 피가 엉긴 붕대와 강찬의 어깨를 두어 번 반복해서 보았다.

---

92 고3으로 환생해 학교 일진과 싸우는 스토리는 이전 대여점 소설에서 자주 보이던 '이고깽(이세계로 간 고등학생이 깽판 치는 스토리)'을 연상시킨다. 조금 식상할 수도 있는 이런 모티프를 현대판타지 장르에서는 등장인물이 이세계로 가지 않고도 실제세계와 유사한 텍스트 참조세계에서 이를 변주한다. 즉, '회빙환'을 통해 현재 우리가 사는 실제세계와 닮은 세계(TRW)에서 이세계에 간 것과 같은 효과를 부리며 판타지를 펼쳐 보이는 것이다. 그런 점에서 『갓 오브 블랙필드』는 '이고깽' 모티프라는 클리셰를 활용했지만, 장르 안에서 변곡점을 찾은 사례라고 볼 수 있다.

"문제가 있나요?"

"흠."

의사는 의아한 표정으로 연신 고개를 갸웃거렸다.

"실밥이 딸려나왔어요. 이런 건 통상 보름이 지나야 하는 건데……."

"또 꿰매야 하나요?"

"아뇨. 상처가 그만큼 빨리 나았다는 뜻입니다."

당황한 눈으로 의사가 간호사를 흘깃 보았다. 네가 보기엔 어떠냐는 의미였는데 간호사는 눈만 동그랗게 떠 보일 뿐이었다.

"특이 체질인가? 허 교수도 그런 말을 하긴 하던데. 전에 5층 건물에서 떨어져서 입원한 거 맞죠?"

"예."

의사는 고개를 끄덕였다.

"그곳에서도 놀랐다고 하더군요. 반신마비까지 각오할 상황이었는데 한순간에 퇴원할 정도로 호전돼서 당황스러웠다고 하고요."

강찬도 놀라고 있었다.[93]

환생한 다른 두 명과 다른 강찬이 유달리 에너지가 다른 이유는 무엇일까?

"이 지하실에는 전설이 있어요."

졸린 듯한 음성으로 아이가 말을 시작했다.

"나 때문이면 괜찮으니까 그냥 자."

"아가데즈의 빛으로 몸을 씻은 사람만이 술탄의 유물을 지닌 진정한 힘을 얻는대요."[94]

93 무장, 2014~2016, 앞의 책, 1부 18화.

즉, "아가데즈의 빛으로 몸을 씻었기" 때문에 강찬은 블랙헤드의 에너지를 온전히 흡수할 수 있었고, 다른 환생자들은 블랙헤드의 아홉 가지 성분 중 각각 한 가지씩만 습득할 수 있었던 것이다. 즉, 환생한 다른 등장인물들은 과거보다 비상한 능력을 갖추긴 했지만, 강찬만큼 괴력을 가질 수는 없었다. 예를 들어 아프리카 전장에서 함께 환생한 석강호는 환생 전 다예루가 가졌던 힘을 그대로 가지고 있으면서도 과거보다 두뇌가 명석해졌다. 이는 원래 몸주인인 석강호가 고등학교 선생님이었다는 점이 작용하기도 했던 것 같은데, 시간이 지날수록 똑똑해지는 것을 보면 기본 바탕에 블랙헤드의 에너지가 합쳐지기 때문인 것으로 풀이된다. 그러나 강찬처럼 상처가 특별히 빨리 아무는 등의 특수 체질을 가지진 못했다. 그리하여 주인공 강찬은 남과 다른 신적인 면모를 보이며 영웅으로서의 모험의 소명을 받아들이게 된다.

둘째, 강찬의 피를 수혈받은 사람들은 죽을 고비를 넘기고 모두 살아남는다. 즉, 그의 혈액에는 특별한 에너지가 있어서 자신의 몸뿐 아니라 그의 피를 나눈 사람들에게까지 생명을 준다. 이러한 능력은 흡사 자신의 보혈로 죄를 씻기는 예수 그리스도를 연상시킨다. 즉, 환생자들은 불가사의하고 논리적 양립 가능성이 희박한 세계를 건너와 환생을 유발시키는 물질인 블랙헤드를 통해 새로운 삶으로 입사하게 된다.

1.2. 머슴의 일생이 지속되는 공간

산경 작가의 『재벌집 막내아들』은 총 326화로 단행본은 13권으로 출간되었다. 이 작품은 순양그룹이라는 대한민국의 가상 대기업을 모델로 재벌 승계를 둘러싼 권력투쟁을 그렸다. 창업주의 막냇손자가 장자 승계

94 무장, 2014~2016, 앞의 책, 외전 38화.

원칙을 깨고 회장에 오르는 과정을 그린 것인데 그 재벌집 막냇손자가 순양가의 핏줄이 아니라 사실은 순양그룹의 '머슴'이라는 데 특이점이 있다. 즉, 『재벌집 막내아들』의 주인공은 윤현우라는 인물로 살아갈 때와 진도준이라는 인물로 살아갈 때로 나뉜다.

윤현우는 순양그룹 미래전략기획본부 비서실장으로 회장 일가의 뒷간 청소가 주 업무인 사람이다. 처음에 그가 입사 시험에 합격했을 때는 지방대 출신에 쭉 지방에서 살아온 사람이니까 해당 지역에서 일할 줄 알았었다. 순양그룹이라는 대기업에 입사한 것만으로도 온 가족이 기뻐했고, 그때만 해도 윤현우는 그다지 야망이 크지 않았다. 하지만 서울 본사로 발령이 나면서 그의 삶도 달라졌다. 입사 8년 만에 실장, 입사 12년 만에 부회장 진영준을 측근에서 모시는 비서실장으로 승진했으니 말이다. 그러나 실제 그의 지위는 겉으로 보기와는 달리 시궁창이나 다름없다.

> 정신없는 하루도 다 끝나간다. 오늘은 제시간에 퇴근하려나? 아내의 생일인데 이것으로 끝났으면 좋겠다.
>
> 마누라에게 선물이라도 하나 안겨 줘야 가뜩이나 나쁜 관계가 더 심해지지 않을 텐데 말이다.
>
> 하지만 내 바람대로 될 리는 없다.
>
> 기다렸다는 듯이 울리는 전화가 바로 그 증명이다.
>
> 나는 목소리를 가다듬고 수화기를 들었다. 회장님의 비서실장 목소리가 들렸다.
>
> — 윤 실장, 사모님 쇼핑하신다니까 가서 거들어.[95]

아내의 생일에도 집에 들어가지 못하고, 퇴근 후에는 회장 사모님 쇼핑

95 산경, 2017~2018, 앞의 책, 1화.

백이나 들어주러 가야 한다. 싫다고 말하면 윤현우의 자리는 금세 다른 누군가로 대체될 것이다. 주인을 가장 최측근에서 모실 수 있는 존재인 집사가 되기 위한 머슴들의 전쟁이 소리 없이 펼쳐지고 있기 때문이다. 윤현우는 이래 봬도 많이 올라왔다. 그의 밑에는 "더 낮은 등급의 머슴 아니 노예들"이 존재한다. 그들의 욕망도 윤현우의 바람과 크게 다르지 않다. 주인이 되는 것은 애당초 불가능하니 최상급 머슴이라도 되려는 것이다.

또는 어차피 못 올라갈 주인의 자리나 주인 옆의 집사 자리를 탐하느니 차라리 머슴들 간의 지독한 경쟁에서 한 발짝 물러나 여유롭게 살고 싶은 욕망을 표출하는 예도 있다. 서인하의 『로또 1등도 출근합니다』의 주인공 공은태는 로또 1등에 당첨된 이후 여유를 찾았다.

> 그런 사람이다, 양 대리는.
>
> 아주 지능적으로 날 물 먹이는 데 타고난 놈이 분명하다.
>
> 물론 버릇을 고쳐놓겠다고 언성을 높여 가며 서로 다툰 적도 몇 번 있다.
>
> 하지만 그럴 때마다 나에게 남는 건 부하 직원을 상대로 이기지도 못할 감정싸움을 했다는 자책뿐이었다.
>
> 양 대리 때문에 탈모까지 시작될 판이다.
>
> 지시 사항을 전달한 다음, 난 오전에 반차를 쓸 계획이니 각자 알아서 업무를 진행해달라고 했다.
>
> 그리고 난 로또 당첨금 수령을 하기 위해 농협으로 향했다.[96]

공은태는 입사 1년 선배인 양 대리를 부려야 하는 팀장이다. 그런데 양 대리가 입사 선배니 마냥 부하 직원으로만 대할 수 없다. 그런 껄끄러운

---

96 서인하, 2019 · 2020, 『로또 1등도 출근합니다』, 라온E&M, 1화.

감정을 이용하는 양 대리가 미운데 덩달아 양 대리 밑에 있다가 공은태 팀으로 넘어온 박기태마저 팀장인 공은태의 말을 듣지 않으니 하루에도 몇 번씩 회사를 그만두고 싶은 욕구가 솟구친다. 이런 답답한 회사 생활의 유일한 탈출구는 로또 1등 당첨이다.

> 그리고 내 안에 있는 불편한 이중성과 마주하게 됐다.
>
> 13억이 생긴 지금, 더 이상 예전처럼 간이고 쓸개고 다 빼놓고 노예처럼 절실하게 일하고 싶지는 않으면서도, 그럼에도 전무 군단에 끼어 그 일원이 되고, 더 나아가 그런 군단을 이끌어보고 싶다는 말도 안 되는 상상, 그런 불편한 이중성….[97]

로또 1등 당첨이 불러온 욕망은 『재벌집 막내아들』의 진도준이 가진 욕망과 크게 다르지 않다. 더 이상 누군가의 하수인으로 살아갈 필요가 없고, 언제든 사표를 쓰고 회사를 떠나면 되건만 오히려 로또가 그를 조직 안에 붙잡아두게 하는 모순적 상황이 벌어진다. 진도준도 마찬가지다. 재벌집 막냇손자로 환생했으니 그를 머슴으로 부렸던 전생의 재벌집 자식들처럼 망나니로 살면 되건만 오히려 욕망은 더 커져만 간다.

> 이미 벌어들인 수조 원의 돈, 그 돈이면 황제 못지 않은 인생을 즐길 수 있다는 유혹이 단 하루도 끊이지 않았다.
>
> 하지만 매일 밤 꾸는 그 악몽이 나를 다잡는다.
>
> 그리고…… 꼭 악몽 때문만은 아니다.
>
> 전생에서 그렇게 꿈꿔왔던 인생, 마르지 않는 샘 같은 돈으로 즐거움과 쾌락을 좇는 삶보다는 매시간 치열하게 쟁취하는 삶이 더 목마르다.

---

97 서인하, 2019 · 2020, 앞의 책, 15화.

차례차례 적을 제거하고 나만의 성을 쌓아가는 인생. 그 끝을 한번 보고 싶다. 어쩌면 허무함만이 기다리는 끝일지라도.[98]

이는 주인공의 강박증적인 욕망이자 그것의 정체가 나쁘다는 것을 알게 되면서도 계속 하게 되는 냉소적 이성이기도 하다. 한국 현대판타지 웹소설의 영웅은 부를 축적하는 데 끝없는 욕망을 느끼고, 계속 더 큰 목표를 향해 달려 나간다. 돈에 대한 강박증적 욕망이 돈을 부르고, 더는 벌 수 없는 지점에 이르게 될 때 서사는 끝을 맺는다.[99]

『재벌집 막내아들』은 회귀 스토리가 3화까지 이어지는데 이 정도면 좀 긴 편에 속한다.[100] 그렇다면 어째서 『재벌집 막내아들』은 윤현우라는 인물의 삶이 중요할까? 그것은 이 작품이 재벌의 부유한 삶과 그들의 특권을 그리는 데 초점을 둔 게 아니라 계층 격차가 빚어낸 부조리한 단면을 깨부수는 데서 오는 희열을 전달하는 것에 목적이 있기 때문이다. 감히 올라가지 못할 사다리의 정점에 있는 인물들을 내 발밑에 부리고 싶은 욕구, 그러한 대리만족을 충족시켜주는 판타지 공간을 드러내기 위한 전초전이기에 가장 비참한 순간을 좀 더 길게 그려낸다.

부회장이라는 직책의 장남이 회장에 오르면 최소한 본부장 이상의 타이틀을 거머쥘 것으로 생각했다. 운 좋으면 계열사 부사장이 될지도

---

98 산경, 2017~2018, 앞의 책, 54화.

99 한국 현대판타지 웹소설 속에 나타난 강박증적 욕망에 대해서는 저자의 졸고에서 좀 더 자세히 다룬 바 있다. 박지희, 2022, 「한국 웹소설 〈재벌집 막내아들〉에 나타난 신자유주의 시대 현실 재현 양상 연구」, 『인문콘텐츠』 66, 166~167쪽.

100 『갓 오브 블랙필드』의 경우 외전에서 환생 전 이야기를 다루기 때문에 전생이 길게 나오는 것이다. 이 작품은 본편 1화 내에서 환생 이후의 삶이 제시된다. 그에 반해 『재벌집 막내아들』은 본편 3화까지 회귀 전 상황이 그려진다. 최근 추세가 1화 안에 회빙환이 일어난다는 점에서 『재벌집 막내아들』의 스토리 전개는 호흡이 긴 편이다.

모른다는 달콤한 꿈까지 꾸었다.

하지만 머슴이 집사가 된다는 건 결국 꿈으로 끝났다.

하인이 집사가 되는 것도 집안과 출신 성분이 받쳐줘야 했다.

머슴은 영원한 머슴이다. 조선시대를 끝으로 신분제가 사라진 평등한 세상이 되었다고는 하지만 월급쟁이는 아니다.

이젠 핏줄이 아닌 학벌과 인맥이라는 새로운 신분제로 바뀌었을 뿐이다.

젠장.

머슴도 유서 깊은 학교 출신으로 태어나야 하는 이 더러운 세상.

참 X 같다.[101]

자신이 모시던 주인댁에게 버림받은 머슴인 윤현우는 꿈이었던 집사조차 이루지 못한 채 억울한 누명을 쓰고서 죽임을 당한다. 여기서 서사가 끝난다면 계층과 계급이 불평등한 사회에서 소멸한 한 인간의 이야기일 뿐이다. 그러나 주인공은 원인을 알 수 없는 시간여행을 통해 논리적으로는 설명할 수 없는 실제세계(TAW) 속으로 들어가게 된다.

몰도바의 한적한 호숫가에서 머리에 총알을 박은 채 죽음을 맞이하고 날 죽이라고 지시한 집안의 10살짜리 막내 손자로 환생한 것은 어떤 의미일까?

신은 내게 복수의 기회를 준 것일까?

아니면 같은 피를 나눈 가족이니 용서하라는 뜻일까?[102]

101 산경, 2017~2018, 앞의 책, 3화.

102 산경, 2017~2018, 위의 책, 4화.

회귀 후 진도준은 자신을 이용만 하다가 무참히 살해하기까지 한 순양가 사람들에게 치를 떤다. 아직 그의 내면에는 윤현우가 살아있기 때문이다. 그래서 진도준은 전생의 윤현우가 살았던 충남 당진을 찾아간다. 회귀 후 그가 전생의 부모를 찾은 이유는 단순히 그리움 때문만은 아니었다. 그곳에 전생의 나인 윤현우가 있을지도 모른다는 두려움이 컸다. 그래서 윤현우와 비슷한 윤진우라는 이름을 대며 혹시 그 아이가 이 집에 사느냐는 질문을 던진다.

> "여기 진우 집 아닌가요? 윤진우?"
> 집을 잘못 찾아온 것으로 하고 나가려 했다. 그것이 가장 자연스러워 보일 것이다.
> "진우? 아닌데?"
> "아, 네. 죄송합니다."
> 아버지가 고개를 갸웃하자 나는 재빨리 머리를 숙이며 말했다.
> "여보, 진우라고 알아?"
> "글쎄요. 현지에게 물어볼까? 학교 친구 중에 진우라고 있는지?"
> 순간 온 몸에 전류가 흐르는 것 같았다.
> 현지라니?
> 설마?[103]

진도준으로 회귀한 세상에 윤현우는 없다. 그곳에는 윤현지라는 딸이 살고 있고, 윤현우는 이 세상에 태어난 적 없는 존재다. 주인공은 이 사실에 눈물을 흘리면서도 다소 안도감을 느낀다. 부모와의 인연이라고는 진도준의 전생 기억이 전부이기 때문이다. 전생의 기억을 지우면 진도준에

103 산경, 2017~2018, 앞의 책, 11화.

게 있어 더 이상 윤현우도, 윤현우의 부모와의 인연도 없다. 이로써 회귀 이전의 공간은 진도준에게 있어서 다시는 돌아갈 수 없는 단절된 공간이자 양립 불가능한 공간으로 남게 된다.

공간은 명확한 뜻과 의미를 획득할 때 장소로 전환되기도 한다. 장소의 가치란 특별한 인간관계의 친밀감에서 비롯되므로 인간의 유대를 벗어나서는 거의 아무것도 줄 수 없다.[104] 회귀를 통해 더 이상 과거의 연이 이어지지 않는다면 그곳은 회귀한 진도준에게는 아무런 의미가 없는 공간이다.

진정한 진도준으로 살기 위해서는 과거의 진도준이 어떻게 죽었는지 파악하는 게 중요하다. 더 이상 같은 실수가 반복되어서는 안 되기 때문이다. 회귀한 기억을 간직한 윤현우로서는 스무 살 이전에 죽었다는 기록만 남은 채 모두의 기억 속에서 사라졌던 진도준을 복원하는 일만이 그의 욕망을 실현하는 길이 된다. 더불어 미래의 큰 줄기가 바뀌지 않아야 원하는 것을 얻을 수 있다는 사실을 깨닫게 된다. 단지 순양그룹의 미래만 바뀌어야지 더 큰 맥락이 바뀌어 버리면 회귀 후의 삶은 윤현우가 소망하는 세상이 아닐 가능성이 높다.[105] 진도준으로 살기로 결심한 이상 진양철의 마음을 얻어 순양그룹을 차지해야 한다.

여기서 윤현우의 욕망과 진도준의 욕망이 부딪힌다. 윤현우는 머슴으로 살다 억울하게 죽음을 맞이했지만, 진도준은 진양철의 눈에 들어 죽음을 맞이했다. 누구의 죽음이 더 억울한지에 대해서 경중을 따지기는 어려워 보이지만, 적어도 둘 다 악의적 의도에 의한 죽음인 것만은 분명하다.

---

104 Tuan, Y., 2011, 『공간과 장소』, 구동회 · 심승희 옮김, 대윤, 225쪽.

105 안상원은 사람은 실수를 반복하는 동물인데 회귀한다고 해서 이전과 다른 삶을 살 수 있다고 전제하는 것은 사회문화적 조건을 무시한 채 한 개인에게만 책임과 가능성을 돌리는 무책임하고도 자조 섞인 논리라며 회귀 모티프를 비판한 바 있다. 안상원, 2018, 앞의 글(2018), 297쪽.

그리고 진도준은 다시는 그러한 억울한 죽임을 당하지 않기 위해 영악해지기로 한다. 자신이 가지고 있는 무기인 회귀 정보를 이용해 진도준으로서의 삶이 허락된 공간을 양립 가능한 실제세계로 만들어야 한다. 그 양립 가능한 공간은 진도준이 재벌가 사람이 아닌 재벌 총수로 거듭나는 공간이기도 하다. 또한 전생의 윤현우가 하던 역할을 이행하는 김윤석에게 이 공간의 원칙을 분명히 명시한다. 그리고 회귀 전의 윤현우가 했던 실수를 김윤석은 반복하지 않는다.

> "어쩌면 그 짧은 순간에 나름대로 판단한 것 같습니다. 이건 최고의 거래를 할 수 있는 최적의 기회다! 이런 생각 말입니다."
> "거래? 아……."
> "기억나시죠? 저와 신 팀장이 처음 실장님 사람이 되겠다고 했을 때 말씀하신 거 말입니다. 충성을 요구하지 않는다. 단지 거래일 뿐이다. 실장님은 우리에게 풍족한 돈을 줄 것이고 우린 돈 받는 대신 뭔가를 제공해야 한다."
> "네, 기억납니다."
> 충성은 마음만 있으면 되지만 거래는 머리도 있어야 한다. 실력과 능력이 없다면 거래는 늘 깨지기 마련이다.[106]

진도준은 김윤석에게 충성이 아닌 거래를 하는 경제적 인간, 호모 에코노미쿠스가 되기를 요구한다. 진도준이 재벌 총수가 되는 세상에서는 뒷간 청소를 하는 사람도 머슴이 아니라 교환거래를 하는 경제인으로 거듭나는 것이다.

---

106 산경, 2017~2018, 앞의 책, 107화.

1.3. 우울과 애도의 공간

장탄 작가의 『보이스피싱인데 인생역전』은 나락으로 떨어진 왕년의 톱 배우가 미래 정보를 주는 보이스피싱 전화를 받은 후 재기에 성공, 인생 역전을 하는 이야기다.

주인공 강주혁은 열한 살에 찍은 첫 작품이 400만 관객을 동원한 후 차기작도 승승장구, 영화계의 아역스타로 자리매김했으며 '역변' 없이 자라 성인이 되어서는 '천만' 배우 반열에 올라 명실상부 톱스타가 되었다. 그러나 나락으로 떨어지는 건 한순간이었다.

> 『무비트리 "'이중계약' 강주혁에게 법적 책임 물을 것"』
> 『탑스타 A씨, 마약 상습 투약… 누구?』
> (중략)
> 『강주혁, 사기 혐의로 피소, 빚투 사실인가?』
> 『탑스타 '원정 상습도박' 명단 확인해보니…』
> (중략)
> 『강주혁 광고 줄줄이 무산』
> 『'주혁고깃집' 가맹점들 줄줄이 문 닫아』
> 『강주혁 사업 '빨간불' 수십억대 빚더미』
> (중략)
> 『'신의 탁자' 박용수 감독 "강주혁 교체, 불필요한 오해 막는다."』
> 『KBN, '혐의자' 강주혁 섭외 자제 진행』[107]

강주혁은 일시에 터진 루머로 빠르게 세상과 단절되어갔다. 내가 저지른 일이 아니라고 해도 아무도 믿어주지 않았다. 계약 파기와 위약금 등

---

107 장탄, 2019~2020, 앞의 책, 2화.

으로 그동안 번 돈을 모두 날리고 그의 수중에 남은 건 반지하 월셋방 하나다. 강주혁은 이곳에서 5년간 은둔형 외톨이로 산다. 나갈 일이 없기도 했지만, 그토록 자신을 찾던 사람들도 모두 발길을 끊었기 때문이다.

그러던 어느 날, 그에게 택배 상자 하나가 배달됐다. 자신은 시킨 적도 없는 물건이 집 앞에 놓여져 있었기에 처음에는 신경 쓰지 않았다. 그러다 호기심에 택배 박스를 뜯었는데 그 안에는 흰색 휴대폰 한 개가 들어 있다. 이게 뭐지 하며 전화기를 이리저리 훑어보고 있는데 갑자기 전화벨이 울리면서 보이스피싱에서 흔히 듣던 기계음으로 된 여성의 목소리가 밖으로 흘러나온다.

[당신에게 기회를 드리겠습니다! 인생역전의 기회! 확실한 서비스를 약속드리겠습니다!』

[무려 '무료 서비스' 기간이 7일! 무료 서비스를 충분히 누려보세요! '당신의 선택'을 기다리겠습니다!]

[계속 들으시려면 1번, 수신 거부는 2번을 눌러주세요.][108]

이런 보이스피싱이라면 누구나 받고 싶지 않겠는가. 인생에서 또 한 번의 기회를 준다는데 마다할 사람은 없다. 『보이스피싱인데 인생역전』은 제목에서도 알 수 있듯 뜻밖의 횡재로 인한 성공담을 담고 있다. 강주혁에게 걸려 오는 보이스피싱이 미래 정보를 다룬다는 점은 그것이 초자연적인 힘으로 등장인물이 처한 상황을 전환 시키는 '회빙환'과 같은 역할을 한다는 걸 알 수 있다. 보이스피싱은 사회적 좌절을 겪은 주인공이 이 힘든 현실 공간을 탈피할 수 있는 통로로 작용한다. 그리고 보이스피싱으로 강주혁은 "98만 원" 밖에 없던 통장 잔고를 단 일주일 만에 1억 원

---

108 장탄, 2019~2020, 앞의 책, 2화.

이 넘게 부풀린다. 이러한 '한탕'은 한 번의 사건으로 끝나지 않고 주인공을 둘러싼 세상에서 변주를 하며 계속 이어진다. 그럴 때마다 우울과 나락에 빠져 있던 공간은 사이다가 빵빵 터져서 시원해지고 승리와 성취감이 넘치는 공간으로 탈바꿈하게 된다.

이러한 서사공간이 탄생하는 이유는, 역변이 일어나지 않은 한 실제세계가 변화하지 않을 거라는 실제 화자(Actual Speaker)의 패배와 좌절의 정서가 현실을 지배하고 있기 때문이다. 인간의 힘으로는 절망적인 상황을 타개할 수 없다는 자조적인 비애가 작가의 정신적 시뮬레이션[109] 속에 반영되어 있는 것이다. 이 정신적 행위를 통해 텍스트 참조세계 속의 대체 화자(Substitute Speaker)는 허구세계를 창조한다. 이 허구세계 속 등장인물은 실제 화자가 그랬던 것처럼 불합리한 현실에 체념한다.

그러나 한국 웹소설에는 끝없는 무기력증에 빠져든 세계에 논리적·물리적으로는 설명 불가능하나 초자연적인 조력으로 인해 등장인물이 반드시 승리하거나 복수하고 마는 성취의 세계가 등장한다. 여기에는 전제가 붙는다. 자연적인 도움을 왜 그에게 주어야 하는지에 대한 타당한 이유가 있어야 하며 '세상은 스스로 돕는 자를 돕는다'는 말처럼 주어진 기회를 잘 활용할 수 있는 노력과 자기계발이 필요하다. 주인공이 '회빙환'이나 이와 유사한 장치로 인해 양립 불가능한 텍스트 실제세계에서 양립가능한 실제세계(TAW)로 접근가능하다는 것을 자기계발의 에토스를 충분히 숙지하고 있다는 것을 의미한다. 자기계발 내러티브는 정신적 실패나 불행과 같은 내러티브와 밀접하게 얽혀 있으며 정확히 말하면 후자가

---

109 켄달 L. 월튼(Kendall L. Walton)은 재현을 하는 예술작품은 일종의 소도구로서 상상되어지기를 또는 상상하기를 촉발하는 허구적 참을 지시하는 어떤 것이라고 하였다. 허구세계는 허구적 참의 집합이며 작가가 정신적 행위를 통해 믿는 체하는 게임이라고 보았다. Kendall L. W., 2019, 『미메시스: 믿는 체하기로서의 예술』, 양민정 옮김, 북코리아, 116쪽.

전자를 움직이게 하는 동력이다.[110]

강주혁의 정신적 불행은 전 소속사 사장과의 불화에서 시작했다. 소속사 사장인 류진태가 재벌에게 연예인 지망생과 소속 여자 연예인을 상납해가며 호의호식하고 있다는 것을 알게 된 강주혁은 류진태의 상납 작업을 교란하며 훼방을 놓는다. 강주혁이 아무리 소속사를 먹여 살리는 스타 배우라 할지라도 재벌 스폰서가 눈엣가시로 본다면 이야기가 달라진다. 류진태는 자신의 뒤를 봐주는 태신식품 박종주 편에 서고, '찌라시'를 살포해 강주혁을 재기 불능하도록 연예계에서 생매장시켜 버린다.

강주혁은 처음에 이 모든 걸 부정한다. 마약에 손댄 적도, 음주운전이나 도박을 한 적도 없건만 언론은 그가 하지도 않은 일을 기정사실처럼 보도했다. 인터넷 댓글에는 강주혁을 향한 온갖 욕이 난무했고 '쓰레기'가 되는 건 한순간이었다. 최상위 톱스타라는 그의 지위가 무색할 만큼 추락은 빨랐다. 강주혁은 자신에게 동시다발적으로 벌어지는 온갖 일들이 거짓말처럼 느껴졌다. 말도 안 되는 정보가 인터넷을 뒤덮고 있는데도 그는 속수무책이다. 내게 어떻게 이런 일이 생길 수 있지 하면서 분노를 표출해본들 그의 추락은 기정사실화되어 갔다. 결국 진실이 무엇이었는지는 중요하지 않다고 여기는 자신을 발견한다. "인기고 톱스타로서의 이미지고 다 필요 없고, 그냥 모든 게 귀찮다. 절이 싫으면 중이 떠나야지"(2화)라고 하면서 세상과 타협한다. 그는 연예계를 완전히 떠나기로 결심한다. 그렇게 은둔생활이 시작된다.

> 10평 남짓한 반지하 월세방. 강주혁에겐 망한 사업으로 인한 빚을 모조리 청산하고 남은 이 월세방이 전부였다.
>
> 그 반지하 월세방은 벌써 점심이 훌쩍 넘은 시간임에도 빛 한 줄기 들

110 Illouz, E., 2010, 『감정 자본주의』, 김정아 옮김, 돌베개, 98쪽.

어오지 않는다. 그리고 이 냄새는 뭘까? 누가 맡아도 얼굴이 절로 구겨질 듯한, 썩은 발 냄새 같은 악취가 가득하다.

그 악취 가득한 방안에서 느닷없이 작은 목소리가 울려 퍼진다.

"아, 벌써 점심이냐?"

침대인지 마구간인지 헷갈리는 곳에서 남자가 부스스 일어난다. 강주혁이었다. 푸석푸석한 머리카락을 뒤쪽으로 질끈 묶고, 수염이 덕지덕지 자라서, 탁 보면 전설의 괴수처럼 보인다. 이건 이미 사람의 형태가 아니었다.[111]

칩거에 들어간 강주혁의 모습은 리비도의 투지가 철회된 상태, 즉 누가 봐도 우울증 단계다. 곧 죽어도 전혀 이상하지 않을 무력감이 온몸을 감싸고 이 세상에 중요한 건 아무것도 없다. 그렇기 때문에 집 앞에 택배가 와 있어도, 갑자기 배달된 휴대폰이 울리며 보이스피싱을 내보내도 약간의 호기심만 동할 뿐 이내 원래의 칙칙한 상태로 돌아간다. 시끄럽게 울려대는 휴대폰의 전원을 꺼버리는 것으로 자신의 신경마저 꺼버린다.

강주혁은 꺼진 핸드폰을 대충 바닥 어딘가에 휙 하고 던진다. 그 핸드폰은 쓰레기가 쌓여있는 쪽에 툭 소리를 내며 안착했고, 잠시간 핸드폰이 떨어진 자리를 보던 강주혁은 다시금 힘없는 발걸음으로 침대로 돌아간다.

털썩.

그리고 다시 낚시 프로를 영혼 없이 보기 시작한다.[112]

---

111 장탄, 2019~2020, 앞의 책, 2화.

112 장탄, 2019~2020, 위의 책, 2화.

이 정도의 상태면 가장 꼭대기까지 올라갔던 그의 사회적 지위를 되찾으려는 야망 따윈 한 줌의 모래로 흩어진 지 이미 오래다. 자신을 생매장해버린 무자비한 폭력 앞에서 투지는커녕 패배를 수용하고 삶이 무의미하다는 걸 직감하는 마지막 단계에 진입한 것이다.

강주혁이 억울한 누명을 쓰고 은둔생활에 들어간 소설 초반부의 서사는 엘리자베스 퀴블러 로스가 말한 '죽음의 5단계'와 거의 흡사하다. 5단계는 부인-분노-타협-우울-수용의 과정으로 이루어져 있다. 좀 더 자세히 살펴보면 다음과 같다. 죽음을 부정하며 스스로를 고립시키는 1단계, 곧 죽을 것이라는 사실이 기정사실화될 때 폭발하는 분노의 2단계, 곧 죽을 수는 있겠지만 "그래도 애가 졸업할 때까지만 살면 다행"이라며 죽음과 타협하는 3단계, "곧 죽을 건데 애 졸업 따위가 무슨 소용이냐"며 의지를 수거해가는 4단계, 죽음과 싸우기는 글렀으니 이제 갈 준비를 해야겠다며 죽음을 수용하는 단계가 마지막 5단계다.[113]

죽음이 불어닥친 우울과 나락의 공간은 『보이스피싱인데 인생역전』과 흡사한 서사세계를 가진 『마늘밭에서 900억을 캔 사나이』에서도 잘 드러난다.

> 최서해라는 소설가가 쓴 '홍염'이라는 소설이 있다.
>
> 별 거 아니다.
>
> 지주한테 착취당하던 농부가 빚 때문에 외동딸까지 빼앗기자, 그제야 눈이 돌아가서 도끼를 들고 쳐들어가 불을 지르고 지주를 반으로 갈라 죽인다는 꿈도 희망도 없는 내용이다.
>
> 근데 최서해 이 인간, 소설이 죄다 이런 식이다.
>
> 몰릴 데까지 몰리고 눈이 돌아가고 죽이고 불지른다.

113 Ross, E. K., 2018, 『죽음과 죽어감』, 이진 옮김, 청미, 85~238쪽.

졸라 깔끔하긴 한데 금방 질린다.

근데 살면서 몰릴 때까지 몰리면 결국은 죽음밖에 없지 않나 싶기도 하다.

몰릴 때까지 몰렸다는 건 더는 살 수 없다는 것과 동의어니까.

그냥 죽기엔 너무 분통 터지고 억울하니까 갈 데 가더라도 한 놈 정도는 괜찮잖아 하고 금 나와라 뚝딱 은 나와라 뚝딱 뚝배기를 깨고 가는 거다.

지금 박민혁의 기분이 딱 그렇다.

아아, 씨발 도끼 마렵다.[114]

주인공 박민혁은 5인 미만의 사업장인 중소기업(일명 '좋소랜드')[115]에서 대리로 일하고 있다. 회사는 '좋소랜드'답게 월급은 적은데 일은 많이 시켰다. 그날도 토요일에 나와 일하고 있는데 사장이 화를 냈다. 공장에서 기르는 진돗개가 밥을 먹지 않는다는 이유로 박민혁을 크게 혼낸 것이다. 업무적인 부분도 아니고 고작 개밥 관리를 잘못했다는 이유로 큰소리

114 데이우, 2021~2022, 앞의 책, 1화.

115 '좋소랜드'는 작품 내에서 '좆소'와 같은 뜻으로 쓰이고 있다. '좆소'는 열악한 노동 환경과 열정페이를 요구하는 악덕 중소기업을 일컫는 인터넷 용어로 비속어(좆)와 한자(小)가 결합된 신조어다.
작가는 문피아 연재방에 영화 〈라라랜드〉를 패러디한 포스터를 올리며 표지 문구에 '어서 와. 좋소는 처음이지? 여긴 여름엔 덥고 겨울엔 추워. 그리고 다음과 같은 연애는 없어. 안심해 여긴 좋소. 체험 삶의 현장이야'라고 적었다.
『마늘밭에서 900억을 캔 사나이』에서는 '좆소'라는 단어에 냉소의 의미와 순화의 기능을 담았다. 영화 〈라라랜드〉의 이미지와 이러한 '좆소'의 의미를 중첩시켜 웹의 주요한 특징 중의 하나인 '다중양식적 관점(multimodal perspective)'을 부각시켰다. '다중양식적 관점'이란 하나의 메시지를 구성하기 위해 언어적, 시각적, 음성적 자원 혹은 모드를 활용하는 의사소통 방법이다. Bezemer, J.·Kress, G., 2020, 『다중양식, 학습, 그리고 의사소통: 사회기호학적 프레임』, 안미경 옮김, 한국외국어대학교 지식출판콘텐츠원, 15~18쪽.

를 들은 그는 사장을 죽이고 싶은 충동에 시달린다. 작품 속 표현대로 한다면 마음속에 "홍염이 일었다."(1화) 차라리 성과가 엉망이라는 이유로 핀잔을 들었다면 수치심을 느꼈겠지만, 입맛이 없어서 끼니를 거르는 개 때문에 혼남으로써 그에게 개만도 못한 인간이라는 딱지를 붙였기 때문이다. 이것은 끔찍한 모멸감이며 자신이 속한 집단에 대한 한없는 원망으로 이어진다.[116] 그러나 이직도 쉽지 않을 뿐만 아니라 빚도 2천만 원이나 있는 처지를 떠올리며 현실과 타협해야만 했다. 『보이스피싱인데 인생역전』의 강주혁이 열 평짜리 원룸에 갇히는 것과 타협했다면 『마늘밭에서 900억을 캔 사나이』의 박민혁은 몇 푼 안 되는 월급으로 채무를 해결하기 위해 불의와의 대결을 포기했다.

박민혁에게 모험으로의 입사를 알린 전령관(Herald)은 강릉경찰서 차한일 형사이다. 그는 전화를 걸어와 대학 시절 절친이었던 김철진이 교통사고를 당해 사망했다는 소식을 전한다. 까마득히 잊고 있던 친구의 사망 소식에 무작정 빈소로 향한 박민혁은 김철진의 병원비 일부를 내주고 병원 직원으로부터 그의 유일한 유품이었던 PMP를 건네받는다. 박민혁은 그 안에 깔린 네비게이션의 경로를 따라 900여억 원이 묻힌 마늘밭을 찾아가 보물을 획득한다. 이제 그는 돈의 행방을 쫓는 적대자 세력을 피해 모험을 감행해야 한다. 그에게는 반드시 모험을 떠나야만 할 소명이 주어진 것이다.

『보이스피싱인데 인생역전』에서 보이스피싱이 인생역전의 모티프였다면 『마늘밭에서 900억을 캔 사나이』에서는 철 지난 PMP가 보물지도 역할을 한다. 박민혁이 영웅의 여정을 하도록 선택받은 이유는 인간의 죽음에 경의를 표할 줄 알았다는 것이다. 박민혁은 무연고자로 처리된 김철진

---

116 Brown, B., 2013, 『(완벽을 강요하는 세상의 틀에) 대담하게 맞서기』, 최완규 옮김, 명진출판, 84~87쪽.

의 마지막 가는 길을 이 세상에서 유일하게 애도해준 사람이다. 비록 자신은 '좋소랜드'에 다니며 인간 이하로 취급받지만, 친구만큼은 인간으로서 품위를 잃지 않도록 도와주고 싶었다. 박민혁은 역지사지로 상대를 바라볼 줄 아는 감수성을 지녔다. 절망 속에서도 기꺼이 타인에게 손을 내밀 줄 아는 그는 영웅의 과실을 따 먹을 충분한 자격이 있다.

2. 양립 가능한 텍스트 실제세계

앞에서 1막 3장까지의 공간을 살펴보았다면, 이제 모험의 소명을 받은 후 본격적으로 모험으로 입사해 등장인물이 신격화되면서 영웅이 보상이라는 달콤한 과실을 따먹고 귀환하는 과정인 2막과 3막에 대해 알아보고자 한다.

이미 '회빙환'을 통해 변화한 세계는 우리가 사는 실제세계와 뚜렷이 달라져 버렸다. 문학 텍스트가 실제세계와 같아야 할 이유도 없으며 그것이 문학적 상황을 담보하거나 조건 지어질 수 있는 것은 아니다. 왜냐하면 문학 텍스트는 기본적으로 허구이기 때문이다. 허구 텍스트는 그것을 참조하는 세계, 즉 텍스트 참조세계를 따르므로 이것은 텍스트 실제세계와는 일치할 수밖에 없다. 그렇다면 '회빙환'을 한 등장인물이 살아가야 하는 그 이후의 공간도 실제세계와는 다른 텍스트 참조세계를 가질 것이다. 즉, 텍스트 실제세계가 재현하는 텍스트 참조세계는 무한히 열려 있는 일종의 가능적 텍스트 대안세계(TAPW, Textual Alternative Possible World)라고 할 수 있다. 즉, 텍스트 안에서 다양한 세계를 지시대상으로 삼을 수 있으므로 텍스트는 무한정 생산될 수 있으며 이후의 환상적 사태들도 결국 텍스트 전체의 체계 속에서 융합되어 하나의 '상상적 우주'를 형성하는 것이다. 그러므로 현대판타지 장르에서 벌어지는 일련의 환상 서사는 '회빙환'이나 기연을 겪고 난 후 텍스트 참조세계에 우리가 아는 실제세계를 재중심화(recentering)함으로써 우리가 실제세계에서 알았던 것을 투사하는 것이다. 즉 이미 어느 정도 구성된 세계 체계를 수정·변형해 창조하는 것이지 무에서 유가 창조되는 것이 아니라는 것이다. 즉 한국 현대판타지 웹소설에서 텍스트의 의미는 그 자체만의 닫힌 시스템이 아니라 '장르적 조망(generic landscape)'[117]에 의해 얼마든지 상호텍스트성을 가지고 있는 열린 문학으로서 기능한다.

본고에서는 '회빙환' 이후의 공간을 열린 세계, 즉 가능적 텍스트 대안세계(TAPW)로서 상정하고, 한국 현대판타지 웹소설이 참조하는 세계가 장르적 조망에 의해 충분히 이해될 수 있는 세계, 즉 실제세계와 양립 가능한 세계로 보고 이를 텍스트로 재구성한 텍스트 실제세계에 대한 논의를 진행하고자 한다.

2.1. 코스모폴리탄 민족주의의 공간

1970년대 말부터 시작된 세계화 물결은 1990년대 소비에트 공산권 붕괴와 동구권 몰락으로 가속화되기 시작해 2000년대에 들어서는 한국 사회를 다민족 국가로 탈바꿈하는 데 일조했다. 이러한 변화는 경제구조의 변화와 더불어 진행되었는데 농업·제조업 중심의 소비 사회가 정보화 사회로 변모하는 과정에서 일어났다. 즉, 3D 직종에 대한 기피가 심해지면

---

117 판타지 서사의 텍스트 실제세계에는 선험적으로 거주하는 이들이 있는데 이들이 실제세계에서 존재하는 것들은 아니다. 예를 들어 용, 날아다니는 말이나 말하는 여우, 말하는 개구리 등은 실제세계에서는 볼 수 없지만 판타지 서사에서는 선험적으로 용인되는 거주자로 간주된다. 또한 그들이 하거나 처하는 일련의 행동, 예컨대 등장인물이 갑자기 돌로 변한다랄지, 마녀에 의해 저주를 받아 평생 잠만 자는 병에 걸린 공주 등은 현실세계에서는 볼 수 없지만 이를 장르적 특성으로 묵인하는 경향이 있다. Ryan, M., 1991, op.cit., p. 55.

서 기존 노동자들이 임금을 올려달라 요구했고, 이마저도 꺼리는 숫자가 늘어나면서 사업체에서는 단순 노동력을 대체할 값싼 노동력이 필요해졌다. 그 대체제로 등장한 게 이주 노동자다. 그들은 한국 사회에 들어와 게토화를 형성하며 자신들만의 다문화적 집단을 꾸려나갔다. 한편, 집단 계층화가 이루어지며 상대적으로 빈곤해진 도시 노동자·농업 종사자들은 결혼 상대를 구하지 못해 외국에서 신부를 데려와야만 했다. 이주 노동자와 결혼 이민자의 증가는 한민족이 과연 단일민족인가라는 의구심을 들게 했고, 사회적 갈등을 최소화하기 위해 한국 정부는 '다문화주의'를 표방하기에 이르렀다.[118] 실상 그것이 다문화를 지향하는 게 아니라 한민족으로의 동화를 추구한다는 데 있을지라도 적어도 한국이 단일민족이라는 '상상적 공동체'를 깨게 하기에는 충분했다.

또한 남북 간 교류가 늘어나면서 동질성을 획득, 통일로 나아가야 한다는 입장보다는 대(對)북한 외교에 대해 '퍼주기'식 외교라는 비판적 시각이 세력을 얻으면서 이명박-박근혜 정부에 들어서서는 종북 프레임으로 매도되기까지 했다. 즉, 남북한 교류 확대가 북한을 한민족으로 포용하려 하기보다는 '대한민국 민족주의'[119]가 힘을 얻게 되는 반대급부를 가지게 되었다. 오히려 이러한 '대한민국 민족주의'는 대중적 차원의 민족주의로 재탄생되었다. 국가권력에 의한 동원이데올로기인 국가주의적 민족주의는 쇠퇴했지만, 탈민족주의와 맞물린 한국인만의 민족개념이 새롭게

---

118 한국이 단일민족이라는 민족주의를 앞세워 이주민에 대한 핍박을 가한다는 유엔의 경고 때문에 정부는 불가피하게 다문화정책을 내놓기 시작했다. 박찬승, 2019, 『민족·민족주의』, 소화, 246쪽.

119 이는 대한민국 국민의 소속감 강화에 주목한 개념으로 강원택이 제안한 것이다. 이러한 개념은 대한민국에 대한 국민의 인식이 달라진 것에 근거한 것인데 2005년 동아시아연구원과 중앙일보가 공동으로 수행한 '국가 정체성 조사' 결과를 토대로 한 것으로 한국사회의 성장과 체제의 우월감 등이 반영된 용어이다. 이용기, 2019, 「임정법통론의 신성화와 '대한민국 민족주의'」, 『역사비평』 128, 341쪽.

탄생한 것이다. 혈통의 순수성에 집착하기보다는 언어나 생활문화적 공통성에 기반한 정서적 공감대로 외연이 확장되면서 한민족은 '해외동포' 전체를 망라한 민족개념으로 바뀌게 되었다.[120] 이것은 세계화 물결과 한국 정부의 다문화정책, 그리고 남북한 교류가 빚어낸 결과물이었다.

『갓 오브 블랙필드』에서 나타나는 코스모폴리탄적 민족주의도 이런 시대적 흐름과 무관치 않다. 강찬은 가난과 가정폭력에서 벗어나기 위해 프랑스 외인부대를 선택했다. 조국인 한국은 더 이상 그에게 파라다이스를 제공하지 못한다는 판단하에 외국 용병으로 자원입대, 그곳에서 동양인으로서는 최초로 구대장 자리까지 꿰차지만 결국 아프리카에서 죽음을 맞이하고 만다.

작품이 연재를 시작한 2014년 최고의 유행어로 꼽히는 '헬조선'이란 단어는 이 소설의 시작과 딱 맞아떨어진다. 대한민국은 고도의 경제성장으로 물질적 근대화는 이루었지만, 그 과정 속에서 빈부격차가 심화되고, 집단 계층화는 더욱 심각해졌다. 이 시기 삼성물산과 제일모직 합병으로 삼성그룹의 승계 과정의 불투명성이 언론에 자주 보도되었던 것도 '헬조선'이란 단어가 유행처럼 쓰이게 된 원인이 되었다. 절대 올라갈 수 없는 사다리에 상류층이 앉아 있다는 생각은 다른 계층에게 절대적 박탈감을 제공했다. 결국 한국에서는 안 된다는 자조 섞인 비애감이 '탈조선', '헬조선'이란 단어를 낳게 했고, 이러한 유행어에 가장 민감하게 반응하는 대중문화 콘텐츠인 웹소설에서 이를 차용한 모티프가 동시다발적으로 유행하게 된 것이다. 그렇다고 하더라도 '탈조선'을 한 이후의 삶이 한국인의 정체성을 삭제한 삶일 수는 없다. 한국을 벗어나 세계 무대로 발을 디딘 것은 그 속에서 한국인으로서 인정받고 싶은 욕구를 충족하기 위해서다. 그러므로 웹소설에서는 '회빙환' 모티프를 이용해 이러한 욕망을 충

---

120 이병수, 2020, 「남북한 민족주의 가치관의 이중성」, 『통일인문학』 84, 161쪽.

족시킨다.

『갓 오브 블랙필드』의 모험으로의 입사는 주한 프랑스 대사인 라노크가 환생한 강찬을 찾아오면서다. 주한 프랑스 대사라는 직함은 강찬을 만나기 위한 위장술의 하나였을 뿐 실제로 그는 세계 정보 세계를 쥐락펴락하는 인물이다. 이 시대에 일어나는 모든 전쟁은 정보전이라는 말이 무색하지 않을 만큼 『갓 오브 블랙필드』의 전투는 모두 각국이 나누는 정보와 연계되어 있다. 그래서 한 나라가 가진 정보의 질과 양이 전쟁의 승패를 좌우한다.

> "중국은 북한이 경제적으로 독립하는 것을 용인하기 어렵습니다."
> 이건 고등학생이 아니라 정부 각료회의에서나 나올 법한 이야기다.
> 강찬의 눈가에 짜증이 어린 것을 본 김형정이 입을 다물었다. 병실 안의 분위기가 냉랭했지만, 강찬은 표정을 풀지 않았다.
> "자네가 라노크에게 협상해주길 바라는 모양이다."
> 강찬이 피식 웃고 말았다.
> 아무렴 대한민국에 이런 일 협상할 사람이 없어서 강찬에게 부탁한단 말인가.
> "각국 수뇌부는 비선이라는 비밀 연락망을 가집니다. 그런데 불행하게 라노크는 국내에 어떤 인물에게도 비선을 허락하지 않았는데 예외적으로 강찬 씨와는 따로 통화를 했습니다."
> "그런 걸 파악할 시간이 있으면 프랑스에 다른 사람을 찾아보시죠."
> 강찬의 말에 김형정이 입맛을 다셨다.
> (중략)
> "국가를 위해서 도움을 좀 주시죠."
> 강찬이 피식 웃자 김형정이 고개를 끄덕였다.
> (중략)

"고등학생에게 이렇게까지 하는 게 이상하지 않나요?"

"라노크와 비선 연락이 닿는 분에게 국가를 부탁하는 일입니다. 유니콘이 연결되기만 한다면, 우리나라는 단숨에 일본보다 두 배나 큰 성장을 이루게 됩니다."[121]

대한민국의 정보력을 알 수 있게 하는 대목이다. 유니콘 프로젝트라는 거대 프로젝트에 동참하고 싶지만, 세계 선진국과 소통 라인이 없는 한국으로서는 요원한 일이다. 그런데 세계 정보 수장들 가운데서도 으뜸인 라노크가 강찬에게 호의를 베푸는 걸 알게 됐으니 그의 애국심에 기대는 게 방법이지 않을까. 강찬이 국가를 위해 다리를 놔주는 것 말고는 한국이 유니콘 프로젝트를 성사시킬만한 방법은 없다.

『갓 오브 블랙필드』에 등장하는 유니콘 프로젝트란 유럽과 아시아를 잇는 철도 계획으로서 대한민국이 물동항으로서 자리매김할 수 있는 전세계적 프로젝트이다. 유라시아 철도[122]가 우리나라에 연결된다면 매년 100조의 수익을 낼 것이라 내다보고 있기 때문에 한국으로서는 철도 연결이 시급했다. 그러나 현재 유니콘 프로젝트에 한국은 배제된 상태이므로 비선인 강찬을 통해 이 프로젝트를 성사시켜야만 한다.

---

121 무장, 2014~2016, 앞의 책, 1부 60화.

122 유라시아 철도 건설은 상상의 산물이 아니라 실제로 2013년 박근혜 정부가 '유라시아 이니셔티브(Eurasia initiative)' 구상을 발표한 것에 기인한다. 이 안에 따르면, 부산에서 유럽까지 철도망을 연결해 유라시아를 포괄하는 운송로를 구축하는 게 목표다. 이는 부산~북한~러시아~중앙아시아~유럽을 관통하는 철도로 대한민국 부산이 유라시아 철도의 기착지이거나 종착지일 수 있어서 경제적 효과가 클 것으로 판단되어졌다. 이렇듯 텍스트 참조세계는 가능적 텍스트 대안세계로 작동하며 이러한 세계를 재현하는 게 텍스트 실제세계로서 『갓 오브 블랙필드』를 구성하는 공간이다. 유라시아 철도에 대한 정보는 김석수·최성환·이한수, 2021, 「한반도 통일시대 유라시아 대륙철도 출발역 선정을 위한 연구」, 『철도저널』 24(4), 38~39쪽 참조.

주인공 강찬의 모험은 이 유니콘 프로젝트를 완수하기 위해 모험에 뛰어듦으로써 시작된다. 유라시아 철도 연결을 원치 않는 세력과 이를 간절히 원하는 세력 간의 알력 다툼 속에서 결국 영웅 강찬이 이 전쟁을 자신이 속한 세력의 승리로 이끈다는 데 있다.

작품을 읽는 백미는 강찬이 벌이는 전투에 있다. 강찬은 이러한 국지전을 소화함으로써 능력치를 검증받는다. 몽골, 북한, 아프리카, 리비아 등 상황과 지역은 달라지지만 비슷한 전투씬이 매화 반복되며 이른바 '국뽕'을 자극한다. 그리고 그 애국의 끝에는 가족이 있다.

> 행복, 정말 별거 없다.
>
> 엄청나게 많은 돈도 필요 없다.
>
> 함께 앉아 먹는 삼겹살에 감사하는 것 정도?
>
> 그런데 이 행복을 지켜주기 위해서 누군가는 끔찍한 훈련을 감수하고, 나가서 싸우고, 그중 몇은 죽어서 돌아온다.
>
> 그렇다고 알아주지도 않는다.
>
> 남겨진 가족들의 고통을 담보로 그 고통을 전혀 모르는 남은 사람들이 행복을 지키는 거다.
>
> 강찬은 삼겹살을 먹으면서, 강대경과 유혜숙을 보면서, 지금까지 헛짓하고 다니지는 않았구나 싶었다.
>
> 강해진다는 것, 강한 나라를 만들겠다는 것은 이런 행복을 느끼는 사람들이 많은 나라를 만드는 것이란 생각도 했다.
>
> "아후, 행복해."[123]

국가를 사랑하는 마음은 곧 가족을 사랑하는 마음으로 치환된다. 자

---

123 무장, 2014~2016, 앞의 책, 1부 188화.

신의 능력치를 한껏 끌어올리는 자기계발(Self-Help)의 목적은 자기 자신을 위한 것이기도 하지만 그것은 곧 사회적 정상성을 획득하는 길이기도 하다. 나라를 위해 싸운 것은 아빠로서, 아들로서 책임을 다하는 것이고 사람들이 그런 그를 자랑스럽게 여기며 감사를 표할 때 비로소 인정받게 된다. 사회 속에서 인정받는 것은 곧 그의 매력자본 상승으로 이어진다.

"대한민국을 사랑하십니까?"

며칠 전에도 이런 닭살 돋는 질문을 받았었다.

송창욱 변호사, 독립운동가의 후손.

"대통령님, 전 사실 그걸 잘 모르겠습니다."

전대극의 시선이 책상 위로 뚝 떨어진 다음이었다.

"하지만 작전을 나가서 죽은 대원과 남겨진 딸을 보고 결심한 것은 있습니다."

문재현이 강찬을 똑바로 쳐다보며 다음 말을 기다리고 있었다.

"죽어간 대원들이, 남겨진 딸이 자랑스러워하는 대한민국을 만들어 보고 싶습니다. 그들이 헛되이 죽은 것이 아니라 이 나라의 발전을 위해 희생한 것으로 만들고 싶습니다. 지금까지는 이게 전부입니다."

"그래서 대원들과 대원들의 가족에게 돈을 보냈나요?"

(중략)

"프랑스 정보총국의 차장? 그 차장은 어느 정도의 지위인가요?"

"부총국장 바로 아래 직위입니다. 정보총국 분류 2급까지의 암살 명령이 가능합니다."

"원장은 프랑스 정보총국 분류로 몇 급에 해당합니까?"

"2급입니다."

문재현의 질문에 황기현이 대답하면서 분위기가 싸하게 가라앉았다.

"그렇다면 프랑스가 강찬 학생을 먼저 선점한 모양새가 되었군요. 그것도 엄청난 권한과 직급을 부여하면서요. 프랑스와 우리가 더블 에이전트를 공유하고 있다면 어느 쪽이 더 손해인가요?"

(중략)

"우리가 프랑스에 뒤질 수는 없지요. 강찬 학생을 국가정보원 대테러 특수팀 책임자로 하고, 그 직위는 부원장으로 했으면 합니다. 물론 특급 요원의 자격은 그대로 유지됩니다."

"바로 결재를 올리겠습니다."[124]

강찬은 한국 국적을 가졌지만, 프랑스는 그에게 나라를 맡겼다. 라노크가 보기에 블랙헤드 에너지를 온몸으로 흡수한 강찬을 이길 자는 없었다. 세계 패권을 장악하려면 강찬을 이용해야만 하므로 라노크는 프랑스 정보총국 임원으로 강찬을 임명해 그를 선점하고야 만다. 대한민국의 고민은 깊어질 수밖에 없었다. 프랑스 정보총국 차장이 된 강찬을 대한민국이 국정원 간부로 임명한다면 그는 이중 첩자가 되는 셈이기 때문이다. 그래도 강찬만한 사람은 없기에 뾰족한 수가 없는 한국으로서는 더블 에이전트를 금지하는 정보 세계의 룰을 어길 수밖에 없다. 문재현 대통령은 강찬에게 프랑스와 마찬가지로 나라의 운명을 맡기고 만다. 이로써 강찬은 두 나라의 운명을 짊어진 남자가 되었다. 아무도 범접할 수 없는 능력을 인정받은 강찬은 신이 되다시피 하고, 그들의 바람에 보답한다.

"그런데 말이오, 차세대 발전시설이 이루어지면 대한민국이 정말 엄청나지는 거 아니오?"

강찬은 힐끔 시선을 주었다.

124 무장, 2014~2016, 앞의 책, 1부 213화.

피식.

(중략)

이 새끼들이랑 모여 앉아서 이렇게 얘기가 시작되면 반드시 아프리카 용병 시절 이야기로 달려가서 셋이서 킬킬거리게 된다.

차세대 발전시설의 가동까지 꼭 한 달 남겨놓은 날의 오후였다.[125]

정보 세계의 수장이 된 강찬은 절대적인 힘을 부리는 전 세계 최고 강자가 된다. 한국을 위해 싸운 결과가 곧 세계의 이익을 위한 길이란 것은 세계화가 국가 간 교류를 증진시켜 민주주의와 인권의 발전에 도움이 된다는 논리와 흡사하다. 즉 한국적인 것이 세계적인 것이라는 한국식 애국의 논리가 『갓 오브 블랙필드』에서도 적용되는 셈이다. 대한민국을 중심으로 사고하는 극적인 단면은 백인이자 프랑스 귀족 출신인 제라르가 강찬을 둘도 없는 스승처럼 모시고 받든다는 것이다. 또한 강찬의 절친이자 제라르만큼 그를 믿고 따르는 다예루(환생 후 석강호) 역시 아랍인이다. 동양인 남자라는 핸디캡을 극복하고 정상에 우뚝 선 영웅은 곧 '작은 고추가 맵다'는 한국의 속담만큼이나 한국인의 정체성을 잘 드러내주는 기제로 작용하고 있다.

2.2. 호모 에코노미쿠스가 사는 공간

『재벌집 막내아들』의 등장인물들은 하나같이 영악하다. 미래 정보를 가지고 회귀한 진도준은 말할 것도 없고, 순양그룹 일가 전체가 어떻게 하면 회장 자리를 차지하는가에 관심이 집중돼 있다. 즉, 순양그룹을 차지하는 것은 곧 회장 자리에 앉는다는 것이고 그 자리를 차지하는 게 지

125 무장, 2014~2016, 앞의 책, 1부 419화.

배 집단이 되는 길이다. 여기서 자리로 표상되는 공간은 사회적 관계망을 조직하고 그 관계 속에서 우위를 점하는 지위 게임과 같다.

앙리 르페브르에 따르면, 관념화에 따라 구성된 추상 공간은 끊임없는 미메시스를 통해 반복재생산 과정을 끌어냄으로써 특정 환경을 구축·지속시킨다. 이렇게 생산된 공간은 사람들의 '차이'와 '욕망'에 폭력을 가하기 때문에 신자유주의 시대에는 계급 갈등이 아니라 공간의 모순으로 문제가 발생한다는 것이다.[126]

한국 현대판타지 웹소설은 르페브르가 말하는 공간의 모순을 극명하게 보여주는 장르이면서 동시에 이와 같은 공평한 공간을 만들어야 한다는 주장에 이의를 제기한다. 진도준에게 있어 호모 에코노미쿠스[127]가 사는 공간은 전략적으로 이용해야 할 대상이지 마르크스주의적인 혁명이 이루어지는 공간이 아니다. '평등은 정의를 의미하지 않는다(Equality doesn't mean justice)'는 말처럼 한국 웹소설 텍스트는 자본주의가 사라지고 모두가 평등해진 공간을 추구하지 않는다. 어차피 세상은 '기울어진

---

126 도시 공간은 자본가들의 막강한 지배력이 형성되는 장, 그래서 인간소외 문제가 대두되는 공간이라 보았다. 이를 극복하기 위해서는 '차이의 공간'을 만들어내야 한다고 역설했다. 이 차이의 공간이란 국가와 자본주의 공간의 결탁을 끊어내는 공간이다. 공간정치란 자치와 전유의 이념이 실현되는 가능세계이다. Lefebvre, H., 2014, 『공간의 생산』, 양영란 옮김, 에코리브르, 587쪽.

127 미셸 푸코(Michel Foucault)는 신자유주의를 통치술이자 통치 합리성으로 규정한다. 그리고 이러한 신자유주의 통치체제를 탄생케 한 인간형을 자유주의 시대에 생겨난 호모 에코노미쿠스로 보았다. 고전적 자유주의하에서 호모 에코노미쿠스는 경제학이 바라보는 인간의 본성이자 이기적 동기에 따라 합리적으로 행동하며 자신의 욕구를 정확하게 알고 있는 경제인이다. 그러나 신자유주의 시대의 합리성은 교환을 경쟁으로, 평등을 불평등으로, 노동을 인적자본으로 대체하였다. 특히 인적 자본으로서의 개인은 스스로가 자본이며 생산자이자 소유물의 원천인 자기 자신의 기업가로 모델화되었다. 본고에서 말하는 호모 에코노미쿠스는 교환을 통해 욕구를 충족하는 인간이 아니라 미셸 푸코가 정의한 '자기 기업가적 자아'를 가진 영악한 경제인을 의미한다. Foucault, M., 2012, 『생명관리정치의 탄생』, 심세광·전혜리·조성은 옮김, 난장, 319~321쪽.

운동장'이므로 운동장의 기울기를 탓하기보다는 속물이 되는 삶을 택한다. 진도준이 오세현을 기용한 이유도 여기에 있다. 오세현은 신자유주의 공간이 가진 세속적인 모순을 그 누구보다 잘 이용하는 사람이다. 그리고 그 모순을 더 잘 파악하고 있는 고수를 기용함으로써 진도준은 자본주의 공간을 지배하는 승자가 되고자 한다.

> 아무튼, 초일류들을 상대하면서 알았다.
>
> 난 배운 게 없었다.
>
> 내가 아는 건 경험과 노력으로 알게 된 게 전부다.
>
> 한 단계 높은 수준의 내용은 그들만의 세계에서 공유할 뿐 외부로 빠져나오지 않는다.
>
> 난 그들이 시키는 것을 잘하기 위해 앞만 보고 달렸을 뿐이다. 그들이 시키는 일의 진짜 이유, 그 목적을 모른다는 건 배운 게 없다는 뜻이었다.[128]

오세현은 알지만, 머슴으로 살았던 회귀한 진도준은 모르는 것. 그것은 위에서 밝혔듯 '초일류'만이 알고 있는 정보다. '초일류'가 되기 위해서는 '초일류'와 교류하고, 그들의 생각을 읽어내야만 한다. 머슴으로서의 고리를 끊고 진정한 주인 마인드를 갖기 위한 첫 걸음인 것이다. 이러한 '초일류'로 제시된 또 하나의 인물은 진양철의 오른팔인 이학재다. 그는 회귀 전 윤현우에게는 전설과 같은 인물이었다.

> 진영기가 회장에 취임하자마자 가장 먼저 이학재의 뒤를 털었다는 것이다. 그가 진양철 회장의 차명주식을 어마어마하게 쥐고 내놓지 않

---

128 산경, 2017~2018, 앞의 책, 26화.

자 그의 비리를 까발릴 생각이었다는 것이다.

하지만 이학재 역시 만만한 사람이 아니다.

그도 진씨 일가의 불법, 탈법 증거를 한가득 양손에 쥐고 순양그룹에 불 지를 수 있다고 큰소리치자 진영기가 백기를 들었다는 이야기도 들었다.

이학재가 차명주식을 쥐고 있는지는 영원히 알 길이 없게 되었고 공식적인 발표는 엄청난 퇴직금을 품속에 넣고 물러나는 것으로 끝났다.[129]

이학재는 완벽한 집사로서 머슴과 하인을 발밑에 부릴 줄 아는 사람이다. 심지어 자신의 신분을 주인으로까지 격상시킬 줄 아는 인물이다. 그러지 않았다면 진영기를 상대로 그런 간 큰 배팅을 하지 못했을 테니 말이다. 전생의 윤현우에게 이학재는 우상과 같은 존재였다. 그러나 재벌집 자식으로 다시 태어난 윤현우에게 넘어서야 할 고지는 머슴의 우두머리인 집사가 아니다. 진도준에게 있어 목표는 자본주의 세계를 호령하는 진양철이다.

진도준이 진양철의 마음을 얻기 위해 가장 먼저 시도한 일은 아진 자동차를 인수합병해 순양 타이틀을 달아주는 것이었다. 당시 자동차 업계는 대현 자동차가 부동의 1위였고, 2위는 우성 자동차였다. 그런데 4위인 아진 자동차가 소형차 프라우드를 출시하면서 단숨에 2위 자리를 꿰차고 들어왔다. 졸지에 2위였던 우성 자동차가 3위로 내려가고, 순양 자동차는 꼴찌가 되고 말았다.

진양철로서는 보통 자존심 상하는 일이 아니었다. 진양철은 조선미곡창을 운영하던 시절부터 자동차 분야에 애정을 가져왔고 언젠가는 순양자동차를 업계 상위권에 놓고 싶어 하는 욕망을 지니고 있었기 때문이다.

---

129 산경, 2017~2018, 앞의 책, 18화.

그리하여 아진 자동차를 합병해 업계 2위 자리를 탈환하자는 계획을 세우게 된다. 이런 엄청난 계획을 구상한 데는 아진 자동차의 지배구조가 취약하다는 데 있다.

진양철은 순양 경제연구소에 용역을 맡겨 국내 자동차 업계가 재편될 필요성이 있다는 보고서를 작성하게 한다. 그리고 그 보고서 안에는 인수합병에 필요한 지원 방안과 관련한 정부의 역할이 들어 있다. 이 보고서를 통해 정부를 압박하려는 계획을 알게 된 진도준은 회귀 전 과거를 떠올린다.

원래의 역사에서 아진 자동차는 IMF의 한파가 불어닥친 이듬해 대현 자동차에 흡수되었다. 아진 자동차 인수전은 외환 위기가 불어닥치기 전에 시작됐으나 갑자기 IMF가 터지면서 기업들은 돈줄을 죄게 된다. 그 과정에서 순양 자동차는 현금 유동성이 어려워진 나머지 인수를 포기하게 되고 대현 자동차가 헐값에 이를 사들인다.

이러한 과거를 알고 있는 자는 오직 진도준밖에 없다. 회귀자는 회귀자만 알고 있는 미래 정보를 이용해 원래 역사를 바꾼다. 『재벌집 막내아들』이 가진 허구세계는 현실을 재현하는 거울을 통해 환상을 창조하지만 그 거울은 토도로프가 말하는 경이와 기이 사이의 '망설이는'[130] 어느 지점이

130 토도로프는 환상적인 것은 망설임의 시간만큼 지속된다고 보았으며 현실의 법칙에 타격을 입지 않고도 묘사된 현상을 설명할 수 있다면 기이 장르이고, 만약 그 현상을 설명해 줄 수 있는 새로운 자연법칙을 가정해야 한다면 그것은 경이 장르에 속한다고 보았다. 미스터리나 추리소설은 주로 환상 장르에 근접해 있으며, SF소설 등이 경이 장르에 속한다. 토도로프의 장르적 구분에 따르면 한국 웹소설의 현대판타지 장르는 전체적으로 현실의 법칙에 타격을 입지 않으므로 기이 장르에 속하기도 하지만, '회빙환'이라는 새로운 자연법칙을 가정해야 하므로 경이 장르이기도 하다. 그러나 하나의 텍스트가 두 개의 장르를 다 가질 수는 없으므로 한국 현대판타지 웹소설이 어떤 장르에 속하는지를 토도로프의 장르 영역 내에서 명확히 규명하기는 어렵다. 그렇다고 환상적인 것처럼 소개되고는 초자연적인 수용으로 끝나는 환상적-경이 장르에 속한다고 볼 수도 없다. 한국 현대판타지 웹소설의 서사세계는 초자연적인 수용을 요구한다기보다는 각기 다른 참조세계(TRW)에 대해 각기 다른

아니라 가상적 이미지를 믿는 체하는 상황에 가깝다. '세계'의 관점에서 텍스트를 바라보면, 텍스트를 구성하는 언어는 가상 이미지라고 볼 수 있다. 이러한 가상 현실을 환상이라 바라보며 텍스트에서 벌어지는 정신적 행위를 통해 새뮤얼 T. 콜리지가 말하는 '불신의 중지(willing suspension of disbelief)'[131]가 일어난다. 그러므로 새롭게 투사된 현실세계(TAW)는 자율적인 현실로 받아들여지게 된다.[132] 도저히 가능하지 않을 것 같았던 일이 '회빙환' 이후 전기를 맞이하며 텍스트의 가능세계는 새로운 현실세계로 나아가게 된다. 아무리 미래 정보를 가지고 있다 한들 진도준이 국내 자동차 업계 2위인 대기업을 차지한다는 설정은 현실적으로 믿어지지 않을 수 있다. 그러나 작가의 정신적 창조행위를 통해 텍스트에 투사된 허구세계는 논리적·물리적으로 접근가능한 텍스트적 실제세계로 변모한다.

『재벌집 막내아들』의 텍스트 실제세계에서는 원래의 역사처럼 진양철이 순양 자동차 인수에 실패하지만 그렇다고 그것이 대현 자동차의 품에 들어가는 것도 아니다. 아진 자동차는 진도준이 설립한 투자회사의 소유가 된다. 그는 1997년 IMF 위기로 인해 대한민국의 외환보유고가 바닥난다는 역사적 사실을 이용해 아진 자동차를 사들인다.

진도준이 순양가 사람이라 해도 아진 자동차가 진양철의 것이 될 수는

진실값을 갖는 다세계 모형이론에 가깝다고 여겨진다. 그러므로 토도로프처럼 장르를 언어의 기술로 구성된 집합체로 보는 구조주의적 견해로 한국 현대판타지 웹소설의 서사세계를 바라보아서는 안 된다. 토도로프의 망설임과 장르에 대한 개관은 Todorov, T., 2013, 앞의 책, 85~119쪽 참조.

131 예를 들어 소설 속에 유령이 등장하는 경우, 실제세계에는 유령이 있거나 없을 수 있지만 (또는 믿지 않을 수도 있고, 있다고 믿을 수도 있지만) 작품을 읽는 동안에는 불신 상태를 일시 중단하고 작가가 만든 허구적 세계를 참(truth)으로 믿는 것이다.

132 Ryan, M., 1998, op.cit., p. 141.

없다. 오히려 진도준은 아진 자동차를 발판 삼아 순양 자동차를 흡수할 계획을 세운다. 이를 간파한 진양철은 손자와 협상을 벌인다.

"절대 받아들여지지 않는 제안은 없다. 저울이 안 맞으면 맞추면 된다. 합병 비율을 말해 보거라. 내가 저울에 얼마나 더 올려야 할까?"

"1:0.2"

"이런 날강도 같은 놈!"

입에서 나온 말과는 다르게 놀란 표정이며 웃음을 참는다.

"시장 점유율, 브랜드 가치, 신차 개발 능력, 기술력 등을 생각하면 순양 자동차는 아진 자동차의 20% 수준밖에 안 됩니다. 이건 자동차 전문가들의 의견이지 제 사견이 아닙니다."

"몰라서 그런 말을 하는 게냐? 그건 순전히 자동차 부분만 따로 떼서 하는 말이고, 숨은 가치도 반영해야지. 주가가 말해주지 않느냐?"

순양 자동차의 주가는 아진 자동차의 두 배를 넘는다. 그 이유는 바로 순양 자동차가 쥐고 있는 순양그룹 계열사 지분 때문이다.

순양 자동차를 지배하는 순간 순양그룹의 절반을 지배한다.[133]

진양철은 아진 자동차의 인수합병에 열을 올렸던 손자의 진짜 속셈을 알아챈 후에는 오히려 그를 기특하게 여긴다. 재벌가 자식들이란 어떠하든 아버지 눈에 들어 기업을 물려받을까만 생각하는데 진도준은 그들과 달리 거래를 통해 할아버지 것을 뺏으려 하기 때문이다. 진양철이 진도준을 아끼는 것은 그가 '자기 기업가적 자아'를 지닌 호모 에코노미쿠스이기 때문이다. 진도준은 자존심이 있고, 거래에 대한 기준이 명확하며 자기 자신의 결정화를 이룰 수 있는 주체적 면모를 지니고 있다. 이런 점에서

133 산경, 2017~2018, 앞의 책, 53화.

오세현과 진도준은 비슷한 속성을 지니고 있다. 오세현은 시장 가치를 스스로 만들어내는 주체로서 자신을 인식하고 있다.

> 정중하고 모범적인 대답이었지만 이미 오세현의 속마음은 거절이었다. 굳이 순양그룹의 검은돈을 맡아 가슴 졸일 필요가 없다.
>
> 자신도 남부럽지 않은 상위 1%의 성공한 사람이기 때문이다.[134]

위의 인용문에서 진양철은 오세현에게 이학재를 보내 그의 속내를 파악하고 더 나아가 그를 지배하려 든다. 그러나 오세현은 그러한 순양그룹의 제안을 단칼에 거절한다. 오세현의 이러한 당당함은 그의 능력에서 비롯된다. 인정투쟁의 배경 위에서 자신을 타인과 구별 지음으로써 정체성을 확립하고자 하는 그의 태도는 탁월한 전략이 된다. 왜냐하면 오세현의 줏대 있는 행동은 진양철에게도 좋은 인상을 남긴다. 그리하여 진양철은 막냇손자를 자본주의 세계로 이끌 영도자로 오세현을 낙점하게 된다.

호모 에코노미쿠스가 사는 『재벌집 막내아들』이라는 공간에서는 경제인보다 우위에 있는 것은 없다. 그러므로 정치가는 언제나 경제인에 빌붙거나 그들의 허락을 받아야 한다.

> 다시 한번 순양, 아니, 재벌의 힘에 놀랐다.
>
> 재벌은 자신이 원하는 정책을 만들어 정부에 제시하고, 정부는 그 정책을 행동으로 옮긴다. 마지막으로 입법부인 국회의원들이 거수기 역할을 충실히 하는 것으로 끝난다.
>
> 멀쩡한 회사 하나를 껍질도 벗기지 않고 삼키는 것이 이런 조합으로

---

134 산경, 2017~2018, 앞의 책, 32화.

가능한 것이다.

이 보고서는 순양그룹과 정부의 은밀한 밀착의 증거다.

이것이 밖으로 유출되면 정경유착 스캔들이 된다.[135]

순양그룹은 보고서 한 장으로 회사를 흡수할 수 있다. 그게 재벌의 힘이다. 호모 에코노미쿠스가 사는 공간에서는 정치인을 만드는 건 국민이 아니라 재벌이다. 진양철은 사위 최창제를 서울시장으로 만들기 위해 순양경제연구소의 전략가들을 붙여준다. 정치는 얼굴마담일 뿐 진짜 선거는 뒤에서 선거를 기획하고 판을 짜는 전문가들에 의해 이루어진다.

진 회장이 서재 밖을 향해 외치자 삼, 사십 대로 보이는 대여섯 명의 사내들이 들어왔다.

그들은 진 회장을 향해 허리 숙여 인사한 다음 회의 테이블의 한자리를 차지하며 앉았다.

진서윤의 표정이 점점 더 환해졌다. 그녀는 이들의 정체를 잘 안다.

선거 때마다 대기업을 옹호하는 후보 곁에서 전략을 짜내는 사람들이다. 소속은 순양경제연구소지만 경제보다 정치판을 읽는 데 탁월한 사람들이다. 정치는 생물이라 시시각각 변한다. 그 변화의 흐름을 정확히 읽고 전략을 수정하며, 유권자의 변화를 정확히 캐치하는 식견을 보유한 능력자들이다.

이들은 계열사 사장급의 엄청난 연봉을 받으며 오로지 선거만 책임지는 그림자들이었다.

"오늘부터 이 친구들이 최 서방을 도울 거다. 이왕 나서기로 한 거 꼭 이겨야지."[136]

---

135 산경, 2017~2018, 앞의 책, 36화.

진도준으로서는 마포 상암동 개발권을 따낸다면 엄청난 개발이익을 환수할 수 있으므로 고모네에 선거자금을 빌려주고, 진양철을 회유해 사위를 밀어주도록 만든다. 최창제는 시장이 되자마자 약속대로 순양그룹과 진도준을 위해 공유지를 매각하고 알짜배기 땅인 마포 개발권을 진도준이 소유한 대아건설과 순양건설 쪽에 넘긴다. 이로써 디지털미디어시티(DMC)를 건설하고자 하는 진도준의 소원 세계는 한층 가능성이 커졌다. 텍스트에 나온대로 이들 사이의 거래는 정경유착이지만 좀만 다르게 포장하면 국익을 증진시키는 일이기도 하다. 김영삼 정권이 외환 위기를 불러왔지만 그 여파는 다음 정권까지 이어졌다. 김대중 정권이 우선적으로 해야 할 일은 외화벌이였다. 텅 빈 외환보유고를 채워서 경제를 되살려야 했다. 이를 잘 알고 있는 진도준은 DJ 정권의 인수위원장을 만나 상암동 개발권을 달라고 요청한다. 미라클이 가진 자본을 검은머리 외국인으로 생각한 인수위원장은 그들에게 곱지 않은 시선을 보내지만 말 한마디가 상황을 역전시킨다.

> "우리 미라클은 미국에서 번 돈을 한국으로 가져오는 일을 합니다. 지금까지 우리 회사는 델 컴퓨터, 마이크로소프트, 할리우드 영화, 일본의 소프트뱅크에 투자해서 많은 이익을 남겼고, 그렇게 번 돈으로 아진그룹을 인수했습니다. 어떻게 보면 수출역군입니다."
>
> "젊은 친구가 말장난이 심하군. 수출역군이라니?"
>
> 6, 70년대를 살아온 사람에게 수출역군이라는 단어는 자부심과 긍지의 상징이다. 세계 최빈국에서 경제 대국으로 성장한 동력이 바로 수출이기 때문이다.
>
> (중략)

---

136 산경, 2017~2018, 앞의 책, 76화.

"위원장님, 돈만 벌려고 생각했다면 환율 차이만 챙겨도 두 배가 넘습니다. 제가 드린 그 계획서가 현실이 된다 해도 두 배의 이익은 장담하기 어렵습니다."

오세현이 핵심을 찌르자 그제야 파일을 집어들었다.

순식간에 내용을 싹 훑은 이종철은 파일을 내려놓으며 입을 열었다.

"한국 미디어 산업의 메카로 만들겠다는 계획 같은데…… 나쁘지 않군요."

이종철의 태도가 변했다. 갑자기 호의적인 음성이다.

"22억 달러 전부를 미디어 산업에 투자할 계획입니까?"[137]

진도준은 IMF 환난이 불어닥친 시점에 순양그룹에 10억 달러를 빌려준 게 미라클 인베스트먼트라고 운을 뗀다. 즉, 미라클 자본이 없었다면 순양그룹이라는 거대한 재벌이 쓰러질 수 있었다는 것을 암시한 것이다. 그러면서 22억 달러를 추가로 한국에 투자해 DMC 건설을 하고 싶다는 의견을 전한다. 사적인 비밀회동 자리에서 도시 개발권을 달라는 이야기지만 달리 보면 진도준의 말처럼 외화벌이일 수도 있다. 진도준은 DMC 건설을 통해 개발이익을 보고, 이제 막 출범한 정권은 지역 개발을 통해 경제 활성화를 꾀할 수 있다. 호모 에코노미쿠스가 사는 세상에서는 최대한의 이윤을 낼 수 있는 거래를 성사시키는 게 함께 상생할 수 있는 최적화된 양식이다. 그리고 이 거래의 성사 여부를 쥐고 있는 것은 영악한 호모 에코노미쿠스의 영역이기도 하다.

빌 게이츠는 국가 권력기관의 감시를 받지만 진양철 회장은 국가 권력기관을 줄 세운다. 욕망을 충족하기에는 우리 할아버지 자리가 더 적

137 산경, 2017~2018, 앞의 책, 77화.

합하다.[138]

특히 이러한 거래는 『재벌집 막내아들』이 그려내는 대한민국의 현실에서 더욱 도드라지는 경향이 있다. 그리고 여기서 중요한 것은 돈 그 자체가 아니다. 중요한 건 돈이 상징하는 욕망이다.

2.3. '사이다'가 터지는 공간

보이스피싱의 무료 서비스가 끝나며 강주혁은 자연스레 은둔형 외톨이 생활을 청산한다. 보이스피싱이 본격적으로 유료 서비스를 시작하면서 미래 정보는 점점 고급화된다. 무료 서비스가 시드 머니를 마련하는 단계로 활용되었다면 유료 서비스인 '브론즈' 단계부터는 강주혁의 인맥이 중요해진다. 복권 번호나 주식 정보 등의 단편적인 정보에서 벗어나 강주혁이 몸담았던 엔터테인먼트 업계의 미래 정보를 제공하기 때문에 더 이상 강주혁은 자신의 존재를 숨기고 살 수 없게 된다. 우울한 나락의 공간에서 빠져나온 그는 자신을 파멸의 구렁텅이로 몰아넣었던 악의 무리를 처단하면서 스타 사업가로 변신한다. 이제 강주혁이 사는 세상은 시원하고 통쾌한 성공 서사가 실현되는 공간이자 이른바 '사이다'가 톡톡 터지는 공간이다.

강주혁은 무료 서비스가 끝나고 유료 서비스를 시작하면서 드디어 본격적인 모험으로의 입사에 들어간다. 나락으로 떨어졌던 왕년의 톱스타 강주혁이 재기에 성공해 연예계의 거물로 성장하기 위한 첫 번째 미션은 이 '브론즈' 단계를 성취해야만 얻을 수 있다. 초기 유료 서비스인 '브론즈' 단계에서 제공한 내용을 요약하면 다음과 같다.

---

138 산경, 2017~2018, 앞의 책, 133화.

〈표 8〉 웹소설 『보이스피싱인데 인생역전』 브론즈 단계 미션

분야	키워드	실현 내용	실현 조건
상업영화	척살	제작비 85억으로 900만 명 관객 동원해 초대박	원래 시나리오를 쓴 감독이 찍어야지 다른 감독에게 맡기면 망한다.
다큐영화	내 어머니 박점례	1) 다큐 영화로는 이례적으로 320만 명 동원 2) DBS국제독립영화제 3관왕 수상	출연 예정인 원로배우 홍경연, 미투 운동으로 과거 성폭행 전적 줄줄이 탄로남. 출연을 막아야 함.
음악	가수 헤나	전 소속사와의 분쟁으로 표절가수로 낙인	OST 〈366의 사랑〉(표절곡) 작업 막기
드라마	28주, 궁궐	케이블 방송사에서 방영, 1화 시청률 13%로 초대박으로 시작해 성공작이 됨.	1) 지나친 PPL 막기 2) 투자자의 도 넘는 개입으로 여자주인공보다 많아진 조연 비중 문제 해결
웹드라마	청순한 멜로	대학생 아마추어 영상 리메이크 후 1억뷰 달성	대학생 동아리 백번활용팀 작가 송미진 의견대로 대본 내용 들어가야 함.
부동산	HY테크놀로지	제2공장 경기도 오포읍 방면 건설	강주혁 사옥 부지로 부동산 호재
기타	KR마카롱	강주혁 사옥 1층에 입점한 마카롱 가게가 신토불이 핫 아이템으로 승승장구	일본 기업 불매 운동의 여파

정보는 그야말로 엔터테인먼트 업계 전반에 걸친 내용이다. 심지어 부동산 개발 정보나 강주혁이 사들인 사옥의 1층에 입점한 브랜드가 성공해 어부지리로 강주혁의 회사인 보이스프로덕션이 홍보되는 효과가 발생한다는 내용도 포함돼 있다. 이렇듯 강주혁의 사업을 전방위에서 도와주는 보이스피싱 정보 덕분에 그는 승승장구하게 되고 무사히 다음 단계인 실버 단계로 넘어간다.

보이스피싱은 서비스를 자동으로 상향해주는 게 아니라 해당자 본인이 이전 단계를 모두 클리어한 후 직접 상향 신청 버튼을 눌러야 하고, 그래야지만 심사 단계를 거칠 수 있다. 여기서 보이스피싱은 심사비와 등급

상향비를 받은 후에야 다음 단계를 오픈한다. 무료 서비스에서 브론즈 단계로 넘어갈 때 1천만 원이었던 심사비가 실버 단계로 넘어갈 때는 1억 원으로 오른다. VIP 정보를 얻을 수 있는 블랙 단계로 진입할 때는 심사비가 무려 1백억 원으로 뛴다. 그러나 보이스피싱이 과도한 금액을 청구하는 것은 절대 아니다. 강주혁으로 하여금 심사비와 등업비를 낸 것보다 훨씬 더 많은 것을 획득할 수 있게 해주므로 다음 단계로 넘어갈 때도 부담 없이 비용을 지불할 수 있고, 기꺼이 다음 단계가 열리기만을 기대할 수 있는 것이다. 그러나 한편으로는 강주혁이 제공된 정보를 잘 활용하기 때문에 단계를 업그레이드할 수 있다고 볼 수 있다. 과거에 톱스타이자 연기파 배우로서 정점을 찍지 않았었다면 보이스피싱이 아무리 고급 정보를 제공해준다 한들 미션을 수행하기는 어려웠을 것이다.

강주혁이 사업가로서 자질을 발휘해 점점 한국 엔터테인먼트 업계를 쥐락펴락하는 자리로 올라가게 되면서 그가 권위를 부릴 수 있는 자리도 늘어간다. 특히 대종예술영화제의 구태의연한 운영에 일침을 가하는 장면은 '사이다'가 시원하게 터지는 구간이기도 하다. 그는 소속 배우를 대신해 수상을 하러 나온 자리에서 트로피를 내동댕이친다.

> "영화제에서 받는 상은 배우에겐 하나의 훈장이며 기폭제가 됩니다. 그만큼 배우에게 상은 물이나 공기와도 같이, 매우 중요하게 작용합니다."
>
> 이어 주혁의 고개가 약간 왼쪽으로 돌아갔다.
>
> "특히나 신인 때 받는 상은 평생 갑니다. 화상 흉터처럼 죽을 때까지 기억에 남죠. 제가 산 증인입니다. 전 아역 시절 신인상을 받았을 때 했던 바가지머리가 아직까지 선명하게 기억나요."
>
> (중략)
>
> "봐. 저놈이 제정신이라면 이 자리서 미친 짓은 안한다니. 어?! 어!!"

바로 그때.

"그런데요."

강주혁이 들고 있던 트로피를 앞쪽으로 아주 가볍게 휙 던졌다. 덕분에 고요하던 홀 안에 철을 두드리는 소리가 퍼졌다.

탱그랑!!

곧, 주혁이 들고 있던 신인여우상 트로피가 바닥에 나뒹굴었고, 모두의 눈알이 터질 듯 커졌다. 그러거나 말거나 주혁은 이제 비어버린 양손을 주머니에 쑤셔 넣으며 말을 이었고.

"권위가 바닥에 떨어진, 그러면서도 협박과 갑질을 일삼는 영화제에서 주는 상은 그냥 쇠붙이에 불과합니다. 한마디로."

그의 시선이 다시금 얼굴이 깨진 김본택에게 닿았다.

"재활용도 안 되는 쓰레기에 불과하죠. 왜일까요? 영화제의 주인공은 배우들인데, 왜 쓸데없는 것들이 주인공인 양 설치는 걸까요?"[139]

대종예술영화제 조직위원장인 김본택은 자신의 권위를 이용해 보이스프로덕션 소속 배우를 모두 영화제에 참석시키라고 통보했다. 담당자가 그것은 좀 힘들 것 같다고 하자 영화제에 전원 참석하지 않으면 상을 수여하지 않겠다고 엄포를 놓았다. 이는 실제 영화제에서 있었던 사건을 모티프로 한 것으로 작품 속에서 강주혁이 조직위원회를 응징한 것은 실제로는 일어나지 못한 사건에 대한 대리만족인 셈이다.[140] 그러므로 더욱 시

---

139 장탄, 2019~2020, 앞의 책, 294화.

140 2015년 대종상 영화제에서 수상자들이 대거 불참하는 바람에 당시 사회자였던 신현준이 연속으로 대리 수상을 했으며 심지어 신인감독상의 경우 함께 후보에 오른 이병헌 감독(〈스물〉 연출)이 수상하지 못한 상에 대해 수상자인 백종열 감독(〈뷰티 인사이드〉 연출) 대신 수상하는 해프닝이 벌어지기도 했다. 당시 대종상 영화제는 주최 측의 오만한 행보로 여론의 도마 위에 올랐으며 결국 2021년 집행위원장이었던 조근우가 사기와 뇌물 혐의로 실형을 선고받았다. 자세한 사항은 나무위키, '2015

원하게 '사이다'가 터지는 장면이기도 하다.

애초에 조직위원회가 배우에게 주는 상을 두고 수여 여부를 논하는 것은 타자와의 관계를 힘의 우열이라는 프리즘으로 바라보는 일종의 '갑질'이다. 김본택은 선배 배우이자 업계 원로이지만 그렇다고 해서 그가 강주혁에게 명령하고 지시할 수 있는 상하관계에 위치하는 것은 아니다. 더더군다나 상을 주고 안 주고는 조직위원장이 결정하는 게 아니라 작품을 심사하는 심사위원과 영화를 본 관객의 몫이다. 그런데도 그는 자신이 조직위원장이라는 자리에 있다는 이유만으로 당연히 권력을 휘두르고 지위를 누릴 수 있다고 여긴다.

실제 삶에서 개인은 이런 큰 조직이나 기구 앞에서 한없이 작아지기 마련이다. 하지만 웹소설의 세계에서는 허구세계 속 등장인물의 지위를 이용해 그동안 억눌러왔던 감정과 욕망을 마음껏 분출하고 표출시킬 수 있다. 그것은 실제 화자(Actual Speaker)와 실제 독자(Actual Reader)를 텍스트 안으로 몰입시킴으로써 대체 화자(Substitute Speaker)와 대체 독자(Substitute Reader)로 상정된 텍스트 속 등장인물에게 자신의 소원과 의도, 의무 세계 등을 투사하기 때문에 가능한 것이다. 그럼으로써 실제세계의 인간은 웹소설 속 등장인물의 관점을 통해 세계를 바라볼 수 있게 된다. 그것이 앞서 M. 라이언이 말한 재중심화 과정이다. 이러한 정신적 행위를 통해 느껴지는 쾌감 중에 대리만족도 있는 것이다.

대종영화제에서 이루어졌던 '갑질'은 좀 더 어린 나이의 학생들 사이에서도 벌어진다. 이것은 학교가 사회의 축소판이기 때문에 그렇다. 김재욱은 배우 생활을 하며 학교도 다녔는데 그의 아버지가 해창전자 김재황 사장인 것은 아무도 몰랐다. 사실은 재벌집 자식인데도 주변 친구들은 김재욱이 고아라고만 알고 있을 뿐이다. 학교 일진인 이진석은 고아라는 약

대종상 영화제 논란' 항을 참조.

점을 이용해 김재욱을 따돌리며 다른 학생들까지도 그와 친해지지 못하도록 막았다. 그러던 어느 날, 김재욱과 이진석 간에 싸움이 벌어지는 바람에 이진석의 부모가 학교에 오는데 이진석의 부모는 김재욱을 혼내며 적반하장으로 나왔다. 김재욱이 고아라는 이유로, 보잘것없는 배경을 가졌다는 이유로 교장 선생님마저도 이진석의 편을 든다. 대종영화제에서 김본택이 조직위원장이라는 자리에 앉았다는 이유만으로 영화배우들에게 참석을 강요하고, 상을 주네마네 하는 행위를 한 것과 이진석과 이진석의 가족이 자신들이 가진 권력과 부를 믿고 김재욱을 대놓고 깔보는 행위는 일맥상통한다.

여기에 일침을 가하는 것은 강주혁이다. 그는 최근 들어 김재욱이 어둡고 말수가 적어진 것을 눈치채고 황 실장을 시켜 뒷조사를 지시한다. 학교에서 따돌림을 당하고 있다는 것을 안 강주혁은 이러한 일을 벌인 원흉인 이진석을 어떻게 골려줄까 고민한다. 권력을 믿고 날뛰는 이진석과 같은 존재에게는 그보다 더 큰 권력을 가진 사람을 들이밀어 그를 하등 열등한 존재로 추락시키는 것이 해결책일 수 있다.

그는 대충 손을 올려 이진복 사장의 말을 막았고, 곧, 강주혁의 핸드폰에서 남자 목소리가 흘러나왔다.

"그래, 강 사장. 내 안 그래도 지금 자네가 만나라는 그놈 만나러 가는 중이야."

상대는 김재황 사장이었고.

"사장님."

"응?"

"이유는 나중에 설명해 드리죠. 황림건설 아시죠?"

"알아. 우리 건설사와 거래 중이지."

"그쪽이 사장님 아킬레스건을 건드렸습니다. 그것도 아주 더럽게. 본

보기를 보여주셔야겠는데요."

(중략)

"사과를 받아야겠는데요, 정중하게. 보나마나 이번 일도 일진 리더님이신 아드님이 문제를 일으켰겠죠?"

"우, 웃기지마! 내가 왜 사과를!"

"…… 해라."

"예?! 아버지! 제가 왜!!"

짝!!!

"어머! 여보!!"

결국 이진석이 아버지인 이진복에게 귀빰을 후드려 맞았다. 덕분에 조윤숙이 아들을 감쌌지만, 이진복 사장은 여전히 근엄했다.

"하라고. 내가 누누이 말했잖아. 적당히! 후- 그냥 해라."[141]

이번 일로 김재황에게 혼외자가 있다는 사실이 세상에 밝혀졌지만, 그것은 언젠가 알려질 일이었다. 대신에 김재욱에게는 부모가 있고, 그것도 재계 1위인 김재황 사장이 아버지라는 사실은 이진복처럼 계급이나 지위에 정체성을 부여하는 사람들에게는 커다란 충격으로 다가온다. 여지껏 무시하고 조롱해왔던 상대가 실은 자기보다 훨씬 높은 지위 사다리를 타고 있다는 것을 알게 되는 순간 그들은 얼굴에 쓴 가면을 싹 바꾸고 나타난다. 이진복은 아들에게 사과하라고 윽박지르며 언제 그랬냐는 것처럼 강주혁에게—혹은 보이지 않는 김재황에게—아부하고 권력에 고개를 수그렸다. 모욕감을 유발한 사람에게 그것을 곱절로 돌려주는 행위를 통해 강주혁은 '사이다' 세례를 시전했다.

---

141 장탄, 2019~2020, 앞의 책, 269화.

제3장

가능세계에서의 인물 양상

M. 라이언의 서사이론은 양상 실재론(modal realism)에서 영향을 받았다. 양상 실재론에서 말하는 가능세계란 객관적으로 존재하며, 우리가 사는 실제세계와 별반 다를 것이 없다는 데 전제가 있다. 우리가 아는 실제세계는 우리가 실제세계에 살고 있기 때문에 실제라고 부르는 것일 뿐이다. 그러므로 양상 실재론의 관점에서는 실제세계와 가능세계 사이에 존재론적 구분이 없다. 실제세계(Actual World)와 가능세계(Possible World)는 모두 동일한 물질, 즉 물질적으로 동일한 사물과 사건으로 구성된 각기 다른 양상을 지닌 실체이다. 특히 M. 라이언이 서사이론을 정초하는 데에 영향을 미쳤던 선대 학자인 D. 루이스는 허구세계에 양상 실재론을 접목시켜 서사세계에 등장하는 인물에 존재론적 지위를 부여했다.[142]

D. 루이스의 생각은 허구적 텍스트인 소설의 서사세계와 그곳에서 움직이는 주민(또는 등장인물)에게는 매우 잘 작동하는 메커니즘이 되었다. 소설의 서사세계가 실제를 참조하고 있다면, 다시 말해 실제를 참조하는 허구적 서사세계가 존재한다면 그 허구적 서사세계 속 인물 또한 구체적

142 Ryan, M., 2018, "What are characters made of? Textual, Philosophical and "world" approaches to character ontology", *Neohelicon, Springer Nature*, Vol. 45 No. 2, p. 425.

이고 존재론적인 완전한 개체가 된다. M. 라이언도 등장인물을 실제인물인 것처럼 언급하고 그들의 세계를 실제세계인 것처럼 묘사하는 것이 텍스트가 언어로만 이루어진 구성물이 아니라는 것을 증명하는 것이라 했다.[143] 즉, 가능세계에서 등장인물의 지위가 실제를 살아가는 인물과 동급이라는 전제는 한국 현대판타지 웹소설에 등장하는 인물을 설명할 때 유효할 수 있다.

첫째, 웹소설에 나오는 인물과 같은 인물이 실제세계에 존재할 때 이들을 허구적 인물로 볼 것인가, 아니면 실제에 존재하는 인물로 볼 것인가라는 논리적 의문을 해결할 수 있다. 예를 들어, 『재벌집 막내아들』은 실제세계와 거의 유사한 근현대 한국을 배경으로 이야기가 펼쳐진다. 그러므로 소설 속에 등장하는 선거 장면이나 정치적 이슈는 실제 역사적 사건과 상당히 유사하다. 그렇다면 궁금한 부분이 생긴다. 소설 속에 등장하는 노태우나 김대중 같은 실제 존재하는 인물이 작품 속에 등장할 때 그들을 허구적 인물이라 말할 수 있는지 여부이다. 『재벌집 막내아들』은 역사적 상황을 거의 그대로 표현했다. 전두환의 뒤를 이어 노태우가 대통령 자리를 차지하게 될지, 아니면 김영삼과 김대중의 단일화로 야당에서 대통령이 나올지에 대한 등장인물 간의 설왕설래는 당시 한국 사회의 이슈였다. 그렇지만 진양철에게 손자 진도준이 세 명에게 모두 선거자금을 골고루 제공하라고 조언하는 세계는 앞선 이야기와 다른 속성을 지니고 있다. 즉, 노태우나 김대중은 실제세계에 존재하지만, 진도준이나 진양철은 실제세계에 존재하지 않는다는 점이다. 그러나 가능세계는 사물이 실제와 다를 수 있다는 생각에 기초하고 있으므로 『재벌집 막내아들』에 나오는 인물들은 역사에 실제했든지, 완전한 허구적 인물이든지 간에 동일한 존재론적 지위를 공유한다. 오히려 한국 현대판타지 웹소설은 근현대사

143 Ryan, M., 2018, op. cit., p. 415.

를 관통하는 실제인물과 회빙환을 한 초자연적인 능력을 소지한 등장인물이 만나 '정말로 재벌들 사이에서는 그런 일이 있지 않았을까' 하는 서사적 몰입을 유도하는 방법으로 환상성을 확보하고 있다.

둘째, 허구세계에 허구적인 이야기 행위(speech act)를 행하는 A가 있다면 다른 세계에서는 알려진 사실에 대해 진실을 말하는 행위 A'이 있다. 여기서 A와 A'이 하는 이야기는 단어 하나하나가 일치하고, 단어는 같은 의미를 지니고 있다고 하자. 이 글에서 A와 A'은 익명으로 제시되었지만, 서사학 영역에서는 이들이 누군지 답할 수 있다. A는 작가가 하는 행위이고, A'은 내포화자(서술자)의 행위이다. 작가는 서사세계에 상주하며 등장인물을 실제인물인 것처럼 표현하는 서술자 역할을 한다. 이러한 행위를 통해 서사세계 속 등장인물은 실제세계의 주민들과 동등한 존재론적 지위를 갖는 것이다. 그러므로 스토리는 작가의 관점에서 만들어졌지만, 서술자의 관점에서 전달되는 것이다. 이러한 이중적 시각은 텍스트적 창조물이자 텍스트 내에서 자율적으로 존재하는 존재로 등장인물을 바라볼 수 있게 만든다.[144] 가능세계 안에서 등장인물은 언어가 만든 피조물이 아니라 실제세계에서와 마찬가지로 자신의 의지에 따라 행동하며, 특정 주제와 아이디어를 나타내는 데 주도적인 행위를 하는 등 스토리의 변화에 따라 역동적인 모습을 띤다. 특히 모험 서사를 기반으로 하는 웹소설의 서사세계에서는 등장인물이 인격체로서 가지는 캐릭터성이야말로 서사적 흥미(서스펜스, 호기심, 놀라움 등)를 유발시키는 원인자로 작용하기 때문이다.

이번 장에서는 앞에서 밝힌 대로 한국 웹소설의 영웅 여정을 따라 인물의 서사 곡선을 따라가는 작업을 해보기로 한다. 등장인물 간 벌어지는 이야기 행위는 M. 라이언이 제시한 네 가지 인물세계(소원세계, 의도세계,

144 Ryan, M., 2018, op. cit., p. 427.

지식세계, 의무세계)를 따라 분석하되 그 세부적 인물이 만들어내는 변화 패턴은 등장인물이 행하는 역할과 임무에 따라 캠벨과 보글러가 제시한 여덟 가지 인물 원형(영웅, 정신적 스승, 관문 수호자, 전령관, 변신자재자, 그림자, 협력자, 장난꾸러기/익살꾼)을 따르기로 한다.

1. 소원세계의 인물화

인물의 소원세계(Wish World)는 말 그대로 인물의 소원과 욕구로 구성된다.[145] 이러한 소원은 낮은 레벨에서 시작해서 점점 그 소원이 강해지는 경향이 있는데 한국 현대판타지 웹소설의 주인공은 자신이 바라는 것을 향해 거침없이 나아가며 일종의 '레벨업(level-up)'을 통해 그 임무를 완성해 나간다. 이러한 소원세계의 특성은 영웅이 자신의 목표를 향해 나아가는 영웅 서사와 닮아 있다. 즉, 한국 웹소설이 영웅 서사를 기반으로 하고 있다고 해도 과언이 아니기 때문에 본고에서는 중심 캐릭터나 프로타고라스를 지칭할 때 영웅(Hero)이라는 용어를 병행해 쓰려고 한다.

영웅은 고난을 이겨내고 원하는 목적을 달성하는 인물이다. 영웅의 여행은 대부분 가족이나 부족으로부터 분리되면서 시작하는데, 이는 유아가 엄마에게서 분리될 때 경험하는 느낌과 상응한다.[146] 모험에 나서는 영웅은 장애를 극복하고 목표를 달성하기 위해 새로운 지식과 지혜를 습득하게 되는데 그 과정에서 성장과 배움을 주는 인물을 만나게 된다. 이러한 멘토(Mentor) 원형은 가르침과 훈육을 담당할 뿐 아니라 영웅에게 권능을 부여하기도 한다. 그러므로 멘토가 내는 테스트를 통과해야만 '마

---

145 Ryan, M., 1991, op. cit., p. 117.

146 Vogler, C., 2022, 앞의 책, 67쪽.

법의 선물'을 가질 수 있는 것이다.[147]

본고에서는 주인공과 그의 멘토가 만들어내는 스토리 구성을 통해 처음에는 불가능할 것 같았던 소원 욕구가 텍스트 실제세계에서 목표점을 향해 어떻게 나아가는지 그 과정을 살펴보고자 한다.

1.1. 전사로서의 영웅과 정신적 스승

『갓 오브 블랙필드』는 전 세계를 무대로 펼쳐지는 밀리터리물로서 전사로서의 영웅 원형이 가장 잘 드러나는 작품 중의 하나이다. 강찬의 정신적 스승이자 그를 정보 세계의 거물로 이끄는 라노크도 지금의 위치에 오르기 전에는 정보국 요원으로서 전장을 누비고 요원을 암살하던 인물이었다.

라노크와 강찬이 처음 만난 계기는 샤흐란 때문이다. 라노크는 프랑스를 대신해 사과하며 강찬에게 몇 가지 특전을 제공한다. 표면적으로는 라노크가 이런 호의를 베푸는 이유가 샤흐란 때문이지만 실은 강찬이 블랙헤드를 사용해 환생했다는 사실을 알고 있기 때문이다. 블랙헤드가 가진 에너지를 가진 강찬을 이용해 자신의 목적을 달성하고자 한다. 그러므로 강찬을 사지로 모는 일은 되도록 하고 싶어 하지 않는다. 그것이 프랑스 국익에 도움이 되지 않는 일이라면 더더욱 말이다.

> "강찬 씨, 이건 무모한 일입니다. 나는 이번 이번만큼은 말리고 싶습니다."
>
> "서른 명이라고 들었습니다. 그들을 제거하면 당분간 일본을 비롯한 주변 국가와 한국의 반대 세력은 주춤하고 눈치를 볼 수밖에 없습

---

147 Vogler, C., 2022, 앞의 책, 82쪽.

니다."

라노크가 고개를 저었다.

"강찬 씨가 직접 갈 이유가 전혀 없는 일입니다."

(중략)

"사람은 누구나 맡은 바 임무가 있지요. 내 판단으로 현재 강찬 씨의 역할은 몽골에 가서 싸우는 것이 아니라, 유니콘 프로젝트가 이루어질 수 있도록 중심에 서는 것입니다."

라노크는 이미 마음을 굳힌 눈치였다. 탁자에 놓인 와인잔을 노려보며 입을 열지 않는 것이 그랬다.

강찬 역시 물러설 마음이 없었다. 그렇다고 구걸할 마음은 더더욱 없었다.[148]

강찬과 라노크의 입장이 극명하게 대립하는 부분이다. 강찬은 유니콘 프로젝트 성사를 가로막는 중국과 북한 세력을 처치하기 위해 몽골로 넘어가려 한다고 말한다. 그러나 진짜 목적은 몽골로 파견된 한국 국정원 소속 특수팀을 구하기 위해서다. 그들이 포로로 사로잡혀 갖은 고초를 겪는 상황이라는 걸 뻔히 알면서 손 놓고 있을 수는 없다고 생각한다. 그러나 강찬이 몽골로 넘어가는 일은 무척 위험한 일이기에 라노크는 반대 입장을 보이는 것이다. 더군다나 몽골에서 북한군을 처단하는 일은 한국 정부와 국정원이 해결할 일이지 프랑스 정보국의 임무를 맡아야 할 강찬이 관여할 일이 아니라 여긴다. 라노크 입장에서는 강찬을 프랑스로 귀화시키는 것까지 염두에 두고 있는 마당에 자꾸 한국 정부 일을 맡아 하는 것이 탐탁지 않다. 그러나 강찬은 라노크의 손아귀에 잡히지 않는다. 그는 모험에의 소명을 거부하지 않고 끝까지 시험의 관문 앞에서 움찔하지

148 무장, 2014~2016, 앞의 책, 1부 86화.

않는다.

한국 현대판타지 웹소설에서 주인공은 반복적인 시련에 직면한다. 몽골 작전은 시작일 뿐 앞으로 더 크고 잔혹한 작전들이 기다리고 있다. 결국 협력자는 주인공을 도와 목표점인 유니콘 프로젝트 완수에 더욱 다가서기 위해 노력한다. 그 과정에서 교육은 필수다.

문재현은 고개를 끄덕거렸다.

"대사, 우리는 미국과 오랫동안 정치, 경제, 안보에서 밀접한 관계를 맺고 있습니다. 잠시 불편하다고 해서 그 모든 것을 한 번에 파기할 수는 없습니다."

정치와 정보전의 차이. 정치적인 문제를 해결하는 데 물밑에서 정보를 주고받는다.

정보전이 필요한 진짜 이유에 대해 공부하는 느낌.

강찬은 오늘도 라노크가 일부러 자신을 불렀으리라는 생각이 들었다.

"미국은 이번 일로 한국과의 관계를 깨지 못합니다. 오히려 더 많은 것을 양보하게 될 것이라 확신합니다. 만약 지금 미국이 한국과의 관계를 단절한다면 당장 본국에서부터 가까이는 중국, 러시아가 손을 뻗치기 때문입니다."

문재현의 표정이 곧 답과 같았다.[149]

아직 강찬은 라노크의 기술과 정보 수준에 도달하지 못했다. 당연히 스승의 가르침을 받아야 그와 비슷한 또는 그를 뛰어넘어 신의 품성에까지 다다르는 영웅으로 거듭날 수 있다.

강찬은 라노크로부터 프랑스 정보국에 자리를 받는다. 라노크는 강찬

149 무장, 2014~2016, 앞의 책, 1부 177화.

에게 권능을 부여함으로써 증여자의 역할을 떠맡고 있는 셈이다.

> "무슈 강, 프랑스 정보국과 정보총국이 업무를 시작한 이래, 외국인이 교육에 참여한 것과 정보총국의 차장에 오른 일은 단 한 번도 없었습니다."
>
> 강찬의 시선을 확인한 피에르가 말을 이었다.
>
> "라노크 위원장은 이번 일에 정치적 생명을 걸었다고 해도 과언이 아닙니다. 무슈 강이 건재하는 한, 프랑스의 중요한 정보 관련 업무들이 무슈 강에게 향하기 때문입니다."[150]

정치적 생명을 걸고 강찬을 믿은 라노크는 그 보답을 받는다. 강찬은 한국을 사랑하는 만큼 프랑스에 대한 애정도 깊다. 유라시아 철도를 건설하고자 하는 유럽정보위원회와 이를 저지하고자 하는 다윗의 별 사이에 벌어진 전투를 승리로 이끈 강찬은 라노크조차 두려워하는 인물로 성장한다.

1.2. 기업가로서의 영웅과 현로(賢老)

진도준으로 회귀한 윤현우는 순양그룹에 입사하기 전 창업주 진양철의 전기를 읽은 적이 있다. 그래서 그가 위기의 순간에 어떤 결정을 내리고 어떤 말을 했는지 기억하고 있다. 이러한 기억력은 진양철의 눈에 들게 되는 절대적인 계기가 된다. 진양철을 자기 편으로 만들어야만 순양그룹을 차지하겠다는 진도준의 전략이 성공하기 때문이다.

회귀 전 윤현우가 가진 정보력은 비단 순양그룹 재벌가 사람들에 대한

---

150 무장, 2014~2016, 앞의 책, 1부 208화.

것에 그치지 않는다. 그는 과거사에 대한 지식이 해박해서 1980년대부터 회귀 전인 2010년대 중반까지의 정치·경제 상황을 머릿속에 일목요연하게 정리할 수 있었다. 윤현우는 이전 생에서 자기가 할 수 있는 한 경험하고 노력하려 한 인물이었다. 그런 성실성과 재바른 성격 덕분에 죽은 후 부활하는 기회를 얻게 된 건지도 모른다. 윤현우는 비록 승계와 거리가 먼 막냇손자로 회귀했지만 그래도 대한민국의 내로라하는 재벌집 자식으로 다시 태어나는 능력을 부여받았다.

진도준이 회귀한 1987년 6월은 정치적·사회적으로 시끄러운 때였다. 하지만 재벌들에게 민주화 운동 자체는 아무런 관심사가 아니었다. 진양철은 내년에 있을 대선에서 누가 당선될 것인지가 궁금했다. 당선자에게 가장 먼저 선거자금을 건네 순양그룹을 눈도장 찍게 하고 싶었기 때문이다. 참모를 비롯해 그룹 후계자가 되고 싶어 하는 순양가 자식들은 질세라 의견을 내지만 진양철의 마음에 드는 대답은 하나도 없다. 그러나 열 살배기 막냇손자가 그 답을 내놓았다.

> "할아버지."
> "그래, 말해 보아라. 뭐든지."
> "셋 다 친구로 만드세요."
> "그게 무슨 말이냐? 셋을 친구로 만들라니?"
> "아까 말씀하신 거요. 다음 대통령."
> "……?!"[151]

진도준은 최대한 아이처럼 말하면서도 현 상황의 요점을 콕 짚어내는 현답을 내놓았다. 6·29 선언 이후 차기 대통령은 노태우가 되지만, 김영

---

151 산경, 2017~2018, 앞의 책, 7화.

삼과 김대중 모두 다음 대선에서 승리를 거둔다. 그러니 대통령이 될 사람들에게 미리 투자해놓는 건 영악하고도 훌륭한 전략이 되는 셈이다. 이러한 진도준의 뛰어난 안목은 이후에도 계속 엿보이게 된다. 진양철이 그동안 장자 승계원칙을 고수해 왔다 할지라도 후계자 리스트에 오른 그 누구도 막냇손자 진도준만큼 기업 총수로서 자질을 갖춘 자가 없다는 명백한 사실이다. 결국 철옹성 같던 그의 마음도 진도준에게 서서히 열리게 된다. 그 과정에서 진양철은 진도준의 능력을 테스트해가며 영웅이 가진 능력치를 보여주기도 하고 지식과 지혜를 전수해줌으로써 현로(賢老)의 면모를 드러내기도 한다.

> "만약 직원들 밀린 월급이라도 챙겨줬다면 먹고 살 만큼은 줬을 겁니다. 이천 명이 넘는 직원들이 삼 개월 넘게 손가락만 빨았어요. 요즘 은행 대출이 꽉 막혀 있으니 생활비라도 하려고 사채 끌어 쓴 직원도 있습니다. 그들이 느낀 절망을 강무성 사장도 느껴봐야죠."
>
> 할아버지는 천천히 옮기던 발걸음을 멈췄다.
>
> "거참, 모를 일일세. 네가 어찌 월급쟁이들 마음을 다 헤아릴꼬?"
>
> 저도 한때는 월급쟁이였으니까요. 급여 통장을 스치고 사라지는 월급이 한 달만 끊기면, 가정은 먹구름이 끼고 빚이라는 수렁에 빠지는 것을 잘 아는 사람이었으니까요.
>
> 하지만 마음과 달리 다른 말이 입에서 나왔다.
>
> "처음 대아건설에 갔을 때 직원들의 그늘진 표정을 잊을 수 없습니다."
>
> 할아버지는 한동안 나를 물끄러미 바라보다 내 등을 두드렸다.
>
> "그래, 그 마음 잊지 말아라. 어떤 일이 있어도 직원들 밥은 먹여야 한다. 굶는 것만큼 서러운 일은 없는 법이다."
>
> 할아버지에게 이런 모습이 숨어있었나? 산업 현장에서 사망한 노동자도 비용으로 생각하는 냉혈한으로 알려진 분 아닌가?

그런 분의 입에서 이런 말이 나올 줄 상상도 못했다.

"밥 굶고 배고프면 배신하거나 변절하는 게 인간이다. 당장 대아만 봐도 알 수 있지? 전표 치던 직원들 전부가 강 사장이 꿍쳐둔 돈 찾겠다고 나서지 않느냐?"

아, 역시.

직원들 밥 굶겨서는 안 된다는 말은 전혀 다른 뜻이었다.

"널 배신할 놈은 딱 두 종류다. 너무 배가 고파서 버틸 수 없는 놈, 그리고 먹어도 먹어도 배부른 줄 모르는 놈. 전자는 끼니 챙겨주지 못한 네 잘못이고 후자도 사람 볼 줄 모르는 네 탓이다. 명심해라."

동정심이 아닌 경계심이다.

할아버지는 보통의 사람과는 출발점이 다른 분이다.[152]

대아건설은 기업 총수의 부정부패로 망해가는 기업이다. 이를 진도준이 인수하려고 하는 상황으로 내부 고발자에 의해 총수의 비리가 낱낱이 드러나고 있었다. 진도준은 과거 윤현우로 살던 시절을 떠올리며 월급쟁이로서의 동질감을 느껴 그들이 총수를 고발하는 심경에 동조하지만, 기업 총수인 진양철의 눈에는 머슴이 배신하는 것으로밖에 보이지 않는다. 진양철은 재벌로서의 마음가짐을 진도준에게 가르치는 것이다. '동정심이 아닌 경계심'을 가지라는 말은 진양철로부터가 아니라면 배울 수 없는 가르침이다. 진양철이 진도준에게 이런 알짜배기 노하우를 알려주는 것은 그가 자신의 핏줄이기 때문이다. 그리고 진도준도 서서히 깨닫게 된다. 진양철에게 복수하고자 하는 마음보다는 친할아버지에게 느끼는 애틋한 감정이 더 커져가고 있다는 것을 말이다.

---

152 산경, 2017~2018, 앞의 책, 87화.

우리 두 사람은 한동안 말없이 눈빛만 주고받았다.

사고 때 내가 할아버지를 보호하려 감쌌던 게 기억났다. 그 행동은 조금도 계산하지 않은 본능이었다. 난 순양을 차지하기 위해 기특한 손자 행세하는 것은 이미 오래전에 끝냈다는 것을 깨달았다.

이분은 나의 친할아버지이며 나는 친손자다.

그 이상은 없다.

지금에야 내 마음을 알았다.[153]

진도준은 이제 윤현우가 아니다. 그는 진양철이 가장 아끼는 재벌집 막냇손자 진도준으로 재탄생한 것이다. 이러한 정체성의 확립은 윤현우로 살았던 회귀 전의 가능세계가 진도준의 정신적 행위를 통해 새로운 세계 체계로 변모했다고도 볼 수 있을 것이다.

돌이켜보면 복수를 위해 살았는지, 순양그룹을 차지하기 위해 살았는지 구분하기 힘들었다.

머리에 총알이 박히는 악몽을 더는 꾸지 않았을 때가 그 경계선이 아니었을까?

(중략)

이제 죽은 자는 잊고 산 자로 돌아가야겠다.

윤현우가 아닌 진도준으로…….[154]

『재벌집 막내아들』은 과거로 후퇴하는 서사가 아니다. 진도준의 소원 세계는 재벌로 존재하는 진도준이 되어야만 성취되는 것이기 때문이다.

---

153 산경, 2017~2018, 앞의 책, 101화.

154 산경, 2017~2018, 위의 책, 326화.

1.3. 예술·문화 창조로서의 영웅과 제공자

한국 웹소설에서는 '회빙환'이나 '기연'의 순간에 등장인물이 엄청난 능력치를 부여받는다. 그리하여 이전 삶과 다른 삶을 일구게 되고 이를 통해 위계화된 사다리를 부수고 사회적 상승을 이룩하는 대리만족을 선사한다. 그런데 여기에는 전제조건이 있다. 이전 삶의 주인공이 이러한 기막힌 행운을 거머쥘만한 자질을 미리 갖추고 있어야 한다는 것이다. 준비된 자에게 복이 있다는 말처럼 행운도 받아들일 만한 그릇이 되어야 행운으로 여겨진다는 뜻이다. 이런 점에서 『보이스피싱인데 인생역전』의 주인공 강주혁은 무척 준비된 자이다. 비록 보이스피싱 전화를 받기 전에 강주혁은 나락의 깊이가 너무 깊은 나머지 회생 가능성이 없어 보였지만 여기에 '기연'이 작용하면서 화려하게 부활하는 것이다.

강주혁은 아역배우에서 시작해 차근차근 필모그래피를 채워나갔으며 스무 살이 되자마자 군에 입대해 만기 전역을 하는 등 이른바 '까방권'(까임방지권)을 획득한 나머지 '천만' 배우의 반열에까지 오를 수 있었다. 강주혁은 이전 삶에서도 부단한 노력을 하는 사람이었고, 거기에 행운의 여신이 함께했다. 다만 그의 성공에는 불행의 씨앗까지 담지하고 있었기에 꼭대기에서 날개 없는 추락을 맛보는 경험을 하게 된 것이다. 공황장애와 대인기피증이 온 강주혁은 5년간 집 밖에서 한 걸음도 나가지 않았다.

> 슬슬 그도 배가 고팠다. 하지만 냉장고에는 생수를 제외하곤 김치가 전부.
>
> "쯧."
>
> 강주혁은 괴팍하게 냉장고를 닫고는 바로 위에 있는 찬장을 연다. 그 안에는 3분 카레와 즉석밥이 5개쯤 들어있다.
>
> 대충 손에 잡히는 카레와 즉석밥을 꺼내 들고, 그릇을 꺼내어 밥과 카레를 대충 쑤셔 박는다. 이어서 그릇을 전자레인지에 넣고.

(중략)

이윽고 은행사이트는 강주혁의 전 재산을 출력한다. 98만 원. 강주혁은 노트북의 화면을 물끄러미 바라본다.

"얼마 안 남았네."

은둔형 외톨이로 방에 틀어박혀 산 지 5년. 앞으로 남은 돈은 98만 원.

그리고 강주혁은 98만 원이 떨어지는 순간, 죽을 생각이다. 그에게 있어 통장 잔액은 일종의 카운트다운인 셈이다.[155]

폐인과 다름없는 생활을 하던 강주혁에게 보이스피싱 전화는 모험으로의 입사를 추동하는 원인이 된다. 보이스피싱은 미션을 수행하면 유료서비스를 받을 수 있도록 해주겠다며 강주혁을 꼬드긴다.

[버스 출발시각이 다소 늦어진 덕분에 54분, 술에 잔뜩 취한 김세진 씨가 버스를 타게 되고, 탑승한 취객 김세진 씨가 버스 기사 박태수 씨의 운전을 방해하는 바람에 안타깝게도 15번 마을버스는 출발한 지 얼마 지나지 않아, 승합차를 추돌해 2명이 숨지고 아이, 여학생을 포함한 5명이 크게 다치는 사고가 발생합니다!]

사고? 이게 끝인가? 싶었는데 끝이 아니었다.

[취객이 타지 않았다면 사고도 일어나지 않겠죠?]

뚝.[156]

무료 서비스에서 보이스피싱은 강주혁을 두 가지 점에서 테스트한다. 첫째는, 강주혁이 제공받은 정보를 가지고 사고 현장으로 달려가 승객을

155 장탄, 2019~2020, 앞의 책, 3화.

156 장탄, 2019~2020, 위의 책, 10화.

살릴만한 인성을 소유했느냐 여부이다. 이 일은 개인적 치부(致富)와는 무관하며 보이스피싱이 주장한 대로 인생역전과도 그다지 관계가 없어 보인다. 그러나 영웅적 과업을 수행해야 할 주인공이라면 마땅히 인명(人命) 앞에서는 자신의 이익을 포기할 줄 알아야 하며 비록 하기 싫은 일일지라도 주어진 소명을 받아들여야 한다. 5년 동안 방 밖으로 나가지 않았던 은둔형 외톨이 강주혁에게 소명을 치르기 위한 일은 가장 어려운 일이기도 하다. 취객을 막고, 승객을 구하는 일은 세상에 다시금 첫발을 내딛는 일과도 같기 때문이다. 강주혁이 방 밖으로 나가야지만 앞으로 보이스피싱이 제공하는 임무를 수행할 수 있기 때문에 보이스피싱 입장에서는 그가 밖으로 나갈 의지가 있는지를 테스트하는 것은 무엇보다 중요하다.

강주혁은 이후에도 보이스피싱에서 주는 정보를 흘리지 않고 몇 차례 인명 사고를 막으면서 일명 '강트맨'이란 별명을 얻는다. 배트맨처럼 신출귀몰 나타나 사람을 구한 후 홀연히 사라졌다고 하여 지어진 별명이다. 인터넷상에 강주혁을 봤다는 사람이 하나둘 늘어나면서 그의 복귀 소식도 스멀스멀 인터넷상에 알려지는데 놀랍게도 그는 배우로 돌아오는 대신 엔터테인먼트 사업가로 변신을 꾀한다.

강주혁이 예술·문화 창조의 영웅이 된 데에는 그 자신의 의지보다는 보이스피싱이 제공하는 정보 내용이 큰 역할을 한다. 처음엔 로또 번호나 주식 정보 등을 제공해 종잣돈을 만들 수 있도록 유도했고, 그 다음엔 감독이나 배우, 가수 등의 미래 정보를 알려줌으로써 난관에 봉착한 사람들을 구해내도록 했다. 도움을 받은 사람들은 강주혁을 신처럼 떠받들며 그와 함께 일하기를 원한다. 영웅은 뛰어난 사건해결능력을 지닌 해결사이기도 하지만 이처럼 사람들 사이에 떠받들어지며 그를 따르는 사람들을 널리 이롭게 하는 홍익 정신을 실천하는 자이기도 하다.

한국 현대판타지 웹소설은 이러한 영웅의 모험과 그로 인해 얻는 보상의 과정이 수차례 반복된다. 특히 영웅으로 하여금 미션을 수행하고, 이를 통해 받은 보상으로 다음 단계로 넘어가도록 만드는 제공자로서의 보이스피싱은 입사-모험-전복의 2막 과정을 무한 반복하도록 만들며 주인공을 레벨업(level-up)의 무한 루프 속에 던져놓는다. 그럼으로써 강주혁은 진정한 인생역전을 이루게 된다.

2. 의도세계의 인물화

인물의 의도세계(Pretended World)는 상대를 기만하여 의도한 바를 뺏는 일련의 행동을 의미한다. M. 라이언은 이솝우화 〈여우와 까마귀〉를 예로 들어 인물의 의도세계를 설명하였다.[157] 여우가 까마귀의 목소리를 아름답다고 칭찬한 까닭은 그가 입에 고기를 물고 있어서다. 그러나 여우의 가식적 의도를 알아차리지 못한 까마귀는 여우의 칭찬만 믿고 노래를 부른다. 덕분에 여우는 까마귀가 입에 물고 있던 고기를 얻어 자신이 의도한 바를 성취하게 된다. 라이언은 여기서 까마귀의 아름답고자 하는 욕망을 이용한 여우의 사악함에 대해 논한다. 그러나 대부분의 그림자 원형이 자신을 악한이나 적으로 생각하지 않는다는 것을 기억하는 것이 중요하다.[158] 여우는 고기를 뺏으려고 하는 의도가 있었을 뿐이다. 그러나 주인공인 까마귀의 입장에서는 이러한 여우의 목적 달성을 위한 행동이 그의 가장 소중한 소유물을 뺏는 결과로 이어지게 된다. 적대자와 악한은 서로 다른 방향으로 나아가려고 당기는 말과 같다.

캠벨이 제시한 그림자(Shadow) 원형은 사물의 어둡고, 성취되지 못한,

157 Ryan, M., 1991, op. cit., p. 118.

158 Vogler, C., 2022, 앞의 책, 108쪽.

수용 거부당하는 에너지라고 보여진다. 스토리에서는 주로 악한, 원수, 적대자 등으로 등장인물로 투사된다.[159] 이들은 영웅에게 대적해 영웅을 삶의 기로에 놓이게 한다. 악한이나 적대자가 악랄하고 치명적일수록 스토리도 훌륭해진다고 말하는 이유는 강한 적이 있어야 영웅이 그 도전을 극복하고 우뚝 설 수 있다는 말이기도 하다.[160]

여기에서는 주인공을 패배시키고, 파괴하기 위해 온 힘을 기울이는 그림자 원형과 이를 이겨내고 극복해 마침내 영웅으로 우뚝 서는 주인공 사이의 대치 세계를 살펴보고자 한다.

2.1. 세계 패권을 놓고 적대하는 악한과 영웅

환생한 강찬은 새롭게 맞은 부모가 선물처럼 느껴진다. 강찬은 어떻게든 아버지 사업에 보탬이 되고 싶어서 프랑스 자동차 회사와의 협상 자리에 통역 일을 자처해 나간다. 그런데 그곳에서 자신을 죽음으로 몰아넣었던 샤흐란과 스미든을 운명적으로 만나게 된다.

"한국에는 강찬이란 이름이 흔한가요?"

겨우 가라앉힌 가슴이 질문을 받자 심하게 요동쳤다.

마음 같으면 당장 달려들어 모가지를 비틀어 놓은 다음, '갓 오브 블랙필드'를 기억하냐고 묻고 싶었다.

그러나 그건 예전의 다예루에게나 어울리는 짓이다.

"전화번호부 펼치면 20명쯤 나오죠. 아는 분 중에 같은 이름이 있나 보네요?"

159 Vogler, C., 2022, 앞의 책, 105쪽.

160 Vogler, C., 2022, 위의 책, 106쪽.

순간, 샤흐란이 빠르게 강찬을 흘겨보았다.

"어딘지 친근한 이름이라 물어본 거요."

친근?

강찬은 스미든을 보며 피식 웃었다.

"저도 두 분 이름이 그러네요."

스미든이 무언가 불편한 표정을 지을 때 주문했던 커피와 쥬스가 나왔다.[161]

샤흐란과 스미든은 환생한 강찬을 보고 처음에는 동명이인이겠거니 했다. 그러나 말투나 행동이 과거의 강찬과 똑 닮았기 때문에 샤흐란은 강찬의 환생이 블랙헤드 에너지 때문이라는 걸 짐작하게 된다. 다시 재회한 이상, 샤흐란은 강찬을 다시금 죽여야만 한다. 소설 초반부에는 이들 사이의 원한이 개인적인 감정과 금전 문제라고 여겨지지만, 스토리가 전개될수록 샤흐란과 스미든은 '다윗의 별'이라는 인물의 앞잡이에 지나지 않는다는 것을 알게 된다.

이후, 대한민국에서 벌어지는 모든 테러, 리비아에서의 한국 요원 암살부터 그 뒤에 있었던 일련의 일들, 아프리카 쿠드스에서의 국지전이나 아프카니스탄 UIS와의 전투 등의 배후에 이 '다윗의 별'이라는 인물이 자리잡고 있었다. '다윗의 별'은 이름에서 알 수 있는 유태계 자본을 상징하는 것으로, 조직이라기보다는 당대의 전 세계 금융자본을 움직이는 운영자를 지칭한다. '다윗의 별'이란 자리는 내부에서 선발, 대물림되며 자신들이 가진 자본을 바탕으로 각국의 경제, 정치 등을 조율할 수 있는 막강한 힘을 가지고 있다.

'다윗의 별'을 등에 업은 미국과 영국, 이스라엘은 그동안 석유 에너지

161 무장, 2014~2016, 앞의 책, 1부 21화.

를 바탕으로 부를 축적했다. 겉으로는 아랍과 대립각을 세우지만 기실 이들 국가와 아랍은 석유 에너지로 뭉쳐 있는 경제 공동체로서 석유를 바탕으로 세계 패권을 쥐고 있는 상태다.

> "만약 우리의 우려대로 블랙헤드와 두 가지 광물의 조합이 석유를 대체할 에너지가 된다면 우리는 말할 것도 없고, 미국이 가지고 있는 석유 관련 엔진, 부품, 산업 전반의 지적 재산권도 없어집니다. 오늘 국장의 말은 무척 실망스럽습니다."[162]

이는 사우디 왕자 압둘 아비브의 말이다. 미국 DIA 국장 브랜든에게 블랙헤드를 뺏어와 미국이나 아랍 주도로 차세대 에너지 개발시설을 건설하든지, 그러지 못할 바에는, 아예 블랙헤드를 파괴함으로써 차세대 에너지 개발을 원천 봉쇄하라는 압박을 넣는 것이다. 그래야만 현재 쥐고 있는 패권을 계속 유지할 수 있기 때문이다.

애초 샤흐란을 통해 블랙헤드를 습득한 영국은 이를 분석, 총 아홉 가지 에너지가 블랙헤드라는 광물에 들어있다는 걸 확인했다. 그런데 이 블랙헤드가 샤흐란을 통해 전해지는 과정에서 두 가지 에너지가 빠져나가 버렸다. 이를 대체할 에너지원으로 세티늄과 데나다이트를 발견해 이를 조합, 지층 분석기를 설치해 블랙헤드의 성능을 시험해보려 했다. 그러나 인위적으로 블랙헤드 에너지를 조절할 수는 없다. 오히려 이대로 놔두면 전 세계에 지진이 일어나 당장 실험을 주도한 영국을 비롯해 미 동부, 러시아, 프랑스, 일본 등이 지도에서 사라질 판이다. 차세대 에너지 개발에서 선두를 잡고 싶었던 영국으로서는 망연자실한 상황이다. 그러나 이대로 두고 볼 수만은 없기 때문에 라노크를 통해 강찬의 힘을 빌리려 한다.

---

162 무장, 2014~2016, 앞의 책, 1부 256화.

이 상황은 인류가 직면한 시련이자 주인공 강찬이 극복하고 무마시켜야 할 시련의 길이도 하다. 강찬은 영국이 만든 지층 충격기 안에 들어가 블랙헤드 에너지와 접속한다.

주 기계장치가 거칠게 떨었다.

철제 통로가 흔들려서 라노크와 이튼, 그리고 프랑스와 영국의 요원들이 휘청거렸다.

제대로 연결된 거다!

강찬은 블랙헤드에서 뻗쳐 나온 거미줄 같은 에너지가 자신을 꽁꽁 싸매고 있는 것을 알았다.

이건 아니다.

지금까지는 강찬이 움직이면 지층 충격기가 작동할 것 같았는데, 이제는 제대로 지진을 일으키기 위해 에너지를 빨아들이는 느낌이었다.

내 에너지를 노린다고?

크르르룽!

보이지 않는 줄이 더욱 칭칭 감아대는 느낌.

미친 건지 모른다.

하지만 살아 숨쉬는 거대한 괴물과 마주한 느낌만은 분명했다.

어떻게 에너지를 막아야 하는지 모른다.

다만, 이대로 에너지를 다 빼앗기면 죽는 건 몰라도 지층 충격기는 제대로 지진을 일으킨다.

(중략)

도저히 설명할 수 없는 에너지가 저 유리를 통해서 건너와 자신을 묶고 있다면 당장 공격할 수 있는 건 유리밖에 없었다.

(중략)

강찬이 방아쇠를 당길 때마다 유리에서 불꽃이 튀었다.

"씨발!"

이튼이 저도 모르게 "fuck!"하고 악을 쓴 다음이었다.

우웅. 우웅. 우웅. 우웅.

거짓말처럼 기계음이 가라앉고 있었다.[163]

블랙헤드 에너지는 정체된 게 아니라 살아서 움직이는 생명체와 같았다. 이는 신화에서 만나는 용이나 괴물과 비슷한 존재다. 영웅은 적대자를 발견하면 그를 삼키거나 삼켜짐을 당함으로써 이 적대자와 자신의 자아를 동화시킨다.[164] 블랙헤드는 강찬을 유혹함으로써 시련의 문턱에 들게 했지만, 그로 인해 강찬과 하나가 되었다. 강찬은 블랙헤드와 싸워 이김으로써 비로소 블랙헤드 에너지와 하나가 된 것이다. 이를 통해 그는 영웅으로서 다시 태어나게 된 셈이다.

한갓 돌멩이에 불과한 것처럼 보이는 블랙헤드가 번쩍번쩍 빛나는 검붉은 에너지를 뿜어냄으로써 인간과 대결하는 공간은 『갓 오브 블랙필드』가 참조한 세계(TRW)이다. 그 세계에서 적대자와 영웅이 벌이는 대결은 서로의 의도세계가 부딪히는 지점이다. 블랙헤드 에너지를 온전히 흡수한 강찬은 이제 그 적대자에게 더욱 무서운 존재가 되었다.

여기에 도전장을 내민 그룹이 프랑스, 러시아, 중국, 독일, 스위스 등과 함께 하는 한국이다. 여기에는 라노크가 강찬을 선택했기 때문이기도 하지만, 블랙헤드 에너지를 소유하고 있는 이유가 더 크다. 블랙헤드라는 시련을 정복하고 모험에 나선 강찬에게는 세계 패권의 일인자라는 명예가 기다리고 있다.

---

163 무장, 2014~2016, 앞의 책, 1부 197화.

164 Campbell, J., 2009, 앞의 책, 143쪽.

2.2. 친밀한 타자로서의 가면들과 영웅

윤현우가 살던 세계에서는 진도준이 스무 살 이전에 석연치 않은 교통사고로 사망한다. 이 사실을 이미 알고 있던 윤현우는 진도준으로 회귀 후 자신의 죽음을 반드시 막아야 할 필연성이 생겼다. 진도준을 죽음으로 몰고 간 사람이 누군가? 그걸 알아야만, 장자로 대물림되는 진씨 일가의 승계를 저지하고, 진도준으로 다시 태어난 머슴 윤현우가 주인댁이었던 순양그룹을 차지할 수 있다. 순양그룹을 지배한다는 것은 대한민국을, 아니 전 세계를 호령하는 재벌로 거듭나는 것이기도 하다.

진도준과 적대하는 세력은 가장 먼저 진영기 부회장과 그의 아들 진영준이다. 진양철은 친형을 부정축재자로 몰아 순양그룹을 차지한 전적이 있어서인지 장자 승계원칙을 고집한다. 큰아들인 진영기로서는 순양그룹을 물려받을 적자는 당연히 장자인 자신이라고 생각한다. 그리고 자신의 큰아들인 진영준이 순양그룹을 물려받는 게 당연한 이치라 생각한다. 마치 불변의 법칙처럼 여겼던 장자 승계원칙이 깨진 건 윤현우가 진도준으로 회귀하고 나서부터다. 작품이 중반부에 이를 때까지도 전생의 진도준을 죽이려 했던 사람은 진씨 형제일 거라는 추측을 낳지만, 그 추측은 진양철의 입에서 흘러나온 말로 깨지게 된다.

> 할아버지는 내 손을 덥석 잡았다.
> "다 나로 인해 벌어진 일이다. 내 책임이야."
> "갑자기 왜 그러세요……."
> 할아버지는 손을 들어 내 말을 막았다.
> "내가 네 할미를 조금만 챙겼다면 그런 일은 생기지 않았을 게다. 언제부턴가 남남처럼 지냈으니 그 할망구가 나 대신 아들에게 집착한 거야."
> 할머니였다.

차라리 큰아버지 중 한 명…… 아니, 큰아버지 모두가 함께 벌인 일이라고 생각하는 게 더 낫다. 손주를 해하려는 할머니는 너무 비정하지 않은가?

"내가 순양그룹 전부를 아들이 아니라 네게 물려준다고 생각했겠지. 눈이 뒤집혔을 거야. 네가 순양그룹을 차지한다면 모든 걸 다 잃는 셈이니까 말이다. 남편도, 유산도, 아들도, 그래서 일이 벌어지기 전에 막으려 했던 거다."

더 듣고 싶지 않았다. 하지만 할아버지의 말을 끊을 수 없었다. 할아버지는 아직 하고 싶은 말이 남았고 내가 들어야 할 말도 남았기 때문이다.

"네 에미를 그리 싫어한 이유도 아들을 뺏겼다고 느꼈기 때문이다. 나도 한때 그랬어. 하지만 이유는 달라. 난 내 기대를 저버린 네 아버지에게 실망했고, 그 분노를 죄 없는 네 에미에게 쏟아냈어."[165]

할머니는 자신의 남편도 죽이고, 남편이 끔찍이 아끼는 손주도 죽이고 싶어 했다. 그 손주야말로 자신이 가장 미워하는 대상인 이서현이 낳은 자식이기 때문이다.

할머니 이필옥은 남편인 진양철이 예뻐하는 진도준이 아니라 자기 배로 낳은 아들들에게 그룹을 물려주어야 한다는 생각에 가득 차 있는 인물이다. 이필옥은 순양예술재단 이사장으로 있으면서 순양이 보유하고 있던 진품 예술품을 팔아 현금화했다. 그리고 그 돈으로 사채시장에 나온 순양그룹 지배지분을 조금씩 사들였다. 그 과정에서 원래 있던 진품은 모두 해외로 빠져나가 수장고에는 진품이 아예 없거나 위작으로만 채워진 상태였다.

---

165 산경, 2017~2018, 앞의 책, 227화.

이러한 일을 이필옥 여사가 단독으로 할 리는 만무하다. 언제나 일을 하는 건 주인 밑에 있는 머슴이다. 그러나 위기의 순간이 오면 멍청한 주인은 머슴을 헌신짝처럼 내팽개쳐 버리고 만다. 그런 비정한 주인은 널리고 널려 있으며 이필옥 여사 또한 그런 못된 심보를 가진 사람이다. 하지만 본인은 그것이 나쁜 일인 줄 모른다. 오히려 그런 행동이 자기가 가진 합당한 '힘'이라고 생각한다.

> 지검장이라는 말에 천상필은 가슴이 철렁했다. 진도준이 했던 말, 그리고 자신이 예상했던 최악의 상황으로 흘러가는 게 분명하다.
> "재단 직원이 몰래 재단 자산을 처분하면……. 응, 그래. 무려 몇 천억이나 해 먹었더라고. 간뎅이 부은 놈이지. 뭐? 무기? 그 정도까지는 필요 없고 15년 정도는 문제없겠지?"
> 본심을 이런 식으로 드러내나?
> 어떻게 이놈의 집안 새끼들은 예측을 벗어나지 않는다.
> 하긴 그게 순양의 힘이기도 하다.
> 아무도 예상 못하는 방법을 쓸 필요가 없다. 누구나 예측가능한 방법을 쓰지만 대응할 방법이 없다.
> 압도적인 권력으로 밀어붙이니 누구라도 속수무책으로 당한다. 이대로 가면 자신이 고가의 미술품을 팔아먹은 도둑놈이 된다.[166]

이필옥 여사가 그룹 지배지분을 가지고 있다는 걸 알게 된 큰아들 진영기는 어머니 주식을 뺏어오기 위해 하수인을 윽박지르는 방법을 택한다. 공포심을 자극하는 방법으로 그를 압박하면 지배지분을 넘겨받을 수 있으리라 생각한 것이다. 진도준은 진영기가 빤한 수법을 사용할 걸 알고

166 산경, 2017~2018, 앞의 책, 271화.

있었기에 그 반대 방법을 사용한다.

> 인생을 바친 충성의 대가, 할머니에 대한 조각난 믿음이 준 배신감, 큰아버지의 협박이 만든 공포.
>
> 이 모든 것에 대한 보상을 받지 않는 한, 손에 쥔 것을 내놓으려니 당연히 주저하는 것이다.
>
> "이렇게 하시죠. 제 손을 잡으시면 지금 당장 1억 달러를 먼저 드리겠습니다. 그 돈으로 원하는 곳에 정착하십시오. 설마 초기 정착 자금으로 부족하다고 생각하는 건 아니겠죠?"[167]

이솝우화 「해와 바람과 나그네」가 떠오르는 대목이다. 나그네의 외투를 벗긴 건 바람이 아니라 강렬한 햇빛이었다. 바람이 불어 추워지면 외투를 더 여미게 되지만 날씨가 더우면 자연스레 외투를 벗게 된다. 공포를 주느냐, 아니면 욕망을 부추기느냐. 진도준은 인간의 욕망을 부추기는 방법을 택한다.

진정한 복수는 할머니의 은닉재산을 평생토록 미워하며 모질게 대한 며느리 앞으로 돌리는 것이었다. 진도준은 천상필에게 자신의 어머니인 이서현 앞으로 할머니의 차명주식을 모두 돌려놓으라고 지시한다.

> 어머니는 빠르게 충격을 벗어버렸다. 아무리 봐도 주식을 부담스러워하거나 친척들의 공격을 걱정하는 것 같지 않다.
>
> "도준아."
>
> "네."
>
> 냉정함을 되찾은 어머니는 차분한 음성이었다.

---

167 산경, 2017~2018, 앞의 책, 272화.

"내가 시집와서 겪었던 수모와 모멸감은 네 아버지 덕분에 견뎠어."

아버지는 어머니 말씀이 마음 아픈지 어머니의 손을 꼭 잡았다.

"하지만 오늘, 네 덕분에 그 기억을 싹 지웠다. 지금처럼 개운한 기분은 처음이야. 고맙다, 아들."

전혀 예상하지 못한 어머니의 말에 나와 아버지는 할 말을 잊었다.[168]

이왕 진도준으로 살기로 결심했다면 현생의 부모에게 효도하고, 그들을 위해 복수하는 게 맞다. 그럼으로써 전생에 진도준을 죽인 할머니에 대한 복수는 처음 계획했던 것보다 더 완벽하게 완성된다. 할머니를 사장시킨 것으로만 끝난 게 아니라 그녀가 평생 증오했던 사람에게 자신이 수십 년 동안 모은 주식을 싹 넘기는 방법으로 통쾌한 복수를 완결한다.

2.3. 장애물로서의 적대적 흑막과 영웅

『보이스피싱인데 인생역전』은 에피소드 단위별로 스토리가 나오고 하나의 테마가 끝나면 다음 미션이 주어지며 새로운 이야기가 펼쳐지는 구조다. 에피소드 단위마다 강렬한 '사이다'를 제공하는 게 이 작품의 특징이어서 한 명의 악한이 작품 끝까지 주인공과 대척점에 서 있지는 않다. 오히려 이 작품의 장애 요소나 안티 테제로 작동하는 게 있다면, 그건 사람으로서의 적대자 원형보다는 미션 성공을 방해하는 상황들이라고 보는 게 더 맞을 것이다. 하지만 강주혁이 보이스피싱이라는 '기연'을 만나게 된 원인으로 작용하는 적대자는 존재한다. 다만, 그 적대자가 작품 전체를 관통하는 적대자 원형으로서 기능하지는 않으며 매 에피소드에 나오는 장애물들이 오히려 흑막으로 작용하는 측면이 크다.

---

168 산경, 2017~2018, 앞의 책, 273화.

보이스피싱이 강주혁을 구원하려 한 이유가 무엇인지 찾는 여정은, 강주혁이 재기에 성공하며 승승장구하는 스토리와 맥을 같이 한다. 그러면서 그의 성장을 방해하는 적대자 원형들이 과거 강주혁의 삶과 엮이며 그 모습을 드러낸다.

최초의 적대자는 강주혁을 은둔형 외톨이로 칩거하게끔 만들었던 전 소속사 사장 류진태다. 류진태는 강주혁을 철저하게 매장했다고 여기며 살아왔는데 갑자기 강주혁이 연예계로 돌아와 파란을 일으키자 심기가 불편해진다. 류진태는 과거에 그랬던 것처럼 다시 강주혁을 짓밟고자 계략을 꾸민다. 그러나 보이스피싱이 강주혁에게 미리 정보를 줌으로써 류진태의 계획은 틀어지고 만다.

> "너 꽤 미친 사업을 하고 있던데. 국내 사채 빚이 있거나, 멋모르는 여자 연습생들을 꾀어서 사기 치고 빚을 지게 한 다음 일본에서 성매매를 시켜? 야~ 그렇게 콩밥을 처먹고 싶나 봐?"
>
> 바닥에 한 장, 두 장 떨어지는 사진을 본 류진태 눈알이 커졌다.
>
> 명백하게 당황한 모습.
>
> 사진에는 대부분 연습생과 출국하는 사진이나 일본 내에서 그녀들과 같이 움직이는 류진태의 사진이 찍혀 있었다.
>
> "내가 좀 알아보니까, 일본 애들도 한국에서 가수 시켜준다고 꼬셔서 한국에서 성매매를 시킨 일도 있더만? 어이구 이거 박 기자한테 넘기면 아주 인생이 지옥으로 변하겠어."[169]

류진태는 여자 연예인을 성매매시킨 것이 태신식품 박종주 사장 때문이라고 고백한다. 심지어 과거 강주혁을 궁지로 몰아넣었던 여러 '찌라시'

---

169 장탄, 2019~2020, 앞의 책, 83화.

내용을 기획한 것도 박종주라는 것이다. 예전에 강주혁은 류진태가 재벌가 자제인 박종주에게 여배우를 상납한다는 사실을 알고 몇 번 이를 지적한 적이 있었다. 박종주는 자기들 일에 자꾸 간섭하는 강주혁이 못마땅했기에 강주혁이 하지도 않은 일을 했다고 누명을 씌워 연예계에 발을 못 붙이도록 만들었다.

이제 감옥에 간 류진태에서 적대자는 박종주로 옮겨간다. 한 단계 미션이 완료되면 해당 단계에 있던 적대자는 제거되고 그 자리를 새로운 적대자가 채우는 방식이다. 그러나 전체적으로 이 적대자 원형들은 서로 관계를 맺으며 연결고리가 이어진다.

박종주는 엔터테인먼트 사업에도 손을 뻗쳐 국내 순위 2~3위를 넘나드는 GM 엔터테인먼트를 사들인다. 그리고 원래 수장을 음악 프로그램 순위를 조작했다는 누명을 씌워 몰아내고 그 자리에 이강수라는 인물을 앉힌다. 그는 강주혁뿐만 아니라 연예계에 잔뼈가 굵은 다른 엔터테인먼트 사장들도 모르는 인물이었다.

"강주혁 사장님?"

뒤쪽에서 누군가 강주혁을 불렀다.

그 바람에 엘리베이터를 타던 주혁의 고개가 돌아갔고.

"아~ 맞구나? 실물로는 처음 봐서, 긴가민가했는데. 역시 잘생기셨네."

한 걸음 정도 거리에 아이 같은 웃음을 짓고 있는 남자가 서 있었다. 꽤 깔끔한 회색 슈트를 입은 모습.

남자를 보자마자 주혁이 처음 느낀 것.

'낯이 익은데, 누구지?'

어디서 많이 본 듯한 얼굴. 그래서 그런지 주혁이 곧장 되물었다.

(중략)

경쾌하게 건네진 명함을 받은 주혁이 잠시간 남자를 쳐다보다 이내 명함으로 시선을 내렸고.

— GM 엔터테인먼트.

— CEO 이강수.

'……!'

순간 강주혁의 머릿속에 전구가 '띵!' 켜졌다.

'아.'

그리곤 다시 웃음 짓고 있는 이강수의 얼굴을 쳐다봤다.

'맞아. 박종주와 공항에서 같이 찍힌 남자. 그놈이다.'[170]

이강수와 방송국 로비에서 마주친 강주혁은 보안팀 황 실장이 몰래 찍어온 사진 속 얼굴을 기억해낸다. 사진 속에서 박종주는 이강수에게 굽실거리고 있었다. 즉, 박종주를 좌지우지할 수 있는 인물로 이강수가 등장한 것이다.

회차를 거듭할수록 힘이 센 플레이어가 등판하는 것은 하나의 퀘스트를 수행할 때마다 더 어려운 시련의 관문이 등장하는 것과 같다. 한국 웹소설에서 이러한 시련은 연재가 끝날 때까지 여러 번 반복되는 경향이 있다. 더불어 난이도가 높은 시련을 극복한 후 더 큰 보상과 더 높은 능력치를 부여받는 것 또한 반복적 수행을 통해 얻는 열매다. 강주혁은 보이스피싱 등급이 올라갈수록 더 고급 정보를 얻고, 이를 바탕으로 적을 제거해 나간다.

이강수의 위에는 일본 거대 기획사인 F레이블 프로덕션 사장 토우타 나오무네가 있다. 그가 소유하고 있는 클럽 다이스키 지하에서 만들어진 마약이 한국에 유통되는 정황을 파악한 강주혁은 이 정보를 이용해 자신

---

170 장탄, 2019~2020, 앞의 책, 141화.

을 5년 동안이나 방구석에 틀어박히게 만든 원흉들을 한방에 제거해버린다. 이로써 보이스피싱 이전의 세계에 대한 복수는 마무리된 셈이다.

3. 지식세계의 인물화

등장인물이 가진 지식이나 학식, 능력이 다른 등장인물의 생각이나 사고에 영향을 끼쳐 상황이 변하게 되는 경우가 있다. 이를 M. 라이언은 찰스 아인슈타인의 단편소설 「커브 공에 반영되다(Reflect Curve)」를 예로 들어 설명하였다.[171] 9회 말 투아웃, 주자는 3루까지 나가 있는 상황이다. 마무리 투수 A가 이번에 던지는 공으로 인해 팀이 승리할지 말지가 결정된다고 하자. 마운드에서는 눈치싸움이 계속 벌어진다. A는 빠른 직구를 던지는 것이 특기인데 빠른 직구로 승부를 볼지 아니면 커브 공을 던져 타자를 속일지 말지 고민에 빠진다. 반면, 타자인 B는 A가 직구에 강하니 이번에는 눈속임으로 커브 공을 던질 거라 추측한다. 드디어 A가 던진 공이 날아온다. 그것은 타자 B의 추측대로 커브 공이다. B는 만루 홈런을 깔끔하게 때리며 승리를 거머쥔다.

작품 속 등장인물들은 서로 각자만의 전략이 있고, 그 안에서 상대가 무슨 생각을 하는지 예상하고 추측하며 또 계획을 세운다. 이것은 영어의 "if~, then-." 구문과 유사하다. "만약 톰이 내가 마비되지 않았다는 사실을 알게 된다면, 나는 곤경에 처할 것이다"와 같은 문장이 있다고 하자. 이 문장에서 톰의 지식세계(Knowledge World)는 미래로 향하는 서사의 갈림길을 이룬다. 톰이 나의 마비 사실을 알게 되는지, 또는 알지 못하게 되는지에 따라 이야기는 다른 서사로 흘러가게 되거나 더욱 복잡해지는

171 Ryan, M., 1991, op. cit., p. 116.

양상을 띠게 된다. 이를 캠벨과 보글러의 인물 원형에서 추출해 본다면, 관문수호자와 전령관, 협력자 원형에서 그 특징을 찾아볼 수 있다.

관문수호자(Threshold Guardian)는 이야기의 관문을 지키며 영웅의 여정을 다음 단계로 넘어가게 할지 말지를 결정한다. 그들은 주요한 악한이나 적대자는 아니지만 악한의 심복, 낮은 서열의 깡패, 고위층이 있는 본부에 대한 접근을 제한하고자 고용된 용병 등으로 인격화된다.[172] 이들은 영웅을 시험에 들게 하거나 장애물을 던지지만, 나중에 영웅에게 굴복하고 협력자가 되기도 한다. 이들이 주는 정보는 서사세계를 더욱 풍성하게 만든다.

영웅에게 도전을 제기하는 인물 유형에는 전령관(Herald) 원형도 있다. 전령관은 영웅에게 동기를 부여하고 변화를 종용하는 인물 유형으로서 모험 서사의 변화를 꾀하거나 앞으로 다가올 위험을 경고하기도 한다. 전령관은 서사세계 내에서 긍정적일 수도 부정적일 수도 있으며 아예 중도적인 인물일 수도 있다. 악의 있는 전령관은 악한이 보낸 대행자일 수도 있고 선한 세력의 대리자인 전령관은 영웅을 확신에 찬 모험으로 이끌기도 한다. 이러한 인물은 영웅에게 조력자의 역할을 하기도 한다.[173]

영웅 서사에서 영웅을 영웅이게 만드는 인물은 필수적이다. 협력자(Ally) 원형은 영웅 대신에 심부름을 하고, 서신을 나르고, 장소를 물색한다. 협력자와 영웅은 편하게 대화를 나누는 관계이며 감정을 쏟아내기도 하며 플롯상 중요한 질문을 던지기도 한다.[174] 서부극에서는 협력자가 '보조(Sidekick)' 역할로 나온다. 주로 주인공 옆에 바지 옆주머니처럼 찰싹 붙어있는 인물을 말한다.[175] 이런 충직한 존재는 주인공에게 진실을 알려

172 Vogler, C., 2022, 앞의 책, 90쪽.

173 Vogler, C., 2022, 위의 책, 96~97쪽.

174 Vogler, C., 2022, 위의 책, 110쪽.

175 Vogler, C., 2022, 위의 책, 112쪽.

주기도 하고 극적 요소를 부여하기도 한다.

영웅이 이들 관문 수호자와 전령관, 협력자에게 받는 정보는 위협적일 수도, 긍정적일 수도 있다. 영웅과 이들 원형이 주고받는 지식세계는 서사 내에서 목표를 형성하고 계획을 정교화하는 데 매우 중요한 역할을 한다.

3.1 정보 세계의 입구를 지키는 관문수호자와 영웅

전 세계 정보국 수장들이 벌이는 정보전이 『갓 오브 블랙필드』의 주 내용이라 봐도 무방하다. 강찬은 블랙헤드가 가진 엄청난 능력으로 인해 대한민국의 고3 학생에서 프랑스 정보총국 부국장, 대한민국 국정원 부원장의 자리까지 오른다. 그가 그 자리까지 오르고 또한 그 자리에 올라 암약하는 동안 만나고 싸우는 인물들은 모두 간계를 가지고 있다. 특히 각 나라의 정보국장들은 자기 나라에 이권이 가도록 전략을 짜므로 강찬에게 협력하기도 하고, 배신하는 행동을 하기도 한다. 끝까지 그와 함께하는 사람들은 프랑스의 라노크, 러시아의 바실리, 중국의 양범, 독일의 루드비히 등이다. 이들의 공통점은 유라시아 철도가 자국에 들어오면 엄청난 국익이 창출되기 때문에 블랙헤드로 차세대 에너지원을 개발하는 것이 꼭 필요해서다. 심지어 마지막엔 바실리는 양범에게 자신들은 '조연'에 불과하다며 강찬이 정보 세계의 일인자가 된 상황을 즐기기까지 한다.

"다윗의 별을 찾아내고, 이렇게까지 몰아붙일 남자를 볼줄은 정말 몰랐다. 게다가 아랍을 하나로 만들더니, 모사드의 수장을 날려버렸다."

"어쩐지 그가 원해서 그런 것이 아니라 일이 자연스럽게 이렇게 돌아가는 느낌입니다."

"빌어먹을!"

양범의 대꾸에 바실리가 대뜸 욕을 뱉어냈다.

“무슈 강이 나타나기 전까지 나는 그 중심에 내가 설 거라고 믿고 있었지. 흥! 그런데 고작 조연 2가 되다니.”

“그렇다면 내가 조연 3이 됩니까?”

“그건 루드비히와 의논해야 하지 않을까?”

뻔뻔한 답에 양범이 웃음을 터트렸고, 바실리가 따라 웃었다.

“출발 준비가 끝났습니다.”

그때, 총을 멘 사내가 다가와서 굵직한 음성으로 말을 건넸다.

“갈 시간이군. 자네는 자네 세상으로, 나는 내 세상으로. 덕분에 모처럼 여유로운 시간이었다.”

바실리가 내민 손을 양범이 단단하게 잡았다.[176]

유니콘 프로젝트가 이루어진다는 것은 강찬을 중심으로 전 세계가 하나로 통일된다는 뜻이다. 즉 강찬을 주연으로 삼고 ‘조연 1’인 라노크, ‘조연 2’인 바실리, ‘조연 3인’ 양범 또는 루드비히가 하나의 커다란 드라마를 연출해내는 작업이다. 이들은 영웅의 의지와 기량을 시험하기 위해 영웅이 가는 길목에 등장하는 숨은 조력자, 즉 관문수호자의 역할을 하고 있다.[177] 영웅은 관문수호자의 힘에 정면으로 대응하기보다는 그들을 이용하는 법을 배운다. 변화를 도모하고자 하는 영웅은 이들의 저항에 직면해 그들이 낸 시험문제를 통과하는 의식을 치른다.

처음부터 바실리가 강찬에게 호의적이었던 것은 아니다. 바실리는 프랑스와 영국 사이에서 줄타기를 시도했다. 러시아의 국익이야말로 바실리가 추구하는 최대의 목표이기 때문이다.

176 무장, 2014~2016, 앞의 책, 1부 414화.

177 Vogler, C., 2022, 앞의 책, 90쪽.

"바실리."

라노크는 책상에 놓인 전화기가 바실리라도 되는 것처럼 사납게 노려보았다.

"영국과 나 사이에 양다리를 걸치시겠다?"

그가 한숨과 함께 혼잣말을 뱉었다.

"무슈 강에게 가진 것 전부를 배팅하게 만들어주는군."

그러면서 시계를 흘끔 보았다.

(중략)

벨이 다섯 번쯤 울리고 나서야 라노크는 통화 버튼을 눌렀다.

"알로?"

— 라노크, 전쟁이라도 하겠다는 건가?

"바실리, 내 머리에 총구를 들이밀고 원하는 것을 말하면 곤란해. 핵은 러시아만 있는 게 아니란 것도 알아줬으면 좋겠다."

— 오해다, 라노크.

라노크가 빠르게 시계를 보았다.

등 뒤에 총을 들이밀었던 독사가 갑자기 화해의 제스처를 취한다.

이유가 뭘까?

스페츠나츠를 강찬에게 보낸 바실리가 고개를 숙이는 이유?

무슈 강!

라노크는 기쁨을 이기지 못해 책상에 올려두었던 오른손을 꼭 쥐었다.[178]

바실리가 라노크와 강찬에게 고개를 숙이고 들어온 것은 강찬의 힘을 시험해보고 나서였다. 이들 관문수호자가 쳐놓은 경계를 넘어야 드디어

---

178 무장, 2014~2016, 앞의 책, 147화.

영웅은 진정한 적대자와 대결할 힘을 얻는다.

『갓 오브 블랙필드』에는 관문수호자가 여럿 나온다. 소설 초반부에 나오는 학교 일진 패거리부터 시작해 오광택과 같은 깡패, 국정원 직원들과 증평의 특수팀 군인 등은 처음에는 강찬에게 시비를 걸거나 싸움을 벌여 이겨보려 하지만 이내 그의 능력을 높이 사 오히려 그의 따뜻한 친구이자 부하가 된다.

강찬의 마음을 시험하는 또 다른 인물은 환생 전 친아버지였던 강철규다. 아버지 때문에 강찬은 프랑스 외인부대에 입대, 아프리카 전장에서 죽임을 당하게 되는 운명을 살게 된 것인데, 그런 인생의 질곡을 만든 장본인을 환생해 다시 만나게 되었으니 강찬으로서는 죽도록 미운 존재일 것이다. 소설 뒷부분에는 강철규가 그토록 아내와 아들에게 모질게 대하게 된 경위가 나온다.

강철규의 별명은 '비무장 왕'으로 특수팀 군인들에게는 영웅과 같은 존재다. 그가 이런 별명을 갖게 된 데에는 과거 비무장지대에서 있었던 일 때문이다. 당시 비무장지대에서 우리나라 대원 다섯 명이 북한에 끌려가는 일이 발생하자 명령도 받지 않고 혼자 달려가 대원들을 구출해왔었다. 이 일로 총격전이 벌어져, 남북한이 전쟁 직전까지 치닫게 되자 한국군은 미 사령부와 북한의 항의를 무마하기 위해 퇴역을 종용했다. 이후, 폐인이 된 강철규는 술과 약에 찌들어 환각에 시달렸고, 아내와 아들을 때리기도 했다. 이런 사실을 몰랐던 강찬은 강철규를 재회하게 되자 증오심에 불타오른다. 그러나 강철규는 강찬을 보자마자 아들이 떠오른다. 자신의 아들과 눈앞의 강찬은 다른 사람이지만 아들을 생각해 그를 위해 싸우고자 한다.

> 그의 웃음, 그의 눈빛. 어쩐지 아들이 살아 있다면 저런 모습이지 않을까 싶었다. 변명이라도 해보라고 했을 때, 미안하다고 답을 할 때, 아

들과 대화하는 느낌마저 들었다.

스페츠나츠? 러시아 마피아?

개새끼들.

너희 같은 병아리 말고 너희의 상관들은 한국말 '비무장 왕'을 전부 기억할 거다.

감히 네놈들이 내 앞에서 강찬을 노려?[179]

처음에는 모진 마음이었지만 이내 강찬은 아버지 앞에서 무너지고 만다. 특히 그가 비무장지대에서 동료들을 구하는 과정에서 머리에 총을 맞았고, 그 총알 파편을 빼지 못한 채 살아가고 있다는 사실을 알았을 때는 더욱 그랬다. 머리에 박힌 납덩이가 머릿속에서 녹슬어가고 있어서 강철규는 정신착란을 일으켰다. 아버지가 어머니와 자신을 때렸던 것도 머릿속에 박힌 총알 때문이었다는 말을 들었을 때 강찬은 마침내 오열하고 만다. 국가를 위해 희생하고, 국가가 할 일을 대신 해낸 영웅이 받은 대접이라고는 버려짐뿐이었다. 국가는 강철규가 쓸모없어지자 가차 없이 폐기처분하고 말았다. 강찬은 국가를 대신해 지금이라도 강철규를 구해주고 싶었다.

왜 이렇게 불쌍하게 늙어 버린 거지?

악마처럼 보여야 할 강철규가 지금은 그저 늙어빠진 군인으로 보였다.

전투 능력이 남아있는 것과 별개로 힘겹게 살아온 지난 삶이 그의 눈가와 얼굴에 그대로 담겨 있었다.

(중략)

강찬은 달려나간 감정을 붙들기 위해 잠시 숨을 들이마셨다.

---

179 무장, 2014~2016, 앞의 책, 1부 241화.

"병원에서 죽어 버리면 정말 용서 안 할 거야."

"알았소."

"그따위 존댓말도 하지 말고!"

"알았다."

두 사람은 싸우기라도 하는 것처럼 서로를 노려보았다.[180]

모험 서사에서 아들이 아버지와 화해하는 일은 자기 몸에 박힌 가시를 제거하고 이를 초월하는 길이기도 하다. 극복해야 할 대상으로 존재했던 아버지를 넘어서는 일은 주인공이 신격화되기 위한 필수 코스이다. 즉, 인간적인 영웅이 마지막 무지의 공포를 초월하고, 보상이라는 달콤한 과실을 따먹는 여로에 들어섰음을 확인할 수 있는 여정이 바로 '아버지와의 화해' 단계이다.

3.2. 자본 세계로 안내하는 전령관과 영웅

『재벌집 막내아들』의 진도준은 할아버지 진양철에게 받은 돈으로 투자회사를 차린다. 할아버지가 자금 추적을 못하도록 미국에 법인을 설립하는데, 이를 관리하는 것이 오세현이다. 처음에는 재벌집 손자의 비자금 관리 정도로 생각했으나 함께 일하면서 오세현은 진도준의 능력에 감탄하게 된다. 세계적 투자회사인 파워세어즈 아태본부 대표인 그보다도 투자의 눈이 밝으니 당연히 그렇게 생각할 법하다. 이건 진도준에게도 마찬가지였다. 어린 나이에 직접 돈을 굴릴 수 없으니 얼굴마담을 해줄 어른이 필요해서 기용한 것인데, 오세현은 진도준에게도 꼭 필요한 파트너가 되어간다.

---

180 무장, 2014~2016, 앞의 책, 1부 244화.

"소프트뱅크 주식 매입가를 열 배부터 레이스하는 겁니다."

"뭐? 아, 아니다. 계속해 봐."

깜짝 놀란 오세현의 얼굴을 오랜만에 본다.

"그다음부터는 다섯 배를 계속 더하는 겁니다. 열다섯, 스무 배, 스물다섯 배……. 단, 언제든 멈출 수 있다는 걸 미리 알려줘야죠. 그리고 멈추면 협상은 그 자리에서 끝낸다는 것도요. 되돌릴 수는 없다……. 이게 도박 아닐까요?"

"그 손정의라는 놈, 후달리겠는데? 으하하."

오세현은 무릎을 탁 치며 크게 웃었지만 웃음은 오래가지 않았다.

"그럴듯한데, 목적을 잊어서는 안 돼. 만약 스무 배에 그자가 오케이 한다면 우린 손해 본다. 아니, 열 배만 해도 손해 볼 지도 몰라. 우린 투자 이익이 목적이지 소프트뱅크 인수가 목적이 아냐."

(중략)

오세현은 별말 없이 자리에서 일어났다.

"도박 운은 네가 강하니까 이 레이스 한번 해보지. 판돈은 내가 키워 보마. 그런데 도준아."

"네."

"도박의 끝은 패가망신이다. 명심해라."

담담한 목소리.

투자사 대표이사가 아니라 아버지의 절친 모습이었다.[181]

오세현은 진도준이 재벌이라고 빌빌 기며 비굴한 행동을 보이는 사람도 아니며, 어린아이라고 해서 진도준을 무시하지도 않는다. 오히려 진도준을 자신의 '보스'로서 깍듯이 대하고, 진도준의 혜안—사실은 회귀를

181 산경, 2017~2018, 앞의 책, 38화.

통해 얻은 미래 정보이지만—을 믿고 따른다. 오세현의 이런 캐릭터성은 진양철을 그림자처럼 따르는 이학재와 비슷하기도 하다.

> "훼방 좀 놓을까요?"
> 회장이 농담했다고 맞장구치는 말이 아니었다.
> "그보다 먼저 주 회장 속셈을 알아야지. 뭐야? 자동차 업계 구조조정이야? 아니면 부도야?"
> "주 회장은 업계 구조조정을 원하는 게 아닙니다. 아진의 부도를 원하는 겁니다."
> "그렇게 생각하는 이유는?"
> "정부 주도의 구조조정이라면 독과점이라는 독소조항이 발목을 잡습니다. 하지만 부도라면……."
> 이학재 실장은 진 회장의 눈치를 살피며 조심스레 말을 이었다.
> "아진 정도의 규모가 부도나면 재빨리 수습해야 합니다. 인수협상자 선정을 서두를 텐데……."
> "그렇지! 우리가 뛰어들 수도 있으니까 미리 우리 밥숟가락을 치워 버린 게지. 내가 한도제철 인수에 열을 올릴 때부터 준비한 게 틀림없어."[182]

이학재는 진도준이 나타나기 전까지 진양철과 유일하게 서재에서 독대하며 회사 경영을 논할 수 있는 인물이었다. 쉰 살이 넘은 큰아들 진영기도 진양철과 서재에서 독대는 하지 못한다. 진영기는 이학재처럼 기업 경영에 대한 비전을 제시하지도 못하고 진양철의 생각도 읽어내지 못하기 때문이다.

---

182 산경, 2017~2018, 앞의 책, 51화.

영웅에게는 영웅의 여정을 완수할 수 있게끔 그 일을 도와주는 인물이 필요하다. 그러나 이 인물 원형은 시험과 도전을 통해 모험에의 소명을 끝마치도록 돕는 협력자와는 다르다. 말 그대로 전령관은 모험의 시작부터 주인공에게 긍정적 에너지를 불어 넣어주는 윤활유와 같은 존재다.

> 이제 대주주인 나와 전문경영인 오세현은 미묘한 관계가 되었다. 그가 나를 대하는 태도는 크게 변하지 않은 듯했지만, 내 의견을 듣고 즉석에서 반대하는 일이 없어졌다.
>
> 좀 더 귀를 기울였고 나와 반대되는 의견을 낼 때는 늘 데이터를 기반으로 한 타당성 있는 의견이었다.
>
> 특히 내가 델 컴퓨터 주식을 전량 매각하겠다고 했을 때 흥분하지 않고 주가 추이 그래프부터 보여주며 말했다.
>
> (중략)
>
> 주가를 분석하는 눈이 날카롭다.
>
> 나야 주식 투자와 거리가 먼 사람이었으니 거품이니 뭐니 알 도리가 없다.
>
> (중략)
>
> 하지만 오세현은 60달러라는 수치를 예측했다. 굉장한 사람이다.[183]

오세현은 진양철이 조언한 "일을 믿고 맡길 만한 사람"에 해당한다. 진양철에게 이학재가 있듯이 막냇손자에게도 그렇게 신뢰할 수 있는 사람이 있기를 바란 것이다. 오세현과 이학재는 영웅을 자본세계로 영도하는 대표적인 전령관이다. 영웅의 생각을 미리 읽어낼 줄 알고, 때로는 영웅보다 상황 파악이 빠르기도 해 말하지 않아도 미리 그 일을 해놓을 줄 알기

---

183 산경, 2017~2018, 앞의 책, 37화.

때문이다. 그럼으로써 영웅은 한 단계의 문턱을 넘어서게 된다.

영웅이 자본 세계를 완전히 장악하는 데는 이러한 충신 말고도 여러 인맥이 필요하다. 진도준은 진양기보다 투자의 눈이 좋고, 기업 경영 능력도 탁월하지만, 인맥만큼은 진양기를 이길 수 없다.

> "큰아버지의 살아온 세월을 망각했습니다. 그 세월만큼 탄탄하게 다져놓은 사람들. 그 사람들이 가진 힘. 제가 큰아버지와 동등한 힘을 가지려면 앞으로 20년은 걸리겠죠. 아니, 어쩌면 더 걸릴 수도 있습니다. 큰아버지는 할아버지의 장남, 전 가장 멀리 떨어진 서열의 막내. 힘 있는 사람들 눈에 제가 들어오겠습니까?"
>
> 할아버지는 무릎을 탁 치며 목소리가 높아졌다.
>
> "그게 진정한 순양의 힘이다."
>
> "네. 머리로는 알고 있었는데 실감하지는 못했습니다. 이번에 확실히 체험했습니다."
>
> "너 혼자 하려면 50년은 걸릴걸? 영기의 힘 절반 이상은 내가 물려준 것이니까. 내가 준 거에 20년의 세월을 보탠 것이다."[184]

자리를 보전하는 것을 넘어 권력을 영속시키기 위해 영웅은 자신을 지지할 세력이 필요하다. 그러나 그들을 유지하는 데는 비록 돈 주고 산 사람들이라 할지라도 돈만 가지고는 안 된다. 진양철은 그것이 사람의 속성이라고 말한다.

> "사람이니까 그렇다. 사람이니까 복잡하고 어려운 게다. 사람의 욕망은 감히 가늠하기 어려울 만큼 제각각이거든. 그 어려운 걸 해 줘야 네

---

184 산경, 2017~2018, 앞의 책, 162화.

사람이 된다."

"명심하겠습니다."[185]

모험에의 소명을 알리는 전령관은 영웅으로 하여금 모험에 뛰어들게 하는 운명적인 힘을 상징한다. 그러나 그들도 사람인 만큼 영웅은 그들을 다스릴 줄도 알아야 한다.

3.3. 보이스피싱의 수혜를 입는 협력자와 영웅

『보이스피싱인데 인생역전』에서 보이스피싱으로 인해 덕을 보는 사람은 비단 주인공 강주혁만이 아니다. 보이스피싱이 영화 〈척살〉에 대한 정보를 줘서 시나리오 원작자를 강주혁이 찾았기 때문에 최명훈 감독은 세계적 거장의 반열에 오르게 된다. 또한 일개 대학생 동아리에서 출발한 '백번촬영팀'의 경우, 강주혁이 웹드라마 〈청순한 멜로〉 정보를 알지 못했다면 사장되었을 인재들이다. 그리고 〈만능엔터테이너〉라는 오디션 프로그램에서 발굴한 장주연은 강주혁의 선택이 아니었다면 연예계에 발을 들이지 못했을 것이다. 그녀의 음침하고 어두운 캐릭터는 다른 심사위원들의 눈길을 끌지 못했으나 강주혁은 장주연에게서 다른 가능성을 보았다. 외모로만 본다면 스타성이 없지만 대본 속 캐릭터를 해석하는 능력은 어느 참가자보다 뛰어나다는 걸 간파한 것이다. 이렇듯 인재를 발견하는 강주혁의 능력이 보이스피싱이라는 행운의 아이템을 만나 여러 사람을 구원한다. 강주혁이 발굴한 인재들은 강주혁의 소속사에 들어와 강주혁과 함께 세계적인 배우, 가수, 감독, 작가 등으로 성장하게 된다.

보이스피싱이 무료 서비스 시절, 강주혁의 인성을 테스트한 것은 그가

185 산경, 2017~2018, 앞의 책, 162화.

과연 이러한 행운을 거머쥘만한 사람인지를 확인하는 과정이었다. 본디 신에게 간택받는 영웅은 그 자신의 은혜를 구하거나 이웃을 시해할 무기를 얻으려 하거나 혹은 자신의 건강 등을 구하지 않는다고 하였다.[186] 자신의 이익을 구하기에 앞서 어려움에 부닥친 사람에게 기꺼이 손을 내밀 줄 알며 그들을 도와줌으로써 더 큰 이익과 영광을 수혜받는 것이 영웅의 자태이다. 강주혁은 스스로의 힘으로는 운명이 쳐놓은 덫으로부터 헤어 나올 수 없는 사람들을 구해준 후 이들을 자기 사람으로 만듦으로써 더 큰 수확을 얻는 과정을 반복한다. 보이스피싱이 주는 수혜를 나눠 갖는 것은 절대 손해 보는 일이 아니다. 선의를 베풀어 유대 관계를 맺게 되면 그들은 영웅의 세력이 되어 은혜를 갚는 보은(報恩)의 길을 걷는다.

예컨대 강주혁은 보이스피싱을 통해 동료였던 김건욱이 자살할 거란 미래 정보를 듣게 된다. 김건욱은 그의 소속 배우가 아니지만, 지체 없이 그를 살려내기 위해 뛰쳐나간다.

> "안 된다 건욱아. 제발."
>
> 부웅!
>
> 주혁이 중얼거리는 틈에 그의 차는 어느새 주차장을 벗어났고, 속도를 내기 시작했다. 그 와중에 주혁은 계속 김건욱에게 전화를 걸어댔다.
>
> 하지만 김건욱은 전화를 받지 않았고.
>
> "받으라고 이 새끼야!"
>
> 마치 김건욱이 앞에 서 있는 것마냥 주혁이 핸드폰을 보며 소리쳤다. 그 순간 강주혁에게 들리는 통화연결음은 마치 김건욱의 심장 박동 소리 같았다.[187]

---

186 Campbell, J., 2009, 앞의 책, 248~249쪽.

187 장탄, 2019~2020, 앞의 책, 131화.

정보에 의하면, 조만간 김건욱은 데이트폭력을 저지른 남자로 세간에 알려지게 되고 이를 비관해 자살하는데 그가 죽은 후 데이트폭력은 사실이 아닌 것으로 밝혀진다는 것이다. 알고 보니 김건욱에게는 1년 전 헤어진 여자친구가 있었다. 그녀는 실연을 인정하지 못하고 사생팬처럼 들러붙어 김건욱에게 사진이며 동영상을 보내며 김건욱을 괴롭혀왔다. 그러다 자해까지 시도하며 김건욱을 붙잡지만, 김건욱은 그녀를 받아들이지 않는다. 앙심을 품은 전 여자친구는 언론에 자해한 상처를 들이밀며 데이트폭력을 당했다고 주장한다. 사실 검증 없이 언론은 특종이라며 이것을 터트리고, 김건욱은 피해자가 된다. 그런데 김건욱의 소속사는 사건이 이 지경이 되도록 아무런 조치도 취하지 않는다. 왜냐하면 소속사 사장은 아버지의 회사를 물려받은 후 술과 여자로 세월을 지새우느라 소속 배우가 어떤 상황인지조차 인지하지 못하는 망나니이기 때문이다. 강주혁은 당장 소속사 사장에게 전속 해지 계약서를 들이민다.

> "물론, 당신이 죄를 지은 것은 없어. 하지만 없는 죄도 만들어지는 바닥이야. 이 바닥이. 당신은 소속사 사장이고, 그 자리는 도의적 책임이 뒤따르지."
> "도의적 책임?"[188]

그동안 소속사 사장이 김건욱이 벌어들인 돈으로 어떻게 호의호식했는지 모조리 폭로하겠다며 협박한다. 강주혁이 하는 협박은 자신의 이득을 취하려는 욕심의 발로가 아니라 공정하지 못한 세상에 대한 단죄이다. 부모 덕에 엔터테인먼트 사장에 올라 갖은 비리와 검은돈을 만지며 소속 연예인을 착취하는 자들은 벌을 받아 마땅한 것이다. 그리하여 강주혁의

188 장탄, 2019~2020, 앞의 책, 132화.

사람이 된 김건욱은 드라마와 영화계에서 히트작을 내고, 자기 이름을 내건 토크쇼도 진행하면서 영역을 넓혀간다.

강주혁이 배우나 가수 등 연예인에게만 도움을 주는 것은 아니다. 그는 사업가로서 승승장구 중이기 때문에 인수합병도 추진해 영역을 확장해 나갔다. 그러나 강주혁이 엔터테인먼트를 사들이는 방식은 적대적 M&A라기보다는 망해가는 회사를 보듬어 자기편을 만드는 측면이 강하다. 이런 면모는 강주혁이 뮤직톡스튜디오를 흡수하는 과정에서 잘 드러난다. 걸그룹 마니또를 보유한 뮤직톡스튜디오는 자금난으로 소속 가수를 키우지 못하는 형편이다. 애지중지 키운 마니또를 남의 손에 넘기는 게 아깝지만, 현실적으로 이들의 가수 활동을 지원해주는 것은 불가능하다고 판단한 김수열 사장은 마니또 인수인계를 위해 타 엔터테인먼트와 협상 자리를 가진다. 그러나 그들은 마니또를 지금 그대로 키우기보단 자기들 구미에 맞게 새로운 걸그룹으로 만들려 한다. 그렇다면 지금의 마니또는 해체 수순을 밟을 가능성이 높았다. 김수열은 마니또의 완전체 유지를 위해 강주혁을 택한다.

> "그때 드린 제안과 많이 바뀌지 않습니다. 분명 제 제안을 받아들이신다면 뮤직톡스튜디오의 전 직원을 받아들이고, 현재 진행하시는 모든 일에 관해서도 제가 받겠습니다. 당연히 전권을 드리고요."
>
> "바뀐다는 것은?"
>
> "조건을 몇 가지 추가해야겠습니다."
>
> (중략)
>
> "둘째로 넘어오는 즉시, 헤나 씨의 음악 활동을 메인으로 맡아주셨으면 좋겠습니다."
>
> "…… 헤나만."
>
> "아, 아닙니다. 정확히 말씀드리면 저희 보이스프로덕션에 소속된 또

는 소속될 가수 전체를 핸들링해주세요. 즉, 가수와 음반 전체를 맡기고자 합니다."

"예?!"[189]

강주혁은 김수열 사장이 경영 능력이 없을 뿐 제작자로서의 능력은 뛰어난 사람이라고 생각한다. 마니또라는 걸그룹을 기획하고, 곡을 제작한 실력은 인정받아 마땅하므로 직원을 포함한 회사 전체를 그대로 흡수한다. 물론 보이스피싱에서 김수열이 만든 'yellowmoon'이 히트할 거란 정보를 주었기 때문에 마니또라는 걸그룹을 찾고 김수열과 협상을 진행했지만, 보이스피싱은 김수열을 영입하라는 말까진 하지 않았다. 그것은 전적으로 보이스피싱이 전해준 지식세계를 활용한 강주혁의 판단이다.

4. 의무세계의 인물화

인물의 의무세계(Obligation World)란 등장인물의 가치체계와 규범체계, 도덕관이나 윤리관, 또는 등장인물이 내면화한 의무나 관습 등을 특징짓는다.[190] 작품 속에서 등장인물은 서로 가치관이 상충될 수도 있고 같은 목표점을 향해 나아갈 수도 있다.

의무세계에서 위협(threats)은 갈등을 흥미롭게 만드는 요소다. 위협을 가함으로써 인물에게 의무를 발생시키고, 전제조건이 충족되면 위협이 끝날 때까지 이 의무는 유예된다. M. 라이언은 인물의 의무세계를 코르네유의 소설 『르 시드((Le Cid)』를 예로 들어 설명하였다.[191]

---

189 장탄, 2019~2020, 앞의 책, 150화.

190 Ryan, M., 1991, op. cit., p. 116.

이야기는 주인공 로드리고가 전쟁을 승리로 이끈 대가로 왕으로부터 기사 작위를 수여받고, 그의 아버지 돈 디에고는 기사로서는 최고 대우인 공주의 가디언이라는 작위를 수여받는 것에서 시작한다. 공주는 첫눈에 그에게 반하게 되지만 이미 로드리고는 고르메스 백작의 딸인 히메나와 미래를 약속한 사이다. 한편, 고르메스 백작은 돈 디에고가 가디언 작위를 받은 것이 무척 못마땅했다. 그리하여 공개석상에서 크게 망신을 준다. 명예가 실추되었을 때 결투로 설욕전을 치러야 하는 것은 기사로서 거의 규칙과 다름이 없다. 하지만 돈 디에고는 고르메스 백작을 이길 자신이 없다. 혈기왕성한 고르메스 백작과 달리 돈 디에고는 이미 많이 늙은 것이다. 그리하여 아들에게 명예 회복을 부탁한 후 죽음을 택한다. 아들인 로드리고는 아버지의 명예를 위해 고르메스 백작과 싸워야 하지만 그는 자신이 사랑하는 여자의 아버지이기도 하다. 그러나 아버지의 유언도 있고, 집안의 명예가 있으므로 결투를 치르지 않을 수는 없다. 마침내 결투에서 로드리고는 고르메스 백작을 죽이게 된다. 하루아침에 히메나에게 있어 로드리고는 아버지를 죽인 철천지 원수가 되어버린다. 그녀는 이제 아버지의 복수를 치러야 하는 입장이 되었다. 그러나 마음속에는 로드리고를 사랑하는 마음이 남아 있어 무척 괴롭다. 그래서 궁여지책으로 히메나는 왕에게 로드리고를 무어인과의 전투에 내보내달라고 간청한다. 이 전투에서 살아 돌아오기는 어려우므로 그녀로서는 아버지의 원수도 갚으면서 자기 손으로 직접 로드리고를 죽이지 않고도 복수를 할 수 있기 때문이다. 한편 로드리고를 짝사랑했던 공주는 그에게 연민을 느껴 히메나를 찾아가 그만 그를 용서해달라고 부탁한다. 그러나 히메나는 아버지를 욕보일 수는 없는 노릇이어서, 로드리고가 전쟁에서 승리해 돌아오면 결혼하겠다는 조건을 내건다. 로드리고는 천신만고 끝에 전쟁에서 살

191 Ryan, M., 1991, op. cit., p. 117.

아 돌아와 히메나와 결혼하게 된다.

이 대서사시는 복수치정극의 전형을 보여주고 있다. 인물의 의무세계는 텍스트 실제세계에서 처벌받지 않을 위반을 발생시켜 인물 상호 간 충돌양상을 일으켰다. 히메나는 로드리고에게 직접 피해를 주지는 못하고 주변을 이용해 복수를 실행한다. 또한 돈 디에고도 자신이 직접 고르메스 백작을 죽이는 대신 아들에게 의무를 지움으로써 자신 또는 자신이 속한 공동체의 공동선을 실현하려 했다. 이렇듯 인물의 의무세계 내에서는 교환법칙이 성립하며 잠재적으로 어긋나는 성질을 보이기도 한다.

변신자재자(Shaprshifter) 원형은 작품 내에서 변화무쌍하고 파악하기 어려운 신비로운 존재로 자주 등장한다. 그럼으로써 이야기에 의심과 불확실을 넣는 극적 역할을 한다.[192] 로맨스 작품에서는 주로 팜므파탈로 등장하지만, 한국 현대판타지 웹소설에는 로맨스 장면이 거의 없으므로 팜므파탈이 나오지 않는다. 대신에 주인공을 함정에 빠뜨려 정보를 내놓도록 강요하고 거짓말로 영웅을 현혹하는 사람들이 나온다.

트릭스터(Trickster) 원형은 영웅이나 그림자 원형을 위해 일하는 하인이나 조력자로 등장하는 경우가 많으며 방계적인 임무를 맡은 독립적인 대행자일 때도 있다. 그들의 가장 큰 역할은 긴장 완화라는 극적 기능을 실행하는 데 있다.

협력자(Ally) 원형은 말 그대로 영웅의 여정을 함께 하는 인물들이다. 이들은 주인공이 짊어진 의무를 함께 나누며 여행에 동반한다. 이들은 문제 해결을 위한 제3의 길을 제시하고, 주인공에게는 어울리지 않을 것 같은 유머, 무지, 두려움을 가진 존재로서 영웅의 캐릭터성을 부각시키는 데 도움을 주기도 한다.[193]

---

192 Vogler, C., 2022, 앞의 책, 100쪽.

193 Vogler, C., 2022, 위의 책, 115쪽.

본고에서는 변신자재자와 장난꾸러기 익살꾼인 트릭스터, 협력자 원형이 영웅과 함께 만드는 스토리 패턴을 통해 인물의 의무세계가 텍스트 실제세계에서 상호작용하는 양상을 살펴보고자 한다.

4.1. 외로움이 닮은 트릭스터와 영웅

강찬이 속한 프랑스 외인부대가 적과 싸우러 나갈 때 외치는 구호는 본질적으로 애국적일 수 없다. 왜냐하면 그들은 모두 외국인으로 구성된 용병들이며 설사 프랑스인이라 할지라도 프랑스인이라는 것을 잊어야 했다. 프랑스인의 정체성을 강조하는 순간 부대에서 적응할 수가 없다. 프랑스인도 아닌데 그런 부대원에게 프랑스에 대한 충성심을 요구하는 것은 불가능하며 그것이 전투에서 필요하지도 않다. 그래서 외인 용병들의 구호는 "부대는 나의 조국(Legio Patria Nostra)", "우리에게 후퇴는 없다"이다. 그들은 프랑스를 위해 싸우는 것이 아니라 그 자신의 외로움과 싸우는 것이다.

> 서럽다.
> 엄마도, 아버지도, 친구도, 보고 싶은 사람이 없다는 것이.
> 이제 알았다.
> 보고 싶은 사람 하나 없이 마지막을 맞이하는 것이 서러울 수도 있다는 것을.
> 강찬은 서러움을 더러움과 함께 꿀꺽 삼키고 담배 2개비를 입에 물었다.
> (중략)
> 비겁한 게 세상에서 제일 싫었다.
> 힘으로 누르는 것을 견디기 어려웠다.

그걸 받아들였다면, 학교 때려치운 놈들 돌봐주며 그놈들이 삥 뜯어 온 돈으로 그럭저럭 재미있게 한국에서 지냈을거다.[194]

강찬은 적과 대치 상황에서, 곧 죽을지도 모르는 전장에서 깨달았다. 보고 싶은 사람이 아무도 없이 그냥 이대로 영원히 죽을 수 있다는 것이 서러운 일이라는 것을 처음으로 깨달았다. 고독이 천성인 사람들이 모이는 곳이 바로 외인부대였다. 그의 가장 친한 친구이자 동료이자 전우인 다예루도 마찬가지로 지독히 외로운 사람이었다. 차라리 죽는 게 덜 외로운 일이라고 여겼기 때문에 그는 외인부대에 가고 싶어 했다.

주먹이 어떻게 이렇게 뼈를 파고드는지는 모르지만! 죽을 곳을 때리라니까!

끔찍한 매질이었다.

목뼈가 부러질만큼 아팠는데 의식은 그대로 남아있는 매질!

눈앞이 온통 시커멓게 변했고, 짧은 순간에 히잡을 두른 얼굴로 보듬어주던 어머니가 보였다.

울음이 터져나오는 것을 억지로 삼켰을 때였다.

거짓말처럼 목덜미를 때리던 매질이 뚝 멈췄다.

(중략)

죽고 싶었던 거지?

이렇게라도 달려들어서 속에 쌓였던 걸, 털어내려고 했던 거지? 죽으면 그렇게 될 것 같아서.

에효! 이 개새끼야!

덩치는 곰만 한 새끼가!

---

194 무장, 2014~2016, 앞의 책, 외전 4화.

이 새끼, 틀림없이 여권도 없을 거고, 사람 죽였을 거고, 또 지금껏 저지른 짓이 적지 않을 텐데.

(중략)

"짐 챙길 것 있어?"

아랍어가 들렸고, 다예루가 딱 한 번 고개를 가로저었다.

이런 새끼가 한국놈이었으면 얼마나 좋았겠냐?

둘이서 킬킬거리면서 봉지 커피 나눠 먹으면 말이다.

"다시 말하는 거다. 48시간 안에 죽는 거고."

(중략)

"가잡니다. 바로 가잡니다."[195]

다예루는 알제리인으로 프랑스에 불법체류 중인 아랍인이다. 그는 여권도 없이 프랑스로 건너와 엑셀멍 거리에서 늙은 창녀들을 돈 벌게 해주는 포주였다. 다예루는 큰 돈벌이 또는 안락한 삶을 바라고 프랑스에 넘어온 것이 아니었다. 단지 배고픔을 이길 수 있다면, 프라이팬 가득 양고기를 구워 먹을 수만 있다면, 그것으로 족했다. 다예루에게 삶은 그냥 하루하루를 버티는 일이었다. 다예루가 강찬에게 달려들어 싸움을 건 것은 그의 독특한 느낌 때문이었다. 왠지 강찬과 붙으면 죽을 수 있을 것만 같았다. 강찬은 다예루의 마음을 읽어냈고, "48시간 내에 죽을 수 있는 곳"인 아프리카 전장으로 그를 데리고 간다. 이렇게 같은 외인부대원으로 강찬과 함께 전장을 누비다 죽임을 당하고, 3년 후 한국인으로 환생한다.

환생은 이전 삶의 부족함을 메꿔주는 기제이자 소원 욕구를 실현시켜주는 도구이다. 또한 이전 삶에서 해결하지 못한 문제를 매듭지을 수 있게 해주는 해결의 공간이기도 하다. 전생의 강찬은 학교 일진들이 수금해

195 무장, 2014~2016, 앞의 책, 외전 30화.

오는 돈으로 살았던 시절이 있었고, 환생의 공간에서는 이러한 삶을 청산하고 새 삶을 살아내야만 했다. 그러므로 강찬은 첫 번째 임무로 일진들을 아예 뿌리 뽑고 그들을 갱생시키는 일까지 떠안게 된 것이다. 그리고 다예루가 한국인이어서 함께 봉지 커피를 나눠마실 수 있는 사이면 좋겠다는 바람까지 이루어졌다. 둘은 환생해 죽이 잘 맞는 콤비가 된다.

"담배 있냐?"
"상담실에서는 담배 못 피워……."
"확!"
"요."
"반말하지 마라."
석강호가 각진 턱을 들었다가 강찬의 매섭게 뜬 눈을 보고는 입맛을 다시며 시선을 떨궜다. 미칠 노릇이다. 다예루가 석강호의, 아니지. 석강호가 다예루의 분신이라고 해야 하나? 아무튼, 그놈이 이놈이다. 시기도 비슷했다. 강찬이 병원에 있는 동안 다예루는 마누라의 품에 있었던 것을 빼면 말이다.
"좋디?"
"뭐가…… 요?"
"마누라 품에 있는 거."
"마누라가 죽어도 여한이 없다고 합니다."
"에라, 이 병신아."
"거, 누가 듣습니다."
"지랄한다."
상황이 꼬이자 석강호는 얼른 화제를 바꾸려 들었다.[196]

---

196 무장, 2014~2016, 앞의 책, 6화.

강찬과 석강호가 주고받는 대사가 작품에 재미를 더한다. 외관상 다예루가 강찬보다 나이가 많지만, 환생 전 강찬을 구대장으로 모셨기 때문에 석강호는 꼬박꼬박 존대한다. 둘의 대화는 아주 친밀하며 석강호는 강찬을 언제나 옆에서 보좌한다. 이러한 트릭스터의 존재는 지나치게 무거운 주제를 익살스러운 대화나 행동을 통해 더 편안하게 전달하는 기능이 있다. 그리고 영웅의 능력과 임무를 한층 부각시켜 주인공이 짊어지고 있는 의무세계를 더욱 명확하게 제시해준다.

작품 후반부에서 강찬은 '다윗의 별'을 제거하기 위해 자신이 죽었다는 거짓 소문을 낸다. 본인의 죽음을 위장하기 위해 사망 소식을 방송을 통해 대대적으로 내보내고, 국가장으로 장례까지 치렀다. 심지어 가장 가까운 측근인 석강호마저 속이고 임무를 수행했다. 그것은 살아남은 동료들이 자신에게 주어진 임무를 더욱 책임감을 느끼고 행하길 바라는 의미에서였다. 강찬의 생존 소식은 석강호가 완수한 임무가 헛되지 않았다는 걸 증명하는 가장 강력한 보상의 기제로 작동한다.

> "푸흐흐."
>
> 석강호는 분명 웃었다. 강찬을 못 보고 죽는 게 아쉬워서였다.
>
> 그런데 그 순간에 이상하게 퉁퉁 부은 눈에서 핏물이 길게 늘어졌다.
>
> 강찬을 못 보고 죽는다는 사실이 떠오르는 순간, 그렇게 해서 강찬의 얼굴이 그려지는 그 순간에, 저도 모르게 피와 엉겨서 눈물이 흘러내린 거였다.
>
> '거! 씨!'
>
> 추한 꼴을 보인 것 같아서 석강호는 욕을 삼켰다.
>
> 절대로 죽는 게 무섭다거나, 이런 상황이 두려워서 흘린 눈물이 아니다. 오래전 아프리카에서는, 이렇게 보고 싶은 사람이 없을 때는, 목에 칼이 들어와도 그냥 덤덤했었다.

(중략)

"무슈 강이 자넬 찾는다. 우선 전화를 받아보고 그 뒤에 이야기를 나누면 될 거다."

강찬이 전화를 했다고?

염병할 늙은이!

"그는 죽었소. 그래서 내가 복수를 하러 온 거요."

우즈만이 지친다는 표정으로 고개를 가로저었다.

오냐! 그렇다면 받아주마! 그래서 욕을 한 바가지 퍼부어 주마.

어디서 이런 얄팍한 수를!

(중략)

"알로?"

한국말을 쓰지 않겠다는 강한 의지였다.

이놈들이 혹시나 이런 식으로 꼬투리를 잡지 않을까 하는 염려 때문에 나온 프랑스 말이었다.

— 개새끼.

그런데 덜컥 들려온 한국말 욕이, 너무나 익숙한 음성에, 석강호는 목구멍이 탁 막히고 말았다.

설마 이게 속이는 건 아니겠지?

— 괜찮냐?

석강호는 마른침만 삼켰다.

— 야! 대답 안 해!

이 정도면 믿을 만했다. 강찬 특유의 억양과 답답함을 이렇게까지 표시할 정도라면.[197]

---

197 무장, 2014~2016, 앞의 책, 1부 397화.

위 인용문은 트릭스터의 존재가 심리적 차원에서 얼마나 커다란 기능을 하는지 보여주고 있다. 죽는 순간에도 석강호는 강찬을 그리워했다. 그러나 그런 나약한 모습이 밖으로 드러나는 건 원치 않았다. 바로 그러한 생각과 행동의 불일치가 작품 속에서 긴장을 누그러뜨리는 효과를 가져온다. 또한 강찬이 살아있다는 것을 전화를 통해 알게 됐을 때 석강호와 강찬이 핑퐁처럼 나누는 대화가 두 남자의 우정을 상기시키며 독자로 하여금 가슴을 먹먹하게 만드는 것이다.

4.2. 복수를 촉매하는 변신자재자와 영웅

『재벌집 막내아들』의 진도준으로 하여금 모험에의 입사를 촉매하는 존재는 순양가 사람들이다. 윤현우를 억울한 죽음으로 몬 진양철의 큰손자 진영준부터 진영준의 아버지인 진영기, 진도준에게는 삼촌인 진동기, 진상기 형제들, 그리고 진양철의 하나밖에 없는 고명딸 진서윤 등은 모두 진도준의 적이다. 그러나 이들은 서로에게도 적이다. 장자 승계원칙을 지키고자 하는 진양철 때문에 차남, 삼남, 그리고 딸은 큰오빠인 진영기에게 불만이 있다. 이들은 자신들의 잇속에 따라 협력을 하기도 하고, 배척을 하기도 한다. 오늘은 동지였다가 내일은 적이 될 수 있는 변신자재자로서의 친척들은 진도준의 이용 대상이기도 하다.

"건설에 계시죠?"

"그래. 어서 시멘트 냄새나는 곳을 벗어나야 하는데 쉽지 않네."

"어디로 가고 싶으세요?"

"당연히 물산이나 전자지. 그룹 핵심이잖아."

"에이, 형님이야 어차피 후계자 아닙니까? 수련 기간 지나면 그쪽으로 가겠죠."

은근슬쩍 후계자라는 말을 흘리니 요놈의 눈빛이 달라졌다. 입술도 조금 올라간 것처럼 보인다.[198]

성공에는 타인의 인정과 칭찬이 필수다. 진도준은 이러한 지위에 대한 인간의 욕망을 살살 건드려 그를 나락으로 떨어뜨리는 방법을 취한다. 진영준은 아버지 진영기가 진양철의 뒤를 이으면 순양그룹은 당연히 자기 것이 될 거라 믿는다. 그러한 믿음은 진도준이 할아버지의 귀여움을 받기 전까진 아주 확고한듯 보였다. 그러나 점점 진도준의 능력이 커져 갈수록 순양그룹의 주인 자리는 진영준으로부터 멀어져만 간다. 이에 따른 초조함은 자기방어적 공격성으로 나타난다. 수백만 년 전부터 인류는 지위에 대한 감각이 도전받을 때 폭력과 위협을 사용해 상대를 지배하려는 욕구를 내비쳐왔다. 이러한 제2의 자아[199]가 발동하면 공간을 더 많이 차지하려 팔을 몸에서 더 떨어뜨리고 적게 웃고 고개를 아래로 내리깐다. 그러나 이러한 지배 전략이 진화하면 우리는 자신이 가진 지위를 좀 더 미묘한 방식으로 표현하려 한다. 스스로를 낮추고 욕망을 숨긴 채 농담을 하고, 미소를 지으며 아닌 척 연기를 한다. 그러면서 입으로는 상대의 지위에 대한 욕망을 자극해대고 그 욕망으로 인해 파산하게 만드는 전략을 펼친다.

"죄송해요, 고모."
"응? 뭐가?"
"고모가 그 주식을 사만 원에 팔지만 않았더라면 한꺼번에 문제가

---

198 산경, 2017~2018, 앞의 책, 111화.

199 선행 인류가 벌인 지배 게임의 원시적인 설계가 우리 신경계에 새겨져 있기에 인류는 여전히 누군가를 지배하고 싶어 하는 욕구가 있다고 하였다. Storr, W., 2023, 『지위 게임』, 문희경 옮김, 흐름출판, 87쪽.

잘 해결됐을 텐데 말이죠."

"응? 아…! 그거, 뭐, 괜찮아. 어차피 나랑 주식은 어울리지 않는데, 뭐. 그리고 네 배의 수익을 올렸잖아. 그 정도로 만족해야지."

얼버무리는 모습이 어색하지만 모른 체 하며 말을 이었다.

"삼십만 원은 족히 넘어갈 것 같던데……. 정말 어마어마하죠?"

"뭐? 삼십만 원?"

화들짝 놀라는 표정이 미묘하다.

입꼬리에 아주 잠깐 머문 미소, 그 미소가 모든 걸 말해준다. 아무쪼록 백화점 그룹이 휘청할 정도로 질렀기를…….[200]

고모 진서윤은 회사 자금을 유용해 주식 투자를 한다. 조만간 이 주식은 최고점을 찍었다가 휴지 조각으로 변하는데 그 폭락 시점을 정확히 예측하는 건 회귀자가 아니라면 모를 정보다. 진도준은 진서윤의 욕망을 자극해 무려 1천 4백억 원에 이르는 회삿돈을 투자금으로 쓰게 만든다. 뉴데이터 테크놀로지 주식이 폭락하면 진서윤은 횡령과 배임죄로 기소당할 것이고 그녀가 물려받은 백화점이나 골프장 등은 모두 진도준 손에 떨어지게 된다. 왜냐하면 그녀는 순양 지배지분을 맡기고 진도준에게 투자금을 차입했기 때문이다. 진도준은 이렇듯 순양가 사람들의 욕망을 이용해 그들이 가진 지분을 먹어들어간다.

진도준의 이러한 야망을 일찍이 간파한 진양철은 죽기 전 두 아들에게 경고했다.

"너희들이 제왕이라고 생각하면 절대 되찾지 못해. 너희가 승냥이 떼가 되어야 찾아올 수 있어. 바늘구멍만 한 틈이 생길 때까지 기다리는

200 산경, 2017~2018, 앞의 책, 141화.

인내도 필요하고 기회가 왔을 때 단숨에 목줄을 끊어버리는 힘도 필요하다."[201]

그러나 그들은 승냥이가 되지 못한다. 공포와 위협을 통한 폭력성을 표출할 줄만 알았지 상대의 욕망을 살살 자극함으로써 스스로 자멸하도록 만드는 기술이 없었기 때문이다.

4.3. 전략적 동맹으로 레벨업하는 협력자와 영웅

해창전자 김재황 사장에게는 혼외자가 있다. 아들 김재욱은 연기자가 되고 싶은 고등학생인데 사정상 꿈을 이루지 못하고 있었다. 그런데 강주혁이 김재욱의 재능을 발견, 자신의 소속사로 이끈다.

보이스피싱이 해창전자 사장의 혼외자인 김재욱과 인연을 트게 하는 것은 적대자를 제거할 수 있게 하는 단초를 제공한다. 그로 인해 강주혁이 해창전자 김재황 사장과 친분을 쌓게 되면서 스토리는 자연스레 이전 삶에서 억울하게 누명을 쓰고 나락에 떨어지게 된 배경으로 옮아간다. 강주혁은 전 소속사 사장인 류진태와 해창전자 사장 비서인 장수림이 동업관계라는 걸 알아내고 이를 김재황 사장에게 보고한다. 정보를 입수한 김재황도 뒷조사를 벌이다가 자신의 오른팔인 장수림과 본처인 박향미가 이부(異父) 남매지간인 걸 알고 충격에 휩싸인다. 그러면서 관계는 얽히고 설키게 된다. 박향미는 남편인 김재황에게 혼외자가 있다는 사실에 분개해 김재황을 제거한 후 해창전자를 차지할 마음을 품는다. 박향미는 앞장서서 일을 처리할 머슴으로 비록 아비는 다르지만, 어미의 피를 나눈 남동생 장수림을 이용한다.

---

201 산경, 2017~2018, 앞의 책, 161화.

"후- 놀랐나? 그렇겠지. 나도 놀랐으니까. 전혀 몰랐어. 성이 달라서. 아니 같았어도 생각조차 안 해봤겠지. 다른 의미로 아주 괴물들이야."

"……."

(중략)

자세히 알 순 없지만, 김재황 사장과 결혼했을 정도니, 박향미도 난다 긴다하는 집안이었을 것이다. 박향미의 어머니가 바람을 피웠든, 애인이 있었든 어쨌건 그 사이에서 장수림이 나왔을 가능성이 컸고.

'그 사실을 박향미가 알고 있었다는 그림인가?'

원래부터 친했든 아니면 박향미가 해창그룹으로 들어갈 때, 장수림을 끌어들였든 뭐가 됐든지 둘은 손을 잡았다.

'그리고 재벌가 내부의 권력을 잡기 위해, 장수림을 김재황 사장에게 박아뒀다?'

그러다 박향미가 김재황 사장을 밀어내고, 그룹 내 서열 1위가 되면 장수림은 그녀에게 붙어서 피를 빨아먹고, 자리 하나 차지하겠다? 정도로 주혁은 추측했고.

'류진태가 진행하던 일본 사업에 끼어든 건 박향미의 비자금 조성이나 아니면 장수림에게 용돈벌이 사업장 하나 만들어 준 거겠지.'[202]

김재황 사장과 강주혁은 서로 돕고 돕는 관계이다. 처음엔 아들 김재욱이 퍽치기범에 당할 뻔한 것을 강주혁이 구해준 데 감사하는 마음으로 그의 사업을 도와주었다. 그러나 점점 강주혁의 사업 수완에 놀라면서 동업자로 여기기 시작한다.

"뭐, 앞으로도 이렇게 서로 돕고 가자고."

202 장탄, 2019~2020, 앞의 책, 84화.

스읍.

얼마나 먼 미래를 두고 얘기하는지는 모르지만, 여기서 포인트는 '앞으로도'였다. 그 속뜻을 이해한 주혁은 대답 대신 옅은 웃음을 지었다.

(중략)

꽤 묵직한 서류봉투를 집어 든 주혁이 잠시간 김재황 사장의 얼굴을 보다, 이내 서류봉투 안을 확인했다.

— 해창전자 상, 하반기 브랜디드 콘텐츠 (최종안)

서류봉투 안에는 두꺼운 기획서가 들어있었다.[203]

강주혁이 연예계에서 두각을 나타내자 김재황은 자신의 회사 홍보물 제작을 맡긴다. 브랜디드 콘텐츠 제작이 잘 되면 김재황은 회사 이미지를 재고해 주가를 끌어올릴 수 있고, 강주혁은 해창전자 전속 모델에 소속 배우를 투입해 인지도를 높일 수 있다. 이러한 윈윈 전략은 성공적으로 달성되며 둘의 관계는 더욱 돈독해진다. 그리하여 강주혁은 해외 문화사업을 같이 해보자고 제안하기에 이른다. 강주혁이 첫 할리우드 진출작으로 고른 영화는 〈화이트 빅 마우스〉다. 이 작품은 총 제작비만 1천 6백억 원으로 그중 7백억 원이 중국 자본이다. 투자사는 이를 빌미로 주연을 중국 배우로 해달라 요구하고, 그밖에 여러 조·단역도 중국인으로 채우려 했다. 할리우드 제작사로서는 투자금 제공을 빌미로 제작에 너무 깊숙이 관여하는 중국 투자사가 못마땅했지만 뾰족한 대안이 없었다. 한편 강주혁은 보이스피싱 덕분에 〈화이트 빅 마우스〉가 크게 성공을 거둔다는 것을 이미 알고 있었기에 반드시 중국 자본 대신 자기 투자금을 집어넣어야 했다. 한데 강주혁에게는 현재 이만한 거금이 없다. 그러니 동업자로 김재황을 끌어들일 수밖에 없다. 강주혁은 김재황에게 5백억 원을 내달라고

203 장탄, 2019~2020, 앞의 책, 155화.

요구한다. 그 돈에 자기 돈 1백억 원을 합쳐 6백억 원을 투자하면 할리우드 제작사가 중국 투자사 대신 강주혁의 손을 잡는다고 했기 때문이다.

곧, 김재황 사장이 장난기가 발동했다.
"그 돈을 내어주지. 대신에 강 사장, 나랑 내기 하나 할까?"
"내기요?"
"그래. 내기. 음- 그렇지."
(중략)
딱 여기까지 듣던 김재황 사장의 시선이 송 사장에서 강주혁에게 맞춰졌다.
"그렇다는데. 강 사장, 자네 생각은 어때? 그 '간 큰 여자들'이라는 영화가 성공할 것 같나?"
"네, 성공합니다."
"허- 대답이 빠른데? 확신이 있군. 그럼 관객 수는?"
피식한 주혁이 '간 큰 여자들'의 보이스피싱 정보를 떠올리며 간단하게 답했고.
"600만은 가볍게 넘지 싶습니다."
(중략)
"좋아, 관객 수 600만. 그럼 이렇게 하지. 필요하다는 500억은 일단 빌려주는 거로. 대신에 그 '간 큰 여자들'이라는 영화가 600만을 넘으면 내 자네 문화사업에 확실하게 끼면서, 그 500억도 안 갚아도 돼."
"그런데요?"
"만약 600만이 안 넘으면, 단 한 명이라도 부족하면 500억, 전부 갚아. 그리고 내 밑으로 들어와. 어때?"[204]

---

204 장탄, 2019~2020, 앞의 책, 246화.

해창전자는 국내 재계 1위 기업으로 김재황 사장은 돈이 아쉬운 사람이 아니다. 그렇지만 해외 문화사업이 성공한다면 더 큰 부(富)를 획득할 수 있는 것도 사실이다. 그러나 만약 5백억 원을 날린다 해도 강주혁이라는 인물을 얻는다면 손해 보는 투자는 아니라고 판단했다. 그래서 강주혁의 능력도 테스트할 겸 내기를 건 것이다. 이 내기는 물론 강주혁이 승리한다. 그럼으로써 김재황은 5백억 원을 강주혁에게 그저 내준 게 됐지만 이후 할리우드에서 크게 성공을 거두며 둘은 전략적 동맹관계를 돈독히 다지게 된다.

제4장

가능세계에서의 서사의미

한국 웹소설은 기존의 출판문학과 달리 언어 미학에 중점을 두지 않는다. 그러므로 오타가 잔뜩 나열되거나 어색한 문장이 줄줄이 나온다고 할지라도 등장인물이나 스토리가 매혹적이라면 흥행작 리스트에 이름을 올릴 수 있다. 이것이 출판문학과 웹소설의 갈림길이기도 하다.[205]

텍스트주의(textualism)의 입장에서는 텍스트는 문자이며 언어로 이루어진 구성물이다. 그러므로 등장인물 또한 인격체라기보다는 언어로 만들어진 객체에 가깝다. 롤랑 바르트는 텍스트의 의미를 분석하기 위해서는 의미에 끊임없이 합류하려고 애쓰는 어휘적 초월이나 총칭적 낱말을 통해서 텍스트를 묘사해야 한다[206]고 했다. 그에게 있어 문학 텍스트는 언어 유희가 작동하는 체계이며 좀 더 급진적으로 표현하면 텍스트는 언어를 말하는 것이 아니라 언어에 의해 말해지는 것이다. 이러한 관점에서 보자면, 엉망인 문장의 나열일 뿐인 웹소설은 문학적 가치가 없으며 텍스트로서 의미가 없으므로 '구조'라고 볼 수도 없다.

또한 웹소설은 인물 중심의 플롯이므로 정치한 배경 묘사보다는 속도감 있는 사건 전개로 몰입감을 선사하는데 텍스트주의에서는 등장인물

---

205 박지희, 2022, 앞의 글, 166쪽.

206 Barthes R., 2015, 『S/Z』, 김웅권 옮김, 연암서가, 196쪽.

을 서술적 담론에 종속되는 존재로 바라보므로 인물의 역동성을 설명하는 데 어려움이 있다. 그 이유는 고유명사를 만들어내는 존재가 언어 외부에 있다고 상상하기 때문이다.[207]

롤랑 바르트는 『S/Z』에서 사라신(Sarrasine)이라는 고유명사를 의미의 집합인 언어 그 자체로 바라본다. 등장인물은 텍스트 밖에서 의미를 가지므로 인격체로서의 사라진(Sarrazine)은 독자의 상상 속에서 존재한다. 하나의 기의(signifier)인 의소(séme)가 전적으로 이 고유명사를 구성하기 때문이다.[208] 롤랑 바르트에게 문자는 의소(séme)의 집합이며 다음과 같은 다섯 가지 코드에 의해 약속되어진다.

첫 번째는 서사 정보를 수수께끼의 제시와 풀이로 구성되었다고 보는 해석학적 코드(hermeneutic code)이고, 두 번째는 의미론적 코드(semic code)이다. 예컨대 어떤 인물을 묘사하는 목표가 "그는 신경질적이다"라는 메시지를 전달하는 게 분명하다 하더라도 '신경과민'이라는 단어는 이 문장에 나타나지 않는다. 즉, 결코 드러나지 않는 기의가 된다. 세 번째는 특정 존재를 보편적 개념과 연결하는 상징적 코드(symbolic code)이다. 네 번째는 등장인물의 행동을 '산책', '랑데부', '암살' 등과 같은 의미 있는 순서로 구성함으로써 텍스트를 하나의 이야기로 읽게 해주는 것으로 서사적 행동의 코드(proairectic code)라 일컫는다. 다섯 번째로는 텍스트를 기존의 지식 형태 특히 대중적 고정관념과 연결하는 문화적 코드(cultural code)로 분류하였다.[209]

이러한 규약을 「사라신(Sarrasine)」의 서사에 적용해보면 다음과 같다. 조각가 사라신(Sarrasine)에게는 사랑에 빠지게 되는 거세된 남성 가수

---

207 Ryan, M., 2018, op. cit., p. 418.

208 Barthes R., 2015, 앞의 책, 94쪽.

209 Barthes R., 2015, 위의 책, 390쪽.

잠비넬라(Zambinella)가 있는데 사라신은 그를 여자라고 믿는다. 상징적 코드에 따르면, 잠비넬라는 수퍼 여성성과 하위 남성성을 나타내며 '거세'라는 상징성은 텍스트가 끝날 때까지 계속 상기되는 테마이다. 해석학적 코드는 잠비넬라의 성적 정체성을 풀어야 할 수수께끼로 본다. 문화적 코드에 따르면 잠비넬라는 이상적인 미인이다. 행동적 코드의 측면에서 보면, 잠비넬라는 사라신에게 여자인 척 속임수를 쓰는 사기꾼이면서 동시에 입술이 예쁜 관능적 미인이기도 하다.

특히 롤랑 바르트는 다섯 가지 규약 가운데 상징적 코드를 텍스트의 구조화를 작동시키는 모체로 간주한다. 이러한 상징적 코드는 정신분석학적 독서를 가능하게 하는 기제로서 문화적 코드와 연결된다.[210] 즉 고유명사—예를 들어 여성성과 남성성이 복합적으로 존재하는 '사라진(S/Z)' 같은—로 불리는 등장인물은 이를 읽는 독자의 상상력 안에 존재하는 것으로 텍스트 밖에 독립적으로 존재한다. 그러므로 등장인물을 반드시 고유명사로 부를 이유가 없으며 우리가 사라신(Sarrasine)을 불특정 명사인 A라 부른다고 해도 독자의 머릿속에는 재구성된 사라진(Sarrazine)이 존재하게 되는 것이다.[211]

그러나 이러한 접근법은 웹소설이 중요시하는 등장인물의 고유한 캐릭터성을 설명하지 못한다. 독자의 상상력 안에서 재구성된 존재가 등장인물이라면 유독 등장인물에게 고유한 이름을 꼬박꼬박 부과할 이유가 없기 때문이다. 웹소설 속 등장인물들은 텍스트 내에서 살아 숨 쉬는, 그 자체로 실제적이며 구체적인 인물이다. 그렇기에 텍스트 속 등장인물에 독

210 Barthes R., 2015, 앞의 책, 392~393쪽.

211 이러한 예는 포스트모던 문학에서 많이 찾아볼 수 있다. 이러한 문학을 하는 그룹은 줄거리나 등장인물과 같은 근본적 서사 요소를 없애야 한다고 주장했다. 예를 들어 알랭 로브-그리예(Alain Robbe-Grillet)는 『질투』에서 아내를 이름 대신 A로 불렀다.

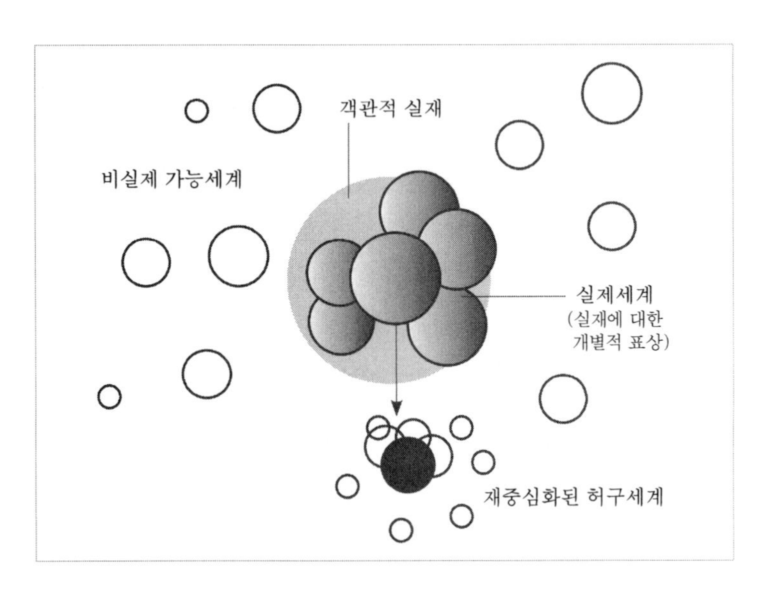

〈그림 2〉 재중심화된 가능세계 모델(A Recentarable Possible-Worlds Model)

자들은 몰입하면서 또한 인격적이고 개별적인 내포화자가 만들어내는 소원, 의도, 의무, 지식 세계는 텍스트 시스템에 있어서 없어서는 안 될 부분이다. 즉 실제세계에 거주하는 작가의 관점에서 등장인물의 존재론적 지위를 정의할 필요가 있는 것이다.[212] 허구적 인물이 시공간에서 일어나는 창작 행위의 산물이라면 그 속성은 전적으로 이 창작 행위에 의해 결정된다. 비록 작가가 제한된 수의 속성만 가지고 상상해 허구적 인물을 인코딩(encoding)한다는 점에서 존재론적으로 불완전하지만 말이다.[213]

가능세계이론은 등장인물을 실제인물인 것처럼 언급하고 이들이 사는

212 Ryan, M., 2018, op.cit., p. 423.

213 앞서 서론에서 이야기한 바와 같이 현진건의 「운수 좋은 날」에서 김첨지가 아내에게 설렁탕을 사다 준 이야기는 참이지만, 그 안에 든 고기가 양지인지 사태인지에 대한 정보는 없다. 이렇듯 허구적 세계를 구축할 때 등장인물에게는 메울 수 없는 구멍인 논리적 간격이 있을 수 있다.

서사세계를 실제세계처럼 묘사함으로써 허구적 텍스트가 투사하는 허구적 세계(TRW)가 존재한다. 즉 서사세계와 실제세계가 개별적으로 존재하는 게 아니라 텍스트상의 실제세계(TAW)가 중심인 세계 체계가 있다는 것이다. 이러한 논리가 가능한 이유는 실제 개념이 지시적(indexical)이라는 데 있다. M. 라이언은 이를 〈그림 2〉와 같이 표현하였다.[214]

〈그림 2〉의 세상은 허구세계가 실제가 되며 그 자체 시스템의 중심으로 기능한다. M. 라이언은 이를 '재중심화'라 불렀으며 이것이 허구성의 현상을 구성한다고 했다. 재중심화가 가능한 세계 시스템의 장점은 텍스트 밖으로 등장인물을 내보내 독자의 상상 속에서 재구성시키는 게 아니라 중심화된 존재론적 시스템 개념 안에서 이들을 재중심화된 허구세계로 이동시킨다는 것이다. 허구성이 텍스트 내에 내재하기 때문에 텍스트 내의 이야기 행위가 중요한 부분으로 자리한다. M. 라이언은 허구적 의사소통의 구조를 이중 세계, 이중 의도, 단일 텍스트로 바라본다.[215]

이중 세계는 실제세계와 텍스트 실제세계 간의 관계이며, 이중 의도는 실제 화자와 대체 화자 간의 의도이다.[216] 이를 허구적 의사소통이 일어나는 과정이라고 가정하면 〈그림 3〉과 같은 그림이 나온다.

세계를 단일 텍스트로 보는 것은 가능세계의 공리로서 오로지 하나의 실제세계만이 있고, 모든 텍스트는 하나의 세계 체계(universe)를 투사하

---

214 Ryan, M., 1998, op. cit., p. 163.

215 Ryan, M., 1991, op. cit., p. 61.

216 TRW의 대체 화자와 대체 청자 간에 이루어지는 의사소통과정은 AW의 정상발화와 다르지 않다. 왜냐하면 가능세계 안에서는 AW와 TRW 간의 존재론적 차이가 없기 때문이다. 실제 화자인 척하는 작가, 실제 청자인 척하는 독자, 그리고 TRW에 존재하는 대체 화자로서의 서술자 간의 의사소통과정은 믿는 체하기 게임과 같다. 실제 화자는 실제 청자로 하여금 텍스트 t가 대체 화자의 발화인 체하고 또 청자가 자신을 참조세계(TRW)의 일원이라고 투사함으로써 참조세계를 실제세계라고 믿는 체하게 만든다. Ryan, M., 1991, Ibid., pp. 75~76.

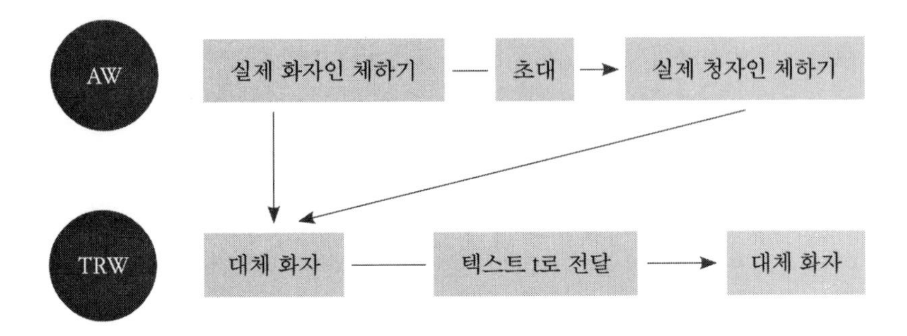

〈그림 3〉 허구적 의사소통이 일어나는 과정

기 때문이다. 이 세계 체계의 중심에 텍스트 실제세계가 있다.[217] 그러므로 하나의 실제세계에는 하나의 텍스트 실제세계가 존재한다. 그 단일한 텍스트 내에서 화자와 청자 간의 의사소통 행위가 일어나 등장인물과 그들이 만들어내는 정신적 행위가 살아 움직이는 허구적 세계를 구성하는 것이다.

이러한 역동적인 등장인물의 세계는 한국 웹소설의 특징을 설명하는데 시사하는 바가 크다. 웹소설에서는 내포화자의 목소리가 인물의 담화를 통해 전달되므로 즉각적이다. 인물 간의 대화를 통해 소설 속 핵심 정보를 전달하는 웹소설은 비유와 상징 등의 수사를 활용해 언어적 묘사

217 허구성을 가능세계를 이용하여 정의하는 데는 다음과 같은 공리가 있다.
(1) 오직 하나의 실제세계(AW)가 있다.
(2) 작가는 언제나 실제세계(AW)에 위치한다.
(3) 모든 텍스트는 하나의 세계를 투영한다. 이 세계 체계의 중심에는 텍스트 실제세계(TAW)가 있다.
(4) 텍스트 실제세계(TAW)는 실제세계(AW)의 정확한 상(image)인 텍스트 참조세계(TRW)가 있고 텍스트 실제세계(TAW)와 텍스트 참조세계(TRW)는 서로 독립적이다.
(5) 모든 텍스트는 내포화자를 갖는다. 내포화자는 텍스트상의 이야기 행위(speech act)에 부여되는 규칙을 수행하는 개별자이다. 그리고 내포 화자는 언제나 텍스트 참조세계(TRW)에 존재한다. Ryan, M., 1991, op. cit., pp. 24~25.

를 위주로 하는 텍스트와는 재현하는 기법이 다르다. 즉 텍스트 참조세계에서 주고받는 말은 우리가 실제 주고받는 말들과 같으며 언표내적(illocutionary)인 지배를 받는다. 이 규칙을 준수할 책임은 대체 화자에게 있다. 작가는 대체 화자의 역할을 맡음으로써 상상할 수 있는 모든 언어적 징후를 독자에게 제공한다.[218] 즉 허구성이 허구적 의사소통의 구조를 갖춘 작가의 행위에 의해 발생한다는 점에서 롤랑 바르트가 생각하는 허구세계와는 다르다. 앞서 말했듯, 롤랑 바르트에게 있어 등장인물은 텍스트 밖에 있으며 이를 구성하는 것은 독자의 환상이라고 했다. 그러므로 텍스트주의적 관점에서는 작가적(writerly) 텍스트를 읽는 독자의 의미작용을 통해 독자적(readerly)이라 불리는 텍스트로 변화한다. 그러나 가능세계이론에서는 서사세계가 작가의 관점에서 만들어지는 건 맞지만, 참조세계(TRW)에 있는 서술자의 관점에서 전달된다는 것이다. 여기서 작가가 있는 실제세계와 서술자가 있는 가능세계는 각기 존재하며 둘 사이의 존재론적 위상의 차이나 구분은 없다. 이러한 이중적 접근은 등장인물이 언어로 만들어진 불완전한 피조물이 아니라 실제세계의 주민과 존재론성 완결성을 공유하는 가능한 사람들(possible person)로 상상할 수 있다는 장점이 있다.[219] 이를 통해 인물, 특히 영웅으로 표상되는 주인공의 여정을 더욱 입체적으로 바라볼 수 있는 관점을 제시하며 작가가 제시하는 세계를 통해 허구세계의 주민들이 이를 어떻게 받아들이고, 소비하는지에 대한 총체적 시각을 마련해볼 수 있다.

가능세계에서 허구성(fictionality)이란 텍스트가 창조될 때 한 번 그리고 영원히 정해진다. 강력한 고전적 의미론의 해석에서 서사세계는 하나의 실제세계에 하나의 텍스트 실제세계만이 상응한다. 고전적 모델을 지

---

218 Ryan, M., 1991, op. cit, p. 66.

219 Ryan, M., 2018, op. cit., p. 415.

향하는 가능세계이론은 아크플롯[220]을 추구하고 닫힌 결말을 선호하는 웹소설과 접점이 있다. 닫힌 결말은 필연적으로 아크플롯을 가질 수밖에 없고 이야기 속에 제기되었던 모든 질문에 대한 답이 이루어지고 불러일으켜진 모든 감정이 충족되는 결말을 갖는다. 웹소설은 모험에 입사한 이후 모험의 과정이 반복되는 지연(jet-lag)의 전략을 펼치지만, 결말에 이르러서는 미심쩍은 것 하나 없이 충분히 만족스러운 상태로 서사를 종결하게 된다.

대부분의 사람은, 인생에는 닫힌 결말이 있으며 갈등의 주 원인이 자신의 외부에 있다고 생각하며 자기 자신이야말로 자신의 삶에 있어서 유일하게 활동적인 주인공이라고 여긴다. 또한 자신의 삶은 연속적인 시간 속에 지속적이고 내적 연관성을 지닌 사실성에 근거하고 있으며 모든 사건은 의미 있는 이유를 가지고 일어난다고 여긴다.[221] 그러므로 웹소설이 추구하는 영웅 서사는 자신을 주인공이라 생각하는 인간 본연의 믿음과 일치하며, 그러한 흐름을 가지고 창작된 한국 웹소설은 시대 정신을 반영하는 '객관적 상관물'[222]이자 고전적 의미론이 지닌 안정적이고 알려진 우주로의 회귀를 추구한다고 말하고 싶다.

포스트모던 문학에서는 세상에 대한 경험을 언어로 구분하므로 언어 그 자체에 관해서만 이야기해야 한다. 허구세계 속 인물이 만들어내는 세상은 언어의 외부에 존재하기 때문에 허구세계가 가지는 다양한 참조세

---

220 아크플롯은 스토리의 고전적 설계를 뜻한다. 자신의 욕망을 충족시키기 위해 주로 외부의 저항 세력과 맞서 싸우는 활동적인 주인공을 중심으로 이야기가 구성되는 것을 말한다. 이때 주인공은 연속적이고 인과적으로 연결되는 허구적 사실성 속에서 절대적이고 돌이킬 수 없는 변화로 마감되는 마지막 순간까지 계속된다. Mckee, R., 2018, 『시나리오, 어떻게 쓸 것인가 Ⅰ』, 고영범·이승민 옮김, 민음인, 76쪽.

221 Mckee, R., 2018, 위의 책, 99~100쪽.

222 에드문트 후설(Edmund Husserl)은 이야기란 작가가 관객에게 심고 싶어하는 감정과 생각의 총화라고 했다. Mckee, R., 2018, 위의 책, 106쪽.

계(TRW) 사이를 평가할 수 없으며 그들이 만드는 서사세계 또한 실제세계에 사는 작가나 독자와 같은 심급일 수 없다.

그러나 가능세계 속에서 작가는 허구적인 이야기 행위를 통해 허구세계에 실제세계에 사는 인간과 똑같은 인간을 텍스트 구성물로 만들어 배치한다. 허구세계의 등장인물은 여러 행위와 발화를 통해 시스템을 이동시켜 실제 화자의 발화와 서사의 의미를 믿는 체하는 작업을 진행한다. 재중심화 된 허구세계에서 등장인물은 아직 이행되지 않은 소원과 지식, 의무, 의도 등을 이루거나 제거하며 서사적 의미를 탐험하고 그 풍광 속에서 자신의 방향을 잡을 수 있다고 느낀다. 가능세계 속에서 등장인물은 서사구조를 구축하기보다는 그 자신이 허구세계의 일원이면서 동시에 관광객인 척하는 믿는 체하기 게임을 한다.

이 글은 가능세계이론을 통해 등장인물이 욕망하는 바와 그들이 욕망을 정당화함으로써 야기되는 문제의식을 공유하고 더 나아가 한국 현대 판타지 웹소설이 텍스트로서 지닌 서사적 의미를 궁구해 보고자 한다.

1. 의미론적 차원에서의 '국뽕'[223]의 문제

1.1. 민족주의의 대중적 반영

'87년 체제'[224]를 산 사람들은 민족주의의 굴절과 전환을 가장 깊이 체

223 국가와 필로폰의 합성어로 국가에 대한 자부심에 과도하게 도취된 상태를 일컫는다. 주로 국가주의와 애국주의가 결합된 형태로 나타난다.

224 '87년 체제'는 IMF 이전 한국 사회의 모습을 형성하는데 1987년 6월 민주항쟁이 중요한 계기가 되었다는 인식에서 만들어진 개념이다. 2005년 3월에 「새로운 동아시아 질서와 87년 체제」라는 제목으로 김종엽, 박형준, 정태인, 한홍구 등이 참가한 좌담과 그해 《당대비평》 겨울호에 〈87년 체제의 극복을 위하여〉라는 제목의 특집이

험한 세대다. 당시 학생운동의 주류를 이루었던 NL(민족해방노선) 계열은 침략 주체만 일본에서 미국으로 달라졌을 뿐 대한민국 국민은 여전히 제국의 노예로 살아가고 있다고 주장했다. 대한민국이 처한 식민 상황을 타개하기 위해서는 노동자와 농민이 단결하여 민족해방을 이루어야만 하며 그 일환으로 사회의 적폐인 재벌을 없애 사회적 평등을 이룩하자는 게 이들의 주요 논지였다.

지난 학생운동에 대한 성과를 논의하는 것은 이 글의 논점을 비켜가는 것이다. 이 글이 주목하는 것은 '87년 체제'를 살아간 사람들이 이십 대에 가졌던 민족주의에 대한 열망이 외부 요인에 의해 무너졌다는 데 있다. 1991년 소비에트 붕괴와 1997년 불어닥친 IMF 구제금융 위기는 1980년대 이후 한국 사회를 지배하던 마르크스주의와 민중사관의 쇠퇴를 가져

구성되면서 '87년 체제'라는 개념의 공론성이 인준되었다. 김홍중은 '386세대'라는 용어 사용을 지양하며 이를 사용할 때는 '87년 에토스 체제'와 긴밀하게 연관돼 있을 때만 사용하는 경향이 있다. 또한 '386세대적인 것'이란 386세대의 구성원들이 보여주는 다양한 형태의 귀납이 아니라 하나의 선험적 규범 구조, 즉 '87년 체제'의 핵심 가치인 진정성을 가리킨다. 여기서 말하는 진정성이란 외부에서 부과되는 도덕률을 따라 사는 게 아니라 내면으로부터 솟아 나오는 목소리인 참된 자아와의 대화에 의거해 삶의 중요한 결정을 내리는 태도를 가리킨다. 그러므로 진정성의 인간은 내면의 인간으로 자신의 내면에 성찰적 공간이 있으며 그 공간 속에서 공적이고 역사적이고 집합적인 문제를 사유하는 자이다. 이러한 인식을 바탕으로 본고 또한 '386세대'라는 용어 사용을 자제하고자 한다. 그 이유는 첫째, 386세대라는 용어가 때로는 시기와 용도에 따라 486세대, 586세대 등으로 바꿔 불린다는 점에서 상수가 아닌 변수값에 가깝다는 것이다. 그러므로 개념의 의미를 결정하는데 적절치 않다. 둘째, 386세대가 80년대 학번, 60년대 출생한 세대를 가리키는 용어라고는 하나 그 시대에 태어나거나 살아간 모든 한국인을 지칭하는 용어는 아니며 주로 대학을 나온 엘리트층에 국한된다는 점이다. 이 용어는 당시 보급된 가정용 PC의 CPU 사양인 386 비트에서 유래했는데 그렇다고 해서 PC 유저를 엘리트층에만 국한한다는 것은 문제적이라 본다. 그러므로 이 글에서는 앞선 연구자들이 사용하는 '87년 체제'라는 용어를 받아들여 그 시대의 에토스를 공유한 사람들을 논하고자 할 때는 '87년 체제'를 산(살았던/살아간) 사람들로 부르기로 한다. '87년 체제'에 대한 설명은 김홍중, 2007, 「삶의 동물/속물화와 참을 수 없는 존재의 귀여움」, 『사회비평』 36, 나남출판, 79쪽.

왔다. 그러나 대한민국은 경제 위기를 빠른 속도로 극복하고, 군부독재를 완전히 종식시켰으며 OECD에 가입하면서 민주화와 산업화를 동시에 이룬 나라라는 신화를 만들어냈다. 그리고 2002년에 치러진 한일월드컵은 "대~한민국!"이라는 구호와 함께 대한민국을 하나로 뭉치게 하는 계기를 마련하였다. 또한 이 시기 남북화해 모드가 진전되면서 남한 체제가 통일 한반도의 대안이 되어야 한다는 기류가 점점 힘을 얻기도 했다. 이러한 변화는 대한민국에 대한 한국인의 인식 또한 달라지게 했다.

2005년 중앙일보와 동아시아연구원이 공동으로 실시한 '국가 정체성 조사'에서 한국인은 자신을 한민족(64%)보다 한국 국민(77%)에 더 가까운 것으로 느끼고 있으며 한국인의 범위에 대해서는 대한민국 국적을 취득한 외국인을 한민족으로 보아야 한다(28%)는 의견이 국적을 포기한 한국인을 한민족으로 보는 것(9%)보다 높았다. 북한을 바라보는 시각도 남한과 북한이 현실적으로 별개의 독립 국가(78%)라고 인식하고 있었다.[225] 이러한 조사 결과는 남한과 북한이 한민족이기에 하나라는 인식이 사라져가고 있으며 민족 정체성을 중요시하는 종족주의 대신 대한민국에 거주하는 대한민국 국민이라는 의식이 새롭게 피어나고 있다는 걸 증명하는 것이었다.

2005년 최초로 실시된 '국가 정체성 조사'는 현재 5년 주기로 반복 조사되고 있으며 동아시아연구원과 성균관대 동아시아 공존·협력연구센터가 공동으로 진행 중이다. 가장 최근에 실시한 2020년 조사에서는 자신을 한민족이 아닌 한국 국민이라고 느끼는 비중이 77%에서 90%까지 상승했다. 또한 다시 태어나도 대한민국 국민으로 태어나고 싶냐는 질문에는 2005년 70%였던 것이 2020년에는 80%로 상승했다.[226]

---

225 강원택·신창운, 〈한국인 그들은 누구인가, '대한민국 민족주의' 뜬다〉, 《중앙일보》, 2005년 10월 13일자 기사(검색일: 2023. 4. 10).

226 정한울, 2020, 「'국뽕' 논란과 '헬조선' 담론을 넘어선 대한민국 자부심: 명과 암」,

한민족이 아니라 한국 국민이라는 인식이 젊은 세대를 중심으로 강화된 원인에는 '민주화'가 있다. '그들만의 대한민국'에 분노한 시민들이 광장으로 촛불을 들고 나와 "이게 나라냐!"를 외쳤던 것은 민주화에 대한 열망이 민족주의와 결합한 예라 할 수 있다. 촛불 세대에게 있어 대한민국은 더 이상 성찰과 지양의 대상이기보다는 지켜내야 할 자랑스러운 나라가 되었다고 볼 수 있다. 즉, 관 주도의 내셔널리즘에서 시민적 내셔널리즘으로 전향되는 과정을 거치면서 젊은 세대에게 민족주의가 대중적 차원에서 신성화되어 가고 있었던 것이다. 그러나 이것이 남북한을 모두 아우르는 통일 한반도에 대한 열망으로 화하지는 못했다.[227]

이는 북한도 마찬가지여서 『갓 오브 블랙필드』에서는 북한도 대한민국과 민족적 연대를 꿈꾸기보다는 중국이나 러시아와의 관계를 우선시하는 장면을 보여준다.

"문제는 북한입니다."

강찬이 고개를 갸웃할 때였다.

"유니콘 계획은 북한을 포함하고 있습니다."

김형정은 고무된 표정으로 입을 열었으나 강찬에겐 그저 그런 내용

『EAI 이슈브리핑』, 재단법인 동아시아연구원, 1쪽.

227 이용기는 월드컵 등으로 촉발된 스포츠 애국주의와 촛불시위 등을 통해 젊은 세대가 대한민국을 중심으로 사고하면서도 남북을 아우르는 민족주의를 지향한다고 보았다. 또한 젊은 세대는 남북 화해와 협력을 통한 통일을 적극 지향하는 의식을 지니고 있다고 주장했는데 이에 대해서 본고는 회의적이다. 왜냐하면 촛불시위는 남한 사회의 먹거리 문제였던 광우병 소 수입 반대, 세월호 참사를 묵인한 박근혜 정권에 대한 단죄를 하기 위한 의식이었지 이것이 통일 문제와 연결된 지점을 발견하기는 어렵기 때문이다. 또한 앞선 '국민 정체성 조사' 결과가 촛불시위 등을 통해 북한까지 아우르는 민족의식으로 확장되었다고 보는 것은 무리라고 보여진다. '대한민국 민족주의'가 확장되어 그것이 대한민국에 대한 상상으로 이어지고 있다는 논의는 이용기, 2019, 앞의 글, 342쪽 참조.

이었다.

"중국을 지지해서 이 안을 거절하자는 파벌과 러시아의 계획에 동참하자는 파벌로 나뉘어서 북한 내부가 극심하게 분열될 조짐까지 보이고 있습니다."

"이런 얘기를 제가 왜 들어야 하는 거죠?"

강찬은 더 이상 개입하고 싶지 않았다.

"강찬 씨, 만약 유니콘이 북한만 연결하게 되면 우리나라는 굉장히 난처한 입장에 놓이게 됩니다."

기차표를 못 사서 그런 건 아닐 테고?

"우선 화물 물동량의 70%가 북한으로 가게 됩니다. 그렇게 되면 우리나라는 수출을 할 때도 북한의 눈치를 봐야 하지요. 더 큰 문제는 중국입니다."

강찬이 나직하게 한숨을 쉬었다.

"중국은 북한이 경제적으로 독립하는 것을 용인하기 어렵습니다."[228]

유라시아를 연결하는 유니콘 프로젝트가 한반도를 통과한다면 대한민국은 물론 북한도 경제적 자유를 획득하게 된다. 하지만 기득권자들은 모든 국민이 잘 사는 것을 원하지 않는다. 권력은 희소성이 있을 때 가치가 가장 크기 때문이다.

"야! 그러니까, 철도가 들어오면 무지막지한 돈이 우리나라로 들어온다는 거 아니냐? 그럼 재벌이 가장 많은 돈을 벌 텐데 정당한 요구니 뭐니 좀 들어주면 되잖아?"

"그게, 철도가 연결돼서 100조 가까운 수익이 생기면 앞으로 30년에

---

228 무장, 2014~2016, 앞의 책, 1부 60화.

서 50년은 정권이 안 바뀌고, 다음으로 지금 정권이 하는 대로 계속 나가면 결국은 재벌이 해체돼서 없어진다는 연구 결과가 있습니다."

(중략)

"명문가? 우리나라가 훌쩍 앞으로 발전할 수 있는 계기를 틀어막으려고 북한 특수군을 몰래 들여오는 게 명문가냐? 암살까지 시도하면서? 그래서? 허상수인가 그 새끼는 왜 또 철도에 반대하는 거냐?"

"과거에 일본 천황으로부터 작위를 받고 쌀 수출했던 전력 때문입니다. 지금 정부가 계속 정권을 잡고, 국민들이 부를 얻으면 결국 과거 청산 문제가 꼭 나오는 거라서."[229]

위의 인용문은 NL 계열의 주장을 상기시키는 대목이다. 대한민국이 식민 청산을 하기 위해서는 식민 잔재인 친일파를 청산해야 하고, 사회의 적폐인 재벌을 없애야 한다는 주장 말이다. 재벌인 양진우, 그리고 오랜 기간 정치를 해온 국회의원 형제인 허상수, 허하수는 현 정권이 장기 집권하게 되면 위의 주장처럼 자신들이 제거될 것이라 생각한다. 그래서 처음부터 유니콘 프로젝트를 원천 봉쇄하려 든 것이다. 민족주의에 대한 두려움을 담은 이러한 대목은 오히려 민족주의의 대중적 감응을 일으킨다. 주인공 강찬과 그의 동료들이 적폐인 양진우와 허상수, 허하수 등을 힘으로 제압하고 흠씬 두들겨 팰 때 서사세계는 '고구마'였던 현실—실제세계에서는 여전히 친일파 자식들이 기득권을 차지하고 있고, 국민을 섬기는 게 아니라 국민을 지배하려 드는 정치인들이 득시글거리는 세상—을 강렬한 '사이다'로 바꾼다.

적폐는 대한민국에만 존재하지 않는다. 북한의 실세인 장광택은 조카인 김정도 주석을 밀어내고 군부의 힘을 이용해 정권을 가로채려 한다.

---

229 무장, 2014~2016, 앞의 책, 1부 96화.

그러려면 유니콘 프로젝트가 성사되어서는 안 된다.

유라시아 철도?

연결과 동시에 북조선은 체제가 무너진다.

어린 지도자는 절대로 알지 못할 일이다.

사상이 공고한 인민들이 바깥세상과 현실을 제대로 알게 되면 어떻게 바뀔지 몰라서 하는 소리다.[230]

기득권자의 생각은 북한이나 대한민국이나 다 같다. 기울어진 운동장은 기울어져 있던 대로 기울어져 있어야지 절대 편평해져서는 안 된다. 일찍이 아리스토텔레스는 평등하게 만들어야 할 대상은 부(富)나 사유재산과 같은 소유가 아니라 인간의 욕구라고 했다.[231] 비록 장광택은 공산당원이지만 욕망 앞에서는 이념이나 신념이 아무 소용 없다는 것을 보여준다. 『갓 오브 블랙필드』의 서사세계는 그러한 욕망덩어리를 처단하는 것과 대한민국의 국익을 선양(宣揚)하는 행위를 연결시킨다. 나중엔 김정도 주석이 직접 주인공인 강찬을 만나 자신의 반대 세력을 제거해 달라고 부탁하기까지 한다.

"돈에 환장한 반동분자들이 아예 코쟁이를 중심으로 뭉치려고 하지. 내래 그 코쟁이를 돌려보내도 반드시 다시 일을 벌일 거이고."

김정도는 강찬의 눈을 똑바로 바라본 채로 말을 이었다.

"이참에 반동분자들과 코쟁이를 동시에 처단하면 남은 장성과 당 간부들은 고개를 숙일 거야. 기케 해주면 내래 유라시아 철도의 연결을 발

---

230 무장, 2014~2016, 앞의 책, 1부 182화.

231 Storr, W., 2023, 앞의 책, 392쪽.

표하지. 부원장 동무는 코쟁이 모가지를 따는 거이고, 나는 반동분자들을 몰살하는 거이니, 서로 좋은 거 아니갔어?"

(중략)

묘한 반말투였는데, 어쩐지 이 인간에게는 이게 존대가 아닐까 싶기도 했다.

"유라시아 철도를 연결하지 말라는 압박이 심해. 철도가 관통하는 곳에 있는 인민들이 바깥세상을 알게 되면 곤란해지지 않갔나? 장성들과 당 간부들은 인민들 의식이 깨어나 체제가 무너질 걸 염려하고 있지."[232]

『갓 오브 블랙필드』의 강찬은 한반도가 통일되기를 간절히 염원하거나 그에 대한 목적의식을 가지고 있지 않다. '다윗의 별'의 지도자인 그라펠트를 제거하면서 김정도 주석의 반대세력까지 정리해주는 데 합의했다는 것은 그가 한민족이라는 정서보다는 대한민국 국민이라는 정체성에 더 크게 감응하고 있다는 것을 반증하는 것이다.

1.2. 문화적 DNA로서의 코스모폴리탄 민족주의

『갓 오브 블랙필드』의 서사세계는 크게 두 갈래로 이루어져 있다.

첫째, 유니콘 프로젝트를 완수하기 위한 세력과 이를 저지하기 위한 두 세력 간의 다툼이다. 유라시아 철도 건설을 원하는 국가들의 정보국장들은 강찬을 중심으로 반대 세력에 맞서고, 미국을 비롯한 유대자본으로 상징되는 다윗의 별은 기존의 기득권을 유지하기 위해 신흥세력 저지에 총력을 기울인다. 이 과정에서 국지전이 벌어지고 아프리카나 한국 등 취약 국가에서 테러가 발생하기도 한다.

232 무장, 2014~2016, 앞의 책, 1부 415화.

등장인물들은 생과 사를 넘나드는 사선에서 각자의 이해관계에 따라 임무 수행을 하지만 그들은 자기가 따르는 나라에 대한 애국심이나 전우애를 가진다는 공통점이 있다. 그들의 비장한 마음가짐은 작품을 더욱 웅장하게 만드는 요소가 된다.

『갓 오브 블랙필드』의 서사세계는 대한민국 사회에만 국한되지 않고 전 세계를 무대로 펼쳐진다. 이러한 서사가 낯설지 않은 것은 한국인들이 외국 문화에 대한 거부감이나 이질감이 많이 줄어든 데 있다. 이렇게 된 원인에는 크게 두 가지를 들 수 있다.

첫째, 1989년 해외여행 자유화는 한국인에게 한국이 가장 살기 좋은 나라라는 인식이 널리 퍼지게 된 계기가 되었다. 여러 나라를 여행하거나 방문하며 그 나라의 문화양식을 직간접적으로 체험하며 한국인들은 한국이 생각보다 체계적이고 질서정연한 나라라는 걸 알게 된 것이다. 단기 체류나 여행 등을 통해 한국이 가장 편한 나라라는 걸 깨닫게 되면서 자연스레 애국자가 된 것을 두고 손남훈은 현실 속 생활감정에서 배태된 것이 '국뽕'이라고 정의했다.[233]

둘째, 이러한 경향성의 연장선상에 K-POP, K-드라마 등 한류로 대표되는 문화예술 영역이 있다. 영화 〈미나리〉나 드라마 〈오징어게임〉, K-POP 스타인 BTS나 블랙핑크의 성공이 한국인이라는 국적에 자부심을 느끼게 하는 요소로 작용한다. 나이대별로 '국가 자부심' 정도는 다르지만, 한류문화 확산에 대해 전반적으로 긍정적 반응을 가지는 것은 사실이다.[234]

---

233 편리한 대중교통, 어디서나 접속가능한 인터넷 환경, 빠르고 간편한 택배 서비스 및 배달 시스템 등은 그 어느 나라보다 한국이 체계적이다. 이런 선진적 사회 시스템으로 인해 대한민국에 대한 우월감을 느끼게 된 것이라 보았다. 손남훈, 2021, 「국뽕과 민주주의」, 『오늘의 문예비평』 123, 183쪽.

234 정한울, 2020, 앞의 글, 5쪽.

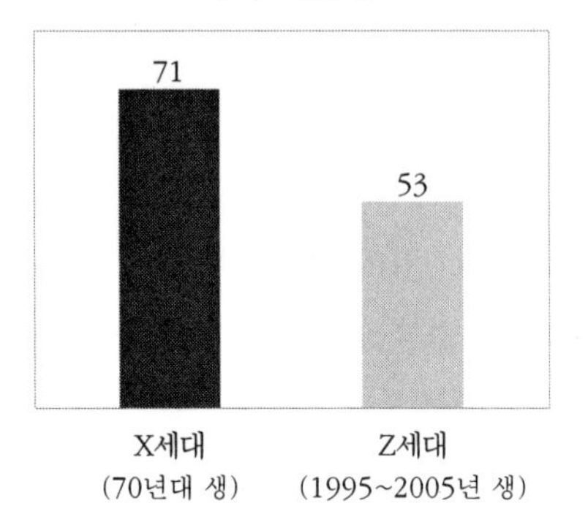

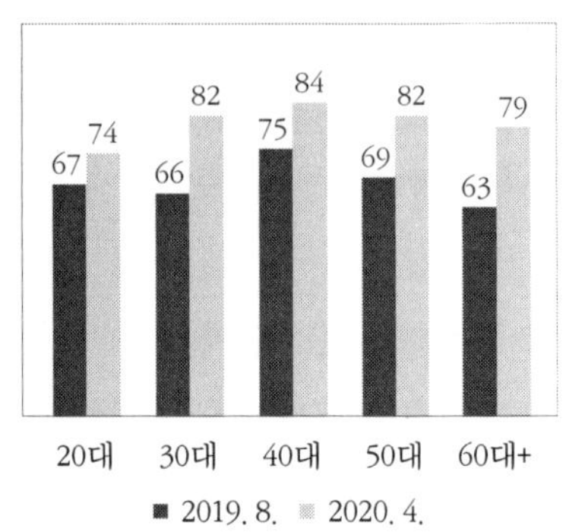

자료: 한국일보, 한국리서치 〈Z세대 인식조사〉, 2019. 12
한국리서치 〈여론 속의 여론〉 정기 조사, 2019. 08, 2020. 04

〈그림4, 그림 5〉 세대별 국가 자부심 양상

김기봉은 혈연에 의한 생물학적 DNA가 아니라 문화적 DNA로 한국인의 정체성을 해명해야 한다며 대한민국이 '단일민족 국가'라는 허상에서 벗어나지 않는다면 한국 사회가 다인종 다문화 사회로 변모하는 일은 요원할 것이라 경고했다.[235] 실제로 외국인 유입은 꾸준히 늘어나는 추세다. 외국인 등록인구는 지난 2007년 100만 명을 넘긴 후 코로나 사태 이후로 200만 명 아래로 내려갔지만, 여전히 100만 명을 상회하고 있다.[236] 한국 사회는 더 이상 한국인으로만 구성돼 있지 않으며 여러 인종이 혼합돼 살아가고 있는 코스모폴리탄 사회이다. 그러므로 주인공 강찬이 정보세계의 일인자로 군림하며 세계적 영향력을 끼치는 것에 이질감을 느끼기보다는 당연성과 더불어 '국뽕'을 가지는 것은 예견된 귀결이다.

---

235 김기봉, 2010, 「역사의 거울에 비춰 본 한국인 정체성」, 『한국사학사학보』 21, 한국사학사학회, 167쪽.

236 양태삼, 〈코로나 탓에… 국내 외국인 수, 200만 명 밑으로 떨어졌다.〉, 《연합뉴스》, 2022년 1월 26일자 기사(검색일: 2023. 4. 10).

강찬이 없었다면…….

유라시아 철도의 꿈은 저 멀리 날아갔을 거고, 지금 같은 순간에 국가정보원은 도대체 저 나라들이 왜 저러나 하며 눈치 살피기 바빴을 거다.

솔직히 이번 쿠바 작전이 이 정도로 엄청난 일인 줄 몰랐다.

미국, 러시아, 프랑스, 중국, 영국, 독일, 그 외에 거의 모든 나라가 군사력을 동원할 정도로 비중 있는 일.

대한민국 국가정보원 부원장 강찬이 그 한가운데 서 있고, 대한민국 특수팀이 그를 지킨다.

김형정은 책상 구석으로 밀려난 잔을 들어 식은 커피를 마셨다. 비록 함께 방아쇠를 당기지는 못하지만, 지금은 할 수 있는 일에 최선을 다한다는 각오를 다졌다.

잔을 내려놓은 김형정은 사명감에 불타는 얼굴로 모니터에 시선을 주었다.[237]

강찬은 뛰어난 전략가이자 타고난 용병이다. 그는 대한민국이라는 변방에서 태어나 세계를 호령하게 된 영웅이다. 그런 걸출한 인물이 한국인이라는 점, 그리고 그가 대한민국을 위해 싸운다는 점만으로도 한국인으로서 자긍심을 가지게 된다. 그런데 여기서 전사(戰士)인 강찬을 세계적 영웅으로 만드는 요소는 그를 둘러싼 다국적 용병들과 정보세계의 수장들이 그의 편에 선다는 점이다.

"일이 성공하기 전에는 반드시 두 가지 조짐이 있지. 하나는 주변에 좋은 사람들이 몰려들고, 또 한 가지는……."

"일이 알아서 달려오지."

---

237 무장, 2014~2016, 앞의 책, 1부 403화.

"이 정도면 인정해야지."[238]

강찬에게는 일과 사람이 함께 달려와 그를 도와준다. 그리고 그들 간의 우정과 진득한 전우애가 『갓 오브 블랙필드』의 백미이다.

『갓 오브 블랙필드』의 두 번째로 커다란 서사 줄기는 강찬이 습득한 블랙헤드 에너지를 차지하기 위한 차세대 에너지 전쟁이다. 유라시아 철도 부설을 위한 유니콘 프로젝트 이행에 이해국 간의 협력이 주요 요소라면, 블랙헤드를 차지하기 위한 비선(秘線) 간의 경쟁은 국익과 직결되는 문제다. 국익을 먼저 따진다는 것 자체가 애국주의를 강조할 수밖에 없는 것이다.

"DIA가 곽도영을 통해서 한국에 있던 미국의 정보원 몇을 희생시킬 계획이었습니다."

(중략)

"위민국을 통해서 강찬 씨에게 제동을 걸고 간첩들 명단으로 한국 사회가 어수선해지길 바랐던 거지요. 거기에 북한과 일본이 동조하면 제법 바라던 일을 이루었을 겁니다."

(중략)

"몽골 지역에 출론크로루트 지역의 중국과 러시아, 그리고 몽골이 겹쳐 있습니다. 러시아에서는 자바이칼스키라고 부르는 지역입니다."

와인을 들어 입을 적신 양범이 강찬에게 시선을 주었다.

"전략의 요충지입니다. 러시아도 우리도 포기하지 못하는 곳입니다. 최근에 러시아는 방법을 바꿔서 마피아를 그곳으로 보내고 있습니다. 명목은 데나다이트의 채굴입니다."

---

238 무장, 2014~2016, 앞의 책, 1부 245화.

데나다이트?

블랙헤드의 부족한 에너지를 채우기 위해 사용했다는 광물의 이름이다.[239]

위 인용문에는 미국, 북한, 일본, 러시아, 몽골, 중국의 이권 다툼이 나온다. 미국은 강찬을 위험인물이라 여기고 있으므로 제거하고 싶어 하지만 실패한다. 일본과 북한은 미국의 작전이 제대로 실행되지 못해 이득을 보지 못한다. 한편, 러시아는 블랙헤드 에너지 제조를 위해 몽골 노천광산에 마피아를 보내 데나다이트를 채굴하고 있다. 이 상황에 심기가 불편해진 중국은 정보국장 양범이 나서 강찬에게 이걸 해결해달라고 요구한다. 각자의 이득을 위해 동맹과 대치를 하는 상황은 우리가 익히 하는 국제정세인데 여기서 얼마나 전략적으로 제휴하는가에 따라 앞으로의 패권이 결정된다는 것이다.

양범이 강찬에게 도움을 청하는 것은 그가 단지 사람들 위에 군림하고자 하는 일차원적 욕심을 드러내는 존재가 아니기 때문이다. 권력이란 본시 불굴의 전사적인 본능이 강해서 충동이 강하고, 강한 생명력을 지니고 있다.[240] 강찬은 이 살아 움직이는 권력을 휘둘러 사람들을 발 아래 꿇릴 수 있다. 하지만 오히려 그는 자신의 지위를 이용해 곤란이나 고통을 해결해주려 한다. 그것은 단순한 공명심이나 자신만의 이익에 열중하는 것과는 다르다. 여기에 강찬의 비범함이 있다.

---

239 무장, 2014~2016, 앞의 책, 1부 227화.

240 Fink, E., 1984, 『니이체 哲學』, 하기락 옮김, 형설출판사, 197쪽.

1.3. 민족정체성에 대한 양가감정의 탄생

『갓 오브 블랙필드』에서 가장 인상 깊은 소품을 꼽으라면 담배 한 개비와 더불어 등장하는 봉지 커피일 것이다. 강찬은 아프리카 전장에서도 아메리카노가 아닌 봉지 커피를 마시며, 그를 좋아하고 따르는 다른 부대원들과 함께 이를 즐긴다.

> "커피 한 잔 하시겠습니까?"
> 곽철호가 장난스러운 표정으로 얼굴을 디밀었다.
> "커피가 있어?"
> "제가 봉지 커피 챙겨 왔습니다. 저기 동굴 앞에서 불 피우면 대강 한 잔씩 할 수 있을 것 같습니다."
> 강찬이 웃는 것을 본 곽철호가 대원 한 명과 동굴 옆으로 걸음을 옮겼다. 하긴 사방에 깔린 게 검불과 바싹 마른 초목이니 커피 탈 물 정도는 얼마든지 끓일거다.
> 잠시 후, 봉지 커피 특유의 냄새가 사방으로 퍼졌다.
> 이런게 이렇게 신기하고, 반가울 수가 없다.
> "배달입니다!"
> 곽철호가 커피를 들고 와서 나눠주었다.
> "꽉!"
> 냄새를 맡은 건지, 나타날 놈이 나타난 건지, 제라르가 빠르게 오른 쪽에서 내려와 커피를 받았다.
> "좋군요!"
> 박철수가 커피를 한 모금 마신 후에 털어낸 감탄사였다.[241]

241 무장, 2014~2016, 앞의 책, 1부 252화.

위의 인용문을 보면, 전쟁이 한창인 곳에서 군인들이 물을 끓여 봉지 믹스커피를 마신다. 얼마나 맛이 좋던지 등장인물들은 하나 같이 믹스커피에 사족을 못 쓴다. 특히 원두를 갈아 직접 내려 먹는 커피를 마시는 데 익숙한 외국인조차 한국산 봉지 커피에는 정신을 못 차린다. 그 이면에는 마치 봉지 커피를 마실 수 있어야만 강찬의 동료가 될 수 있다는 의미가 숨어있는 것만 같다. 이러한 설정은 소위 '국뽕'을 자극하는 소품이기도 하다. 아무런 거부감 없이 외국인들이 한국 음식을 즐기는 위와 같은 모습은 여러 대중문화에서 소비되는 '국뽕' 콘텐츠와 유사한 측면이 있다.

유튜브를 틀면 이와 같은 현상이 더욱 두드러진다. 몇몇 외국인들은—주로 백인으로 구성된 개인이나 집단—외국인의 시각에서 한국의 음식이나 대중문화를 소개하면서도 무조건적인 칭찬을 늘어놓는다. 이른바 '해외 반응'이라는 검색어로 조회되는 이러한 콘텐츠는 놀랍게도 한국인 시청자 비율이 높다. 이들의 '구독'과 '좋아요' 덕분에 수익을 올리는 외국인이 늘어나면서 인터넷상에서 '국뽕' 콘텐츠는 넘쳐나고 있다.

이것은 국가적 애국주의가 신자유주의와 만나면서 새로운 디지털 자아가 형성된 사례라 할 수 있다. 인터넷 플랫폼 안에서 한국을 사랑하는 외국인이라는 정체성을 입은 채 '국뽕'이라는 브랜드를 파는 사람들은 한국인에게 아이덴티티에 대한 감정의 고양을 느끼도록 하면서 '국뽕 코인'을 벌어들이고 있다. 이들 소셜 미디어 콘텐츠는 다양한 한국 문화와 한국에서의 생활을 소개하면서 겉으로는 국뽕 콘텐츠처럼 보이지 않도록 제작하는 눈속임에 능란하다.[242] 이를 보는 대다수 한국인은 "우리나라 문화를 알리는 건데 좋은 거 아니야?"라는 반응을 보인다.[243] 한국인 눈에

242 유튜브 구독자 564만 명인 '영국남자', 구독자 214만 명인 '올리버쌤', 구독자 77만 명인 '어썸코리아' 등이 한국 문화를 소개하는 대표적인 외국인 국뽕 유튜버다(검색일: 2023. 6. 11).

243 이예슬, 2021, 「세상에 마냥 좋기만 한 것은 없다 - 국뽕의 이중성」, 『오늘의 문예비

는 외국인인데도 불구하고 굳이 한국 문화 홍보대사를 자청하는 그들이 대견할 따름이다.

사실 대한민국의 청년 세대에게는 민족의식에 기반한 집단적 가치가 회의적이고 달갑지 않다. '87년 체제'가 가졌던 진정성이 소멸하고 난 자리에는 지위 사다리의 폐습을 통해 세습을 이루고자 속물적 열망이 득시글거리고, 이 후진적 국가에서 살아가야 하는 청년 세대에게 대한민국 사회는 명실상부 '헬조선'이기 때문이다. 그런데 난데없이 한국에 체류하거나 방문한 선진국 출신 외국인들이 한국 문화와 역사를 칭송하기 시작하니 열등감에 시달리던 청년 세대로서는 얼떨떨하기 그지없다. 이 순간 열등감은 나르시시즘으로 화려하게 탈바꿈된다. 매력자본으로 인정받을만한 충분한 가치가 있으니 찬사를 쏟아내는 것 아니겠느냐는 자위가 자기애로 번지게 된다. 그러니 『갓 오브 블랙필드』에서 한국인인 강찬이 정보세계의 일인자로 활약하는 것은 어찌 보면 당연하다.

> 아셈타워 대회의장은 천장에 뚫어놓은 구멍마다 조명이 뻗어 나와 아래를 밝게 비춰주고 있었다.
>
> (중략)
>
> 아직은 회의가 시작되지 않았다.
>
> 웅성웅성.
>
> 그래서 옆자리, 혹은 몸을 돌려 뒤편의 사람들과 이야기를 나누느라 실내에는 작은 웅성거림이 깔렸다.
>
> "조금은 일찍 와도 될 텐데."
>
> 바실리가 불만스럽게 문을 향해 고개를 돌릴 때였다.
>
> "위원장님이 입장하십니다."

평』 123, 190쪽.

장내에 멘트가 전해지고, 문이 커다랗게 열렸다.

드륵, 드드륵.

단상 위에 있던 라노크, 바실리, 그리고 루드비히와 양범이 자리에서 일어났고, 그것이 신호라도 되는 것처럼 200여 명의 각국 정보국장이 일제히 자리에서 일어났다.

짝짝짝짝짝짝짝.

검은색 정장에 셔츠 차림의 강찬이다.

그가 제라르를 대동하고 단상 우측의 문을 통해 들어서는 동안, 단상 아래에 있던 이들은 박수를 멈추지 않았다.

(중략)

"우리는 유라시아 철도를 연결했고, 세계 최초의 차세대 발전시설의 가동을 눈앞에 두고 있습니다."

차갑고 건조한 음성이었다.

"다음 달에 있을 차세대 발전시설의 기동식에 여러분이 참석하길 희망하며, 앞으로도 각국 정보국의 책임자들이 세계발전에 이바지하기를 바랍니다."

강찬이 자리에서 일어나자 상임위원석의 4명과 각국의 정보국장들이 모조리 자리에서 일어났다.[244]

블랙헤드 에너지를 이용한 차세대 발전시설 설립과 전 세계를 잇는 철도 건설로 세계는 하나의 권역이 되었다. '국뽕'과 결합된 세계화는 사실 그렇게 이질적이지 않다. 세계화된 경제적 특성들의 집약인 '글로벌 권력'은 신자유주의 시대의 특징이다. 경제 경쟁은 국가 간 대결 양상을 보이지만 국가들은 서로 동맹을 맺기도 하고 행동망이 점차 세계화되는 기업

---

244 무장, 2014~2016, 앞의 책, 1부 419화.

들과 연합하기도 한다. '세계 시장'은 국가 권력과 경제 권력의 이해관계가 뒤섞인 '사기업과 공기업의 거대한 유동적 혼합체'다.[245] 즉, 국가 역할은 상대화되지만, 그 안에 사회 계급, 민족 문화 등은 그대로 잔존하고 있으며 오히려 국가는 세계화의 주체로서 기업과 함께 이 안에 깊숙이 개입하게 된다. 그러므로 국가주의와 애국주의는 범지구인이 되어서도 떨칠 수 없는, 한결같이 우리 자아를 취하게 만드는 '뽕'으로 작용한다.

2. 신자유주의적 합리성과 수용의 문제

2.1. 후회와 체념의 정서 극복

본고에서 살펴보는 세 작품 중 『재벌집 막내아들』만이 유일하게 회귀물이다. 회귀가 환생이나 빙의 모티프와 다른 점은 공간이동을 통한 타자화를 넘어서 시간성을 내재하고 있다는 점이다. 회귀는 시간을 거슬러 올라가 모든 것을 역전시킬 수 있는 한 지점에 도달한다. 한국 현대판타지 웹소설에서 등장인물이 회귀할 때는 반드시 그럴만한 이유가 존재한다. 즉 등장인물에게 회귀라는 '자연적 제비뽑기(Natural Lottery)'를 선사하는 이유는 이렇게 죽을 수 없다는 그의 억울함이 통했기 때문이다.

재벌가의 뒷간 청소나 하며 평생 볕들 날 없이 살던 윤현우가 종국에는 자신이 모신 주인의 손에 배신당하게 되는 건 대한민국 사회에서 가장 현실적인 결론일지도 모른다. 부의 세습이 고착화되고 사회적 양극화가 심화되고 있는 작금의 현실에 흙수저로 태어난 윤현우가 운명을 뒤집는

245 Dardot, P. · Laval, C., 2022, 『새로운 세계합리성: 신자유주의 사회에 대한 에세이』, 심세광 · 전혜리 옮김, 그린비, 544쪽.

것은 거의 불가능에 가깝다. 즉, 뒷배경도 없고 학벌도 좋지 않고 집도 가난한 주인공에게 불합리하고 부조리한 불운이 찾아오는 게 그리 이상한 일은 아닐 수 있다. 그렇다면 영원히 올라가지 못할 사다리이므로 그저 체념하기만 하면 되는 것일까. 여기서 이 체념의 정서가 불러일으키는 게 도덕적 감정인 '의분(義憤)'[246]이다. 그러므로 '의분(義憤)'이 불러일으킨 시간적 역행 사건은 맹목적 운(blind luck)이 아니라 합리적 의사결정을 위한 필연적인 삶의 계획이다. 등장인물이 갖는 억울함이 회귀의 원동력이며 다시는 과거처럼 살지 않겠다는 후회와 극복의 정념이 회귀 후의 서사세계를 지배한다.

재벌가 자식으로 회귀했으나 진도준은 승계 서열이 가장 낮은 막냇손자이다. 장자 승계원칙을 고수하는 진양가에서 그가 진양그룹을 물려받을 길은 없다. '회귀'는 진도준에게 적어도 인간답게 살 수 있는 권리—돈 때문에 뒷간 청소나 해야 하는 삶과의 절연—를 선물했을 뿐 진양가의 권력자 자리를 물려주진 않았다. 더 큰 성공을 위해서는 자기계발이 필요한 일이며 출세와 성공은 전적으로 진도준이 하기 나름이다. 할아버지로부터 물려받은 재산을 탕진하며 그저 그런 재벌가의 일원으로 살아갈 것인가 아니면 진양철과 같은 권력자가 될 것인가. 그것은 열 살 꼬마 진도준이 앞으로 살아가야 할 삶의 방향성이다.

진양기에서 진영준으로 이어지는 장자 승계 고리의 존재는 진도준이

---

246 존 롤스(John Rawls)는 옳음(the right)에 대한 도덕 감정을 '시기심'과 타인의 부정의(不正義)에 대한 분노인 '의분'으로 구분하였다. 합리적인 개인은 자신과 다른 사람들 간의 차등을 부정의의 결과로 생각하지 않고 어느 한도만 넘지 않으면 시기심에 사로잡히지 않는다고 주장하며 이러한 시기심이야말로 '악덕'이라 했다. 『재벌집 막내아들』에서 윤현우가 순양그룹 부회장인 진영준에게 가지는 분노는 진영준의 부정의에서 기인하는 것이므로 '의분'이라 보는 게 타당하다. 존 롤스의 운의 철학에 대한 논의는 강용수, 2014, 「우연적 연대성에 대한 연구」, 『철학논집』 39, 서강대학교 철학연구소, 252쪽 참조.

애초부터 기울어진 운동장에서 게임을 해야 한다는 것을 암시한다. 회귀자가 아니라면 막내로 태어난 것 자체가 기회 균등성에 어긋난다. 탄생 순서는 앞으로 펼쳐질 지위 게임에서 불공정한 잣대로 작용할 것이며 경쟁적이고 차등적인 보상 시스템을 가진 진양그룹 승계자 쟁탈전에서 진도준이 차기 회장으로 주목받을 가능성도 희박해지기 때문이다.[247] 이때 미래 정보를 알고 있다는 것은 엄청난 기회가 된다. IMF가 올 것을 미리 알고 달러를 비축한 후 이를 협상 카드로 내밀었을 때 진양철은 막냇손자의 능력을 다시 보게 된다. 국가의 외환보유고가 바닥난 상황에서 진양그룹이라고 이 환난을 비껴갈 수는 없다. 당장 돌아오는 만기채 어음을 막으려면 진도준의 돈이 필요하다. 진도준은 진양철에게 돈도 빌려주고, 아진그룹도 인수한다. 그리고 국가를 상대로 외화를 들여올 테니 서울시 개발권을 달라고 한다. 이는 단지 미래를 알고 있다고 해서 게임을 지배할 수 있는 게 아니라는 것을 말해준다. 진도준이 가진 역량과 배짱이 함께 어우러져야지만 '주인'이라는 자리를 꿰찰 수 있다는 것을 『재벌집 막내아들』은 말하고 있다.

결국 이러한 논리는 출세와 성공의 본바탕은 한 개인에게서 나오며 부단한 자기계발을 통해서만 이룩할 수 있다는 신자유주의적 사상과 맞닿는다. 한 개인의 성공과 실패는 그가 가진 능력에 의해 가장 크게 좌우될

---

247 세계가치관조사 7차 한국 자료를 보면, 한국인은 공정성 문제를 결과의 균등보다는 기회의 균등으로 주어져야 한다고 본다. 즉, 분배 불평등보다는 기회 불평등에 더 민감하며 성과나 필요보다는 노력에 다른 보상을 더 중요시하는 경향이 있다. 그러므로 현실세계(AW)에서 벌어지고 있는 불공정한 상황에 대한 극복의 염원으로 나타난 게 '회빙환'의 정념이라 볼 수 있다. 이를 통해 텍스트 실제세계(TAW) 내 등장인물은 기울어진 운동장을 바로잡을 수단으로 '회빙환'을 사용한다. 하지만 그것이 또 다른 불평등을 야기하기도 한다. 이에 대한 것은 4.2.2.에서 더 자세히 논하고자 한다. 세계가치관조사 7차 한국 자료 분석에 대해서는 엄승범·김재우, 2021, 「한국인의 사회경제적 가치관에 따른 사회경제적 지위, 기회공정성 인식, 주관적 안녕감 간의 관계」, 『한국사회』 22(1), 3~46쪽 참조.

뿐 도움이 필요할 때조차 그 스스로 구하지 않으면 안 되는 것이다. 그렇다면 주인공이 우주의 중심에 서기 위해서는 완벽해져야만 한다. 회귀자라고 해서, 미래에서 왔다고 해서 과거를 다 기억해내기란 어려운 일이다. 하지만 등장인물은 이를 무조건 기억해내야만 한다. 과거에 기업들이 어떤 방식으로 인수합병을 치렀는지, 당시 정치판은 어떻게 돌아갔는지 모두 기억해내야만 한다. 과거를 완벽하게 재구성하는 일은 회귀자의 임무다. 과거를 복기하는 일은 회귀자가 가장 먼저 해야 할 일이고, 이를 통해 자신이 가진 능력을 발휘하는 일은 그 다음 문제다. 성과를 내 더 높은 자리로 올라갈수록 더 높은 지위를 얻게 되는 일은 당연한데 그 궁극적 목표가 무엇인지는 다음 대목에서 알 수 있다.

> 난 이놈이 가진 걸 다 뺏고 시궁창에 처박는 게 목적이지만 이놈은 자신이 가진 걸 지키고 더 키우는 게 전부다.[248]

진도준이 진양그룹을 차지하려는 이유는 단지 회장 자리가 탐나서가 아니다. 그냥 더 많이 얻으려는 게 아니라 경쟁자보다 더 많이 얻으려는 심리가 작동하기 때문이다. 인간의 뇌는 절대적 보상보다는 상대적 보상이 주어질 때 가장 많이 활성화되는 경향이 있다.[249] 그러므로 단지 권력을 쥐고 있으려고만 하는 진영준은 진도준의 적수가 되지 못한다. 진도준의 이런 야욕은 할아버지 진양철 앞에서도 거침이 없다.

> "뭐냐? 왜 하필 재수 없게 망한 회사 술을 가져왔어?"
>
> 할아버지는 빨간 라벨의 진로 소주병을 보자 미간을 찌푸렸다.

---

248 산경, 2017~2018, 앞의 책, 318화.

249 Storr, W., 2023, 앞의 책, 48쪽.

"70년 역사가 담긴 술 아닙니까? 진로 창업주인 장학엽 사장도 고작 소주 브랜드 하나가 70년을 버틸 줄 몰랐을 겁니다. 그리고 회사는 망했지만, 이 제품은 여전히 팔리지 않습니까? 진로 소주는 앞으로도 사라지지 않을 겁니다."

"주인은 바뀔 수 있어도 사라지지 않을 제품이라……. 그건 마음에 드는구나. 허허, 좋다. 한잔 따라 봐라."

진로 소주가 바로 순양의 미래라는 걸 말하고 싶은 내 마음을 눈치라도 채신 걸까? 아, 좀 다르구나. 핏줄을 이어받았으니 주인이 바뀌는 것은 아닌가?[250]

진도준이 얻고자 하는 보상은 단순히 돈이 아니라 돈이 가진 상징성이다. 진도준은 진양철에게 순양그룹을 물려받는 게 아니라 그에게 그룹을 살 생각이다. 돈이 필요하다면 굳이 순양그룹을 살 필요가 없다. 그가 만든 HW그룹을 잘 키워 순양그룹을 스스로 무너지게 하면 되는 것이다. 그러나 진도준이 원하는 것은 사라지지 않을 영향력이다. 진로라는 기업이 망했어도 진로 소주라는 브랜드는 살아남았듯 순양그룹의 주인이 바뀌어도 순양은 순양인 것이다. 바로 그 제왕의 자리는 재화로는 차지할 수 없으며 인간의 잠재의식을 지배해야만 가질 수 있는 최고의 지위이다. 인간의 내면까지 지배하는 것. 그것이 권력자가 가질 수 있는 가장 높은 자리이다. 그러려면 과거와 연결된 끈은 모조리 잘라버리고 새롭게 시작하는 것은 필수다.

"큰아버지나 영준 형의 손을 탄 사람들은 싹 정리해야죠. 그들도 지금은 살아남으려 제게 머리를 조아리지만, 어쩌겠습니까? 왕이 바뀌었

---

250 산경, 2017~2018, 앞의 책, 90화.

는데? 차라리 전부 사표를 던졌다면 내 마음도 흔들렸을 겁니다."

"그냥 싹 정리해. 회장님이었다면 그렇게 하셨을 거다. 그리고…… 하나 더 있어."

이 회장이 어렵게 말을 꺼냈다.

"네?"

"순양그룹과 HW그룹의 합병, 그리고 그 꼭대기에 앉을 진도준 회장. 그러기 위해서는 나도 정리해야 한다. 흐흐."

참으로 깔끔하고 철저한 사람이다.[251]

이학재는 진양철의 페르소나다. 진양철이 죽은 이후에도 진도준이 버틸 수 있었던 것은 진양철의 믿음과 신념을 그대로 안고 있던 이학재가 있었기 때문에 가능했다. 그러나 이학재라는 존재는 진도준이 목표를 이루고 나면 그 필요성이 소멸하고 만다. 새 시대를 열기 위해서는 전 시대의 유물은 폐기되어야 한다. 이학재는 "참으로 깔끔하고 철저한 사람"이어서 자신의 끝을 명확히 알고 있다. 그것마저도 진양철과 닮았다고 생각하며 진도준은 이학재를 기꺼이 떠나보낸다.

그러나 아직 새 부대에 새 술을 담기 위한 작업은 끝나지 않았다. 과거와 완벽한 결별을 위해 진도준은 몰도바 바다를 찾는다. 진도준은 그곳에서 비명횡사한 윤현우의 장례를 치러주며 "죽은 자는 잊고 산 자로 돌아가겠다"고 다짐한다. 강렬한 복수심이 후회와 체념의 정서를 극복하기 위한 수단으로 작용했다면 회귀 때 가져왔던 미래 정보를 모두 이용한 이후에는 완전한 백지가 되어야 한다. 그것이야말로 가장 공정한 출발선이기 때문이다.

251 산경, 2017~2018, 앞의 책, 326화.

2.2. 자기애의 현시를 위한 물질 욕구

『재벌집 막내아들』에서 윤현우의 부모는 지방의 소도시에서 세탁소를 운영하고 진도준의 부모는 비록 재벌 승계 서열에서는 밀려났으나 재벌가 사람답게 돈 씀씀이가 일반인과 다른 사람들이다. 윤현우와 진도준은 태생적으로 다른 운을 타고 태어난 존재다. 태생적 운으로 인해 삶의 출발선 자체가 달라져 버린다면, 그것은 불평등의 원인이 될 수밖에 없다. 정의라는 게임의 룰이 공정하게 지탱하려면 삶의 출발선을 결정짓는 이러한 운은 수정될 필요가 있다.[252] 그러나 회귀로 인해 벌어지는 그 이후의 서사세계는 회귀가 가진 시간성 때문에, 이 출발선을 수정하려던 계획은 오히려 더 큰 차이를 낳게 된다. 롤즈의 정의론에 따르면, 약자란 '태어나면서 불운한 자(unlucky)'이며 정의는 그러한 태생적 불운을 타고 태어난 사회적 약자에 대한 공동책임을 제도화한 규칙이다.[253] 회귀는 한국 현대판타지 웹소설의 서사세계에서 이러한 정의를 실현하는 방편인 셈이다. 그러나 등장인물에게 회귀라는 권능을 부여함으로써 더 큰 불공정한 기회를 제공하는 아이러니에 봉착하게 되고 만다. 이렇듯 모순적인 서사가 가능한 이유는 인간의 시기심이 자존감과 연결되어 있기 때문이다.[254]

한국 현대판타지 웹소설에서는 타인에게 좀 더 탁월하게 주어진 부,

252 강용수, 2014, 앞의 글, 247쪽.

253 강용수, 2014, 위의 글, 254쪽.

254 롤스의 합리적인 인간은 동정심도 시기심도 없다. 또한 어린아이의 질투나 니체의 르상티망 따위를 갖지도 않는다. 반면에 로버트 노직(Robert Nozick)은 시기심을 자존감과 연결시켰다. "시기하는 자는 그가 다른 사람이 소유하는 바(가령 재능 등)을 소유할 수 있는 경우, 그 다음 사람도 그것을 소유하지 않기를 바란다. 시기하는 자는 타인이 그것을 가지나 자신은 그것을 못 갖는 것보다 그 누구도 그것을 갖지 않기를 바라는 자이다." Nozick, R., 2005, 『아나키에서 유토피아로』, 남경희 옮김, 문학과지성사, 298쪽.

재산, 환경, 인맥 등의 태생적 불평등을 단순 교정하는 데 만족하지 않는다. 출발선이 맞춰졌다면 이제 타인보다 더 돋보여야 한다. '의분'을 동기화시켜 회귀했다고 해서 거기에 만족해 버린다면 현대판타지 속 등장인물일 수 없다. 그들은 롤즈가 말하는 합리적 인간과는 거리가 멀다. 왜냐하면 회귀한 등장인물은 이 세상에 태어난 피조물 중 유일무이한 능력자, 서사세계 내에서 오직 단 하나로만 존재해야 하는 것이다.

타고난 자기애가 높은 자존감(Self-Esteem)과 결합하면 모든 생명을 자신 안으로 표상하도록 하는 욕구에 시달린다. 영웅주의는 피조물 중 단 하나가 되려는 욕망, 즉 돋보이려는 욕망에서 시작된다.[255] 특히 과도한 압박을 가하는 환경적 맥락이 더해지면 이 일차적 가치의 대상이 되고자 하는 욕망은 완벽주의와 만나며 더욱 위험에 노출되게 된다. 그러나 이러한 현실적 어려움은 한국 웹소설의 서사세계에서 상당히 뭉개지고 만다. 왜냐하면 미래 정보를 알고 과거로 돌아온 회귀자는 당연히 완벽할 수밖에 없으므로 완벽주의가 주는 스트레스나 압박감에서 탈출할 수 있게 되는 것이다. 한국 현대판타지 웹소설의 서사세계(TAW)는 현실세계가 가진 껄끄러운 일상을 '회빙환'이라는 환상 요소로 적당히 얼버무리는 대신 지극히 현실과 유사한 텍스트 참조세계 안에 등장인물을 던져놓음으로써 허구세계를 그럴듯하게 상상하게끔 한다. 결국 등장인물이 벌이는 사건과 행동은 허구적 참을 발생시킨다. 참인 것은 믿어져야 하는 것이며, 허구적인 것은 상상되어져야 한다.[256] 그러므로 '회빙환' 이후의 허구세계를 상상력이 꾸며낸 세계 정도로 일축해 버린다면 그것을 모욕하고 과소평가하는 일일 것이다. 텍스트가 그리는 허구세계(TAW)는 실제세계와 마찬가지로 '거기 밖'에 있으며 그 안의 등장인물은 이 시대

255 Becker, E., 2019, 『죽음의 부정』, 노승영 옮김, 한빛비즈, 33쪽.

256 Kendall, L. W., 2019, 앞의 책, 80쪽.

를 보여주는 '거울 자아'[257]로서 기능하고 있기 때문이다.

사회학자 장덕진은 '세계 가치관 조사' 5차 데이터로부터 한국인의 가치관 특징을 추려낸 바 있다. 그는 한국인을 "매우 생존적이며 세속적인" 가치관을 가진 사람들이라고 결론 내린 바 있다.[258] 특이한 점은 GNP가 1천 9백 68달러이던 1981년에 가졌던 생존적 가치관을 3만 달러를 넘은 현시점에도 고수하고 있다는 것이다. 이는 전 세계적으로도 굉장히 특이한 경우라 볼 수 있다. 통상적으로 GNP가 올라가면 생존에 목매달기보다는 환경이나 인권과 같은 자기표현적 가치관으로 관심사가 변모하는 경향을 보이는데 한국만은 예외였다.[259]

장덕진은 이러한 결과에 대해 한국이 분단국가라는 특수성과 급속한

---

257 우리는 상대를 바라봄으로써 내가 누구인지에 대한 모델을 형성한다. 자기 환상의 창시자인 사회학자 찰스 호턴 쿨리는 "나는 내가 생각하는 내가 아니며 당신이 나라고 생각하는 내가 아니다. 나는 내가 생각하기에 당신이 나라고 생각하는 것이다"라고 했다. 이는 우리가 세상과 다른 사람들을 살펴보고 그들이 우리를 어떻게 대하는지를 봄으로 인해 '나'를 알 수 있다는 말이다. Hood, B., 2012, 『지금까지 알고 있던 내 모습이 모두 가짜라면?』, 장호연 옮김, 중앙북스, 137~138쪽.

258 장덕진, 2017, 「데이터로 본 한국인의 가치관 변동」, 『한국사회, 어디로?』, 아시아, 310~311쪽.

259 두 개의 그림을 비교하며 봐야 한다. 〈그림 7〉을 보면 GNP가 2천 달러 미만이면 전통적이고 생존적인 가치관을 가진다. 그러다가 2천~5천 달러 구간이 되면 세속적 가치관으로 급격하게 옮겨가는 변화가 일어난다. 5천 달러가 넘어가면 이제는 자기표현적 가치관이 빠르게 늘어나고 이것은 1만 5천 달러 구간까지 계속 된다. 그러다가 1만 5천 달러를 넘게 되면 이런 변화는 더욱 가속화돼 매우 세속적이면서도 자기표현적인 가치관을 가지게 되는 것으로 마무리된다. 그런데 한국은 이러한 경향성에서 벗어나 있다. 〈그림 6〉을 보면 GNP가 1천 968달러였던 1981년에 한국이 생존적 가치관을 가졌던 것은 충분히 이해가 가는 지점이다. 그러나 IMF 이전인 1996년에 한국의 GNP는 1만 1천 234달러였고, 이때 이미 자기표현적 가치관이 생겨났어야 하는데 그렇지 않았다. 이제 3만 달러를 넘은 시점에도 한국인은 여전히 2천 달러 시절의 가치관을 그대로 가지고 있다. 이에 대해 장덕진 교수는 한국 사회에는 물질주의자가 많다는 뜻이고, 개인의 발전과 자유, 인권과 환경을 중시하는 탈물질주의자는 적다는 것을 뜻한다고 했다. 장덕진, 〈한국인은 안보와 성장 중시하는 물질주의자들 많다〉, 《중앙일보》, 2019년 7월 1일자 기사(검색일: 2023. 4. 11).

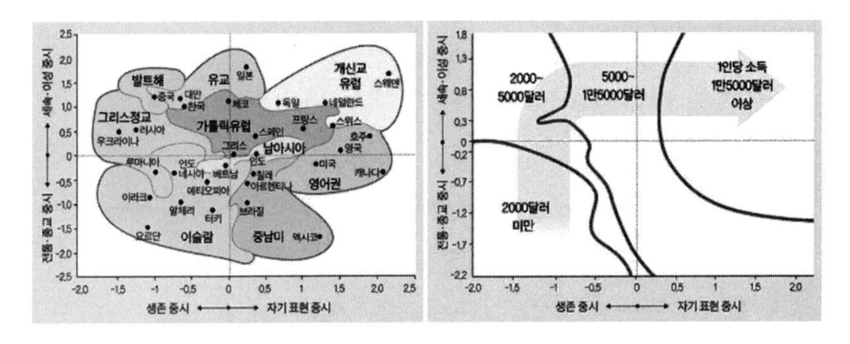

〈그림 6, 그림 7〉 세계의 문호권 경제력 커질수록 자기표현, 이성 중시

경제 발전으로 인한 부작용이 작용한 것으로 보았다. 즉, 신속한 산업화를 추진하기 위해 국가는 자본의 집중을 장려했으며 그 과정에서 재벌이 탄생하게 된 것이다.[260]

대한민국이 가진 특수한 현상으로서 자리매김한 재벌 문화는 한국 웹소설에서 소위 '재벌물'로 소비되었다. 이들 웹소설은 재벌에게 반감을 표현하기보다는 우리 안에 내재된 '모방하고 아첨하고 순응하는 인지체계'를 작동시켜 그와 같은 영향력 있는 사람이 되고 싶어 하는 욕망을 드러냈다. 재벌이 가진 지위를 민낯으로 탐하는 주인공은 '회빙환'을 통해 얻은 능력을 바탕으로 부를 축적하고 이를 통해 신자유주의적 영웅이 된다. 재벌물 속 등장인물은 수치심을 느끼지 않으며 내면을 성찰할 생각이 없다. 그렇기에 그들은 윤리적이거나 도덕적일 필요가 없으며 지극히 세속적인 성공과 공격적 생존을 향해서만 달려드는 속물이어도 괜찮다.[261] 이러한 재벌물 속 기업가의 면모는 2000년대 발표된 최인호의 역사소설 『상도』[262]의 주인공 임상옥과 아주 대조적이다. 거상 임상옥에게 장

260 Lie, J., 2022, 『한없는 한』, 이윤청 옮김, 소명출판, 144쪽.

261 박지희, 2022, 앞의 글, 159쪽.

262 초판본은 2000년 가을에 출판되었다. 본고는 "초판본에서 1천 매 정도 덜어내고 문장도 다듬고, 다섯 권짜리 대하소설을 세 권짜리 장편소설로 탈바꿈한" 개정판

사치의 길이란 상업지도(商業之道)를 넘어서 '길 없는 길'로 가는 '도(道)'의 여정이다.

임상옥 자신은 천하제일의 상인이 될 것을 꿈꾸었던 사람, 즉 인간이 가진 욕망 중에서 재물의 욕망을 꿈꾸었던 사람이다.

그런 의미에서 김정희는 '명예'의 화신(化身)이고 홍경래는 '지위'의 화신이며 임상옥은 '재물'의 화신인 것이다.

그러므로 명예를 가진 사람이 재물을 탐한다면 솥의 다리가 부러져 솥이 쓰러져 뒤집히듯이, 명예를 가진 김정희가 재물의 임상옥이 되기를 꿈꾼다면 이는 하늘의 뜻을 거스르는 일이다.

마찬가지로 재물을 가진 임상옥이 천하의 권세를 꿈꾸는 홍경래와 한 인물이 될 수는 없는 것이다. 만약 두 사람이 하나의 인물이 되려고 한다면 이는 반드시 하늘의 뜻을 거스르는 일이 되어 하늘로부터 무서운 징벌을 받게 될 것이다.[263]

지위와 명예는 끝없는 경쟁심을 일으키고 재물은 끝없는 욕망을 불러일으킨다. 이 끝없는 경쟁심과 끝없는 욕심은 결국 인간을 병들게 하고 사회를 혼란시키는 것이다. 따라서 무지와 무욕 그리고 무위의 삼무야말로 인간이 바랄 수 있는 최고의 덕목인 것이다.[264]

작품 속 주요 등장인물인 임상옥은 '재물', 역성혁명을 통해 새로운 권력을 세우려고 한 홍경래는 '지위', 학문에 매진한 김정희는 '명예'를 상징

(3판 3쇄)을 사용하였다. 최인호, 2015, 『상도』 제1권(개정판), 여백, 6쪽.

263 최인호, 2015, 위의 책, 제2권, 147쪽.

264 최인호, 2015, 위의 책, 185쪽.

한다. 그들은 각기 자기의 길을 감으로써 성불(成佛)이 된다. 즉, 다른 이의 욕망을 넘보지 않고 절제와 균형미를 갖출 때 정상에 이른다는 것이다. 그렇다면『재벌집 막내아들』의 진도준에게 상도(商道)란 무엇인가.

> 재벌은 자신이 원하는 정책을 만들어 정부에 제시하고, 정부는 그 정책을 행동으로 옮긴다. 마지막으로 입법부인 국회의원들이 거수기 역할을 충실히 하는 것으로 끝난다. 멀쩡한 회사 하나를 껍질도 벗기지 않고 삼키는 것이 이런 조합으로 가능한 것이다.[265]

재벌물 속 재벌은 재물과 지위, 명예 모두를 거머쥐고 흔드는 존재다. 재벌 앞에서 정치가는 행동대장이자 거수기일 뿐이다.

> 이 학교를 나오지 않은 진 회장은 이들을 수족처럼 움직인다. 바로 돈의 힘이다. 하지만 우리나라에서 가장 끈끈한 줄은 학맥, 그중에서도 대학이다.
>
> 나는 한 손에는 돈을, 다른 한 손에는 동문이라는 줄을 쥐고 관료들을 수족처럼 부릴 것이다. 그래야 그들은 스스로를 수족이라 생각하지 않는다. 서로 돕는 동문이라 생각할 것이다.[266]

진도준이 서울대학교 법학과에 진학한 이유는 동문이라는 줄로 이루어진 학맥을 잡고 휘두르기 위해서다. 절제와 균형미는 전혀 미덕이 아니며 오직 그들 위에 군림할 때만 기업가로서의 존재는 빛을 발한다. 진도준은 동문이라는 이름으로 타자를 부리려 수작을 부리는 영악하고 어찌

---

265 산경, 2017~2018, 앞의 책, 36화.

266 산경, 2017~2018, 위의 책, 38화.

보면 사악해 보이기까지 하는 속물이다.

십여 년의 기간을 두고 발표된 두 기업소설에서 주인공의 성격과 추구하는 목적의식은 확연히 다르다. 『상도』가 발표된 2000년은 "이데올로기도 사라지고 국경도 사라진 21세기로 새로운 밀레니엄이 열리는 경제의 세기"[267] 의 서두였다. 그래서 작가는 책머리에 경제의 세기를 여는 포문으로 "경제의 신철학"을 밝힐만한 소설을 쓰고자 한다고 했다. 비록 진정성은 사라진 시대에 살지만 본받을 만한 상인(商人) 하나쯤은 있어야 한다고 생각했던 것이다. 그리하여 2백여 년 전에 역사 속에서 실존했던 거부(巨富) 임상옥을 허구세계로 소환했다. 그러나 더 이상 영웅적 청춘을 구가하지 못하는 세대가 담론의 장으로 들어왔을 때 윤리와 도덕적 성품으로 무장한 주인공은 '거울 자아'로서 기능할 수 없게 된다. 생존이 급선무가 된 행위자들에게 이상적 자아란 『재벌집 막내아들』의 진도준처럼 삶의 피상성을 드러내고서라도 앞에 닥친 곤궁에 응전하는 속물이지 성찰하는 내면을 가진 주체일 수 없기 때문이다.

2.3. '웰빙'을 위한 부자 되기

진도준이 순양그룹을 삼키겠다는 야욕을 가지게 된 일차적 계기는 자신을 배신한 재벌가를 향한 복수심 때문이다. 그런데 그가 복수를 하기 전에 넘어야 할 산은 창업주이자 이번 생의 친할아버지가 된 진양철만이 아니다. 진양철을 철통같이 보좌하고 있는 이학재의 벽을 넘어서야만 머슴이라는 신분을 뛰어넘을 수 있다. 과거의 윤현우에게 우상과 같은 존재일 만큼 최고의 비서실장인 이학재는 과거 윤현우가 했던 것처럼 순양그룹의 모든 비밀을 알고 있다. 하지만 둘 사이에는 커다란 차이점이 있다.

267 최인호, 2015, 앞의 책, 제1권, 7쪽.

"저 사람들은 일할 뿐이다. 어린이날이든 일요일이든 각자 맡은 일을 하는 거지. 그리고 저들은 오늘 일하는 대신 내일 쉴 거야."

"우리만 있으니까 그런 거죠, 저 사람들은 이제 우리를 미워할지도 몰라요."

또다시 쏟아지는 눈빛.

내가 한 말의 속뜻을 눈치챘을까?

우리가 싫어지면 순양도 싫어질 것이다. 결국, 소비자를 잃는 것이다.

그가 어떤 말을 할지 궁금했다.

"도준아."

"네, 백부님."

"널 미워하는 사람이 생기면 네 할아버지처럼 하려무나."

이런! 생각이 어긋났다.

"할아버지는 어떻게 하시는데요?"

"미움을 두려움으로 바꿔버리지."

그의 말이 내 머릿속에서 폭죽처럼 터졌다.

젠장, 난 아직 머슴의 생각에서 벗어나지 못했다.

주인이 되려면, 회장이 되려면 이런 자질구레한 걱정 따위는 안중에 없어야 한다.

생산성 향상, 매출 극대화, 소비자 만족 같은 하찮은 문제는 아랫것들이 걱정해야 할 문제다.

회장과 경영자는 다르다.

경영자는 회사를 살찌우지만, 재벌 회장은 돈을 버는 게 아니다. 회장은 전쟁을 한다.[268]

---

268 산경, 2017~2018, 앞의 책, 19화.

진도준은 주말에 나와 일하는 직원들을 보며 과거의 자신을 떠올린다. 동정심이 생긴 그는 직원들의 처지를 대변하는 말을 한다. 그러나 이학재는 주인 마인드를 가지라고 충고한다. 너를 미워한다면, 그 "미움을 두려움으로 바꾸라"는 것이다.

일찍이 사마천은 『화식열전』에서 "열 배 잘 나면 그를 헐뜯지만, 그것이 백 배가 되면 두려움으로 바뀌고, 천 배가 되면 고용당하고, 일만 배가 되면 그의 노예가 된다"고 했다.[269] 이학재가 진도준에게 한 말은 이와 같다. 상대를 두렵게 하여 그를 내 사람으로 만들어야 부자가 된다는 것이다. 부자는 단순히 돈이 많은 사람을 일컫는 말이 아니며 세상의 이치를 깨쳐 타자를 부릴 줄 아는 사람을 뜻한다. 열 살배기 꼬마 진도준이 이학재로부터 상대가 공포를 느끼게 하는 법을 배웠다면 이십 대의 진도준은 욕망에 공포를 곁들이면 그 욕망이 더 빨리 타오른다는 것을 습득한다.

진도준은 둘째 큰아버지인 진동기가 가진 순양건설을 뺏기 위해 그의 비자금 관리를 하는 직원들을 건드린다. 진도준의 심복인 우병준은 그들을 겁박해 비자금 계좌를 알아내자고 하지만 진도준은 반대한다. 공포를 극복할 순 있지만 욕망을 버리기는 쉽지 않다고 말한다. 진짜 두려워해야 할 것은 인간 내면에 자리한 욕망이기 때문이다.

> "간단합니다. 현재 두 사람은 돈의 맛을 알아버렸어요. 이제는 멈출 수 없을 겁니다. 전 그 맛 좋은 돈을 듬뿍 안겨줄 생각입니다."
>
> (중략)

---

269 사마천은 부자란 세상의 이치도 알고 돈도 많은 사람을 일컫는다고 했다. 쌓아둔 돈은 그리 많지 않으나 세상의 이치를 알아서 돈을 쓰는 데 아무런 문제가 없는 사람을 교자라 칭했고, 남들이 보기에 돈이 있을지라도 세상의 이치를 몰라 항상 부족한 사람을 빈자라 불렀다. 마지막으로 세상의 이치도 모르고 돈도 없는 사람은 졸자라 한다. 우승택, 2010, 『사마천의 화식열전: 2000년 전의 비밀! 부를 이룬 사람들』 1권, 참글세상, 99~108쪽.

"돈은 더 큰돈 앞에 무릎을 꿇습니다. 이놈들의 욕망을 다 채워줄 수는 없습니다."

"우 상무님."

"네."

"공포는 극복할 수 있지만, 욕망은 극복할 수 없습니다. 어차피 이 두 사람은 욕망 때문에 자멸할 겁니다. 전 돈으로 원하는 것을 얻고, 두 사람은 내 돈 때문에 자멸의 속도만 높일 뿐이죠."

다시 생각에 빠진 우병준은 마침내 싱긋 웃었다.

"이솝우화가 생각나는군요. 외투를 벗기는 건 결국 햇빛이다?"

"그렇습니다. 하지만 이 이야기는 좀 다르죠. 외투를 벗기는 게 아니라 안락한 인생을 벗겨 버릴 테니까요."[270]

직원들의 뒷조사를 해 이를 빌미로 그들을 협박하면서 뒤로는 회유하는 전략을 쓴다. 여자를 좋아하는 정규환 부장에게는 코타키나발루 리조트 책임자 자리를 제안했다. 그곳에 가면 지금 받는 연봉의 두 배를 받을 수 있을 것이며 최고급 스위트룸에서 비키니 미녀들과 시간을 보낼 수 있을 거라고 말이다. 또한 그의 상사인 임종윤 전무에게는 비자금을 운용하던 인력회사를 20억 원에 매입해줄 테니 진동기와 연을 끊으라고 한다.

겁먹은 눈빛은 사라졌고 당황해서 붉게 변한 안색도 정상으로 돌아왔다. 특히 영문을 몰라 찌푸렸던 미간은 주름 하나 없이 매끈하게 펴졌다.

세계적인 휴양지, 리조트, 책임자, 비키니 미녀, 특별 수당, 두 배의 연봉.

270 산경, 2017~2018, 앞의 책, 192화.

이런 달콤한 단어가 그의 머리를 휘젓고 있을 때였다.[271]

정규환은 진도준이 지핀 욕망의 불 앞에서 마구 흔들린다. 그의 욕망이란 다름 아닌 개인의 무사안일과 행복이다. 진도준이 비자금 내역을 자세히 알게 되는 순간 진동기는 나락으로 떨어질 수 있었다. 지금껏 진동기의 검은돈을 관리한 덕분에 호의호식했지만, 그들은 더 큰 이득 앞에 주인으로 모셨던 자를 헌신짝처럼 내팽개치려 한다. 이러한 상황에 처한다면 진동기도 마찬가지로 행동할 것이라 믿기 때문이다.

진동기의 약점을 안다는 것은 양날의 검이다. 관계가 좋을 때는 동지지만 사이가 틀어지면 제거당하는 일 순위가 된다. 정규환과 임종윤은 지금과 같은 지위와 자리를 보전해주면서 안락한 생활을 유지할 만한 충분한 돈을 주겠다는 진도준의 제안이 맘에 든다. 무엇보다 더 이상 진동기의 비밀을 끙끙대며 간직할 필요가 없다. 태평하게 휴양지에서 지금 이 순간을 즐기기만 하면 되니 말이다. 이것이야말로 '잘 살기(well-being)'가 아니면 무엇인가. 수단과 방법을 가리지 않고 삶의 피상성과 천박성을 있는 그대로 긍정하는 몰염치가 이들의 가련한 안락을 뒷받침하고 있다.

3. 가치 또는 가치 부재의 문제

3.1. 사회적 가치의 퇴조가 불러온 '갓생' 살기

'87년 체제'를 살아간 사람들은 전두환이라는 거대한 안티테제를 끌어내리면 세상이 더 나아지리라는 희망과 소망을 공유한 이른바 의식 공동

271 산경, 2017~2018, 앞의 책, 194화.

체였다. 이들은 자유를 갈망하는 마음과 민주화에 대한 열망이야말로 자기들에게 제기된 문제를 해결하는 데 필요한 마음가짐이라고 보았다.[272]

'87년 체제'를 노동 체제나 헌법 체제로 보지 않고, 특수한 규범을 규정하는 에토스 체제로 본다면, 그 핵심에는 진정성이 자리잡고 있으며 그 진정성의 레짐은 민주주의·민족주의·민중주의와 같은 이데올로기뿐만 아니라 운동권 하위문화와 세대적 아비투스인 시위, 대자보, 술자리, 농활 등 특수한 주체화 장치들, 그리고 해방된 사회에 대한 집합적 꿈의 문화적 표상들로 구성된다.[273] 이러한 역사·사회적으로 구성된 마음의 레짐(regime of the heart)은 IMF 이후 신자유주의가 도래하면서 생존주의(survivalism)라는 진정성으로 대체된다.

생존주의란 경쟁 상황 속에 내던져진 개체가 살아남기 위해 분투하는 행동을 의미하는 것으로 그곳에서 낙오되지 않고 도태되지 않기 위해 각고의 노력을 기울이며 개인의 잠재된 역량을 자본으로 전환하는 자기통치술이라 할 수 있다. 생존을 '주의'로 본다는 것이 서글픈 일이지만 치부와 건강, 명성, 자아 성장 등이 사회적 삶의 공적 영역으로 포섭되면서 생존주의는 인간의 자연적 본성에 내재한 것이 아니라 역사·사회적으로 구성된 행위의 규범에 가까우며 현실 문제의 가혹함 속에서 만들어진 문화적 행위 양식이 되었다.[274] 그러므로 '87년 체제'를 살았던 사람과 생존주

---

272 김홍중은 마음(heart)을 행위 능력의 원천으로 보기 때문에 사회적 행위가 뇌나 DNA, 의식, 습관(아비투스), 육체 등으로부터 솟아 나오는 것이 아니라 행위자의 마음에서 연원한다고 주장한다. 그리고 이 마음이 작동하는 방식이 바로 마음가짐(heartset)이며 바로 이 마음가짐 안에 담지하고 있는 것이 진정성(authenticity)이다. 김홍중, 2015, 「서바이벌, 생존주의, 그리고 청년 세대: 마음의 사회학의 관점에서」, 『한국사회학』 49(1), 185쪽.

273 김홍중, 2015, 위의 글, 190쪽.

274 김홍중, 2017, 「생존주의, 사회적 가치, 그리고 죽음의 문제」, 『사회사상과 문화』 20(4), 249~250쪽.

의로 내몰린 세대를 출생코호트로 분류하기보다는 사회적 가치[275]가 퇴조함에 따라 마음의 레짐도 변화했다고 보는 것이 타당하다.

IMF 외환 위기 이후 신자유주의 시대를 살아가는 한국인의 마음에는 전반적으로 생존주의가 체화돼 있다. 하지만 생존주의가 각별히 청년 세대에게 두드러지게 나타나는 것처럼 보이는 이유는 그들이 한국 사회의 가장 취약한 고리를 형성하고 있기 때문이다.[276] 취업 대란, 대학 등록금과 대출, 그리고 부동산 문제 등 경제적 문제는 젊은 세대로 하여금 취업과 결혼, 출산을 포기하게 만든 요인이 되었다. 과거에는 그것들이 정상적 삶을 영위하는 데 기본적으로 주어진 필수적인 삶의 양태와 규범이었다면 생존주의 세대에게는 고도의 능력을 요하는 과업으로 변모한 것이다.

청년 세대는 '87년 체제'의 에토스를 공유한 부모 세대에 대해 불만을 토로한다. 부모 세대가 이중적 잣대로 사회를 바라보며 이미 이 사회의 주류임에도 불구하고 여전히 자신들을 비주류라 여기는 데 문제가 있다는 것이다. '87년 체제'하의 청년들에게 취업이나 개인 수준의 생존 문제는 시급한 문제가 아니었지만, 작금의 청년 세대에게 생존을 추구하는 문제는 죽음과 직결된 생사를 건 투쟁이다. 그러므로 청년 세대에게 진짜 주류는 부모 세대이다.

청년 세대는 부모 세대가 자기들만큼 절박한 인정투쟁에 놓여 본 적이

---

275 사회학에서 가치(virtue)란 인간 삶에서 궁극적으로 옳고, 바람직하며, 타당한 것들을 가리키는 경향이다. Graeber, D., 2009, 『가치이론에 대한 인류학적 접근: 교환과 가치, 사회의 재구성』, 서정은 옮김, 그린비, 26쪽.

276 김홍중은 생존주의가 앞선 세대가 만든 제도와 장치를 통해서 주체화된 것이지 갑자기 청년 세대에게 드러나게 된 사회적 양식이 아니라는 것이다. 부모 세대가 체득한 삶의 진리가 가정교육을 통해 재생산된 측면이 크므로 우리 시대의 청년 연구는 반드시 그 부모에 대한 연구, 부모와 청년 사이의 다각적 관계와 상호작용의 형식, 유년기 이후 현재까지 그들의 인성과 습성, 가치 등에 영향을 미친 주요 담론이나 제도, 도덕적 장치 등을 총체적으로 논의해야 한다고 보았다. 김홍중, 2017, 앞의 글, 202쪽.

없다고 주장한다. 그들은 별다른 노력을 기울이지도 않고 손쉽게 대기업에 들어갔고, 서울 아파트를 싸게 사서 재산을 증식하고 자식들을 특목고나 자사고, 명문대 등에 보내 특권을 세습했다. 그러면서 청년 세대가 재산을 증식하고자 하는 방식에는 한탕주의라고 비난을 퍼붓는다는 것이다. 실제로 2017년 비트코인 대란 이후 청년 세대의 '빚투'가 사회적 이슈로 떠올랐고, '떡상'과 '떡락'을 반복하는 코인의 특성상 벼락부자가 되거나 알거지가 되거나 둘 중 하나가 되었다.

청년 세대가 코인 투자에 몰두한 근본 원인은 그들이 풍요로운 미래에 대한 야심 차고 원대한 꿈이 없어서일 수 있다. 이미 지위와 계층이 공고화된 상황에서 재산과 부를 증식하는 방법은 코인이나 주식과 같은 유동자산에 투자하는 길밖에 없다고 여기기 때문이다. 혹여나 우연이 극대화돼 큰돈을 벌게 된다면 다행이지만 그게 아니더라도 더 아래로 떨어지지만 않기를 바라는 마음에 매주 로또를 사고, 스포츠 토토를 긁으며 월급날이 되면 주식이나 코인을 사들이는 것이다.

『보이스피싱인데 인생역전』에서도 주인공에게 최초로 제공되는 무료 서비스는 로또나 스포츠 토토, 또는 기업의 주가 정보다.

— 빅엔터테인먼트 27227주

— 매수 3,370(-1.00%) 금액 91,754,990

(중략)

한동안 검색사이트의 메인을 지켜보던 강주혁은 빅엔터테인먼트의 증권 상황을 클릭했다. 클릭하자 토론실이란 곳이 눈에 띄었다. 토론실은 축제 분위기였다.

— 드디어! 나에게도 빛이!

— 미쳤네.

— 빅엔터 개미들아 쏴리질러!

— 쩜상 ㅊㅊ

(중략)

접속하자마자 보유주식 현황을 체크한다.

— 빅엔터테인먼트 27227주

— 매수 3,370(-1.00%) 금액 91,754,990

— 현재 4,230(+24.5%) 금액 115,170,210

— 손익 23,415,220

단 몇 십 분 만에 돈 2천만 원이 붙어 있었다.

강주혁은 갑자기 불어난 돈을 보며 경악을 금치 못한다. 이런 세상도 있구나 싶었다.[277]

강주혁은 보이스피싱이 알려주는 미래 정보를 이용해 시드 머니를 마련하고 그 돈으로 사업을 시작하며 인생을 레벨업(levep-up) 한다. 강주혁이 원룸 단칸방에 처박혀 은둔형 외톨이로 살았던 삶을 절연하고 새 삶으로 도약하기 위해서는 이 시드 머니는 아주 소중한 디딤돌이다. 결국 청년 세대가 한탕을 바라고 했다는 코인 투자도 생존의 일환일 뿐이다. 금전적으로 부족하지 않고, 평범하게 가정을 꾸리고, 사회에 융화돼 평화롭게 살기 위해 '한탕'을 노리는 것이다. 이것은 위에서 말한 취업-결혼-출산으로 이어지는 전통적 규범을 사수하기 위한 고투이자 평범함에 대한 열정 그 이상도 그 이하도 아니다. 즉, 청년 세대에게 '갓생'[278]은 신처

---

277 장탄, 2019~2020, 앞의 책, 9화.

278 신을 뜻하는 God과 한자 생(生)이 합쳐진 신조어로 자기계발의 끝판왕을 가리킨다. 남들에게 모범적이고 부지런한 삶을 사는 사람을 가리켜 '갓생 살고' 있다고 표현한다. 그래서 하루 일과가 끝나고 운동 인증샷을 SNS에 올리며 '오운완(오늘 운동 완료)'이라는 해시태그를 걸거나 남보다 새벽에 일찍 일어나는 사람들이 모인 오픈카톡방에 들어가 '미라클 모닝(miracle morning)' 인증 글을 쓰는 등의 행동이 이런 소소한 '갓생 살기'의 자기 현시 예다.

럼 사는 삶이 아니라 부지런하고 생산성 있는 일을 하며 소소한 행복을 얻는 일인 것이다. 이러한 논리는 19세기 초반 새뮤얼 스마일즈(Samuel Smailes)가 쓴 『자조론(Self-Help)』에서 주장하는 바와 그다지 다르지 않다. 그는 삶의 존속과 보호를 위해 하나님께 의지하는 대신 개인의 노력을 강조했다. '자조(Self-Help)'의 최종 목표는 지위를 향상시켜 부유해지는 것이다.[279] 그러기 위해서는 근면성이 뒷받침되어야 하며 언제나 바쁘게 살아야 한다. 『보이스피싱인데 인생역전』의 강주혁 또한 엔터테인먼트 사업을 시작하면서 언제나 밤늦게까지 일하고 그 누구보다 일찍 일어나며 커피를 물보다 더 많이 마신다.

이틀 뒤, 이른 아침 사장실.

새벽이라고 봐도 무방한 시간. 요 며칠 주혁은 자신이 손댄 일이 돌아가는 상황을 파악하는 데도 어마어마한 시간을 쏟아야 했기에 일찍부터 출근했다.

띠링.

출근하자마자, 주혁의 핸드폰에 문자가 도착했다.

VIP 독립파트 팀장.

— 사장님, 재미있는 사진 한 장 보냅니다. 확인하세요.[280]

같은 날 늦은 밤, 강주혁 오피스텔.

최화진과 계약을 마친 후 그녀를 집에 데려다주고 주혁이 오피스텔에 도착한 시간은 밤 11시가 넘은 시간이었다.

온몸에 피곤이 덕지덕지 붙은 채로 샤워를 마친 주혁은 곧장 침대로

---

279 Smiles, S., 2006, 『자조론』, 김유신 옮김, 21세기북스, 33쪽.

280 장탄, 2019~2020, 앞의 책, 81화.

몸을 던졌다.

스윽.

이어서 턱밑까지 이불을 당겼을 때였다.

♬띠링 띠링! 띠링 띠링! 띠링 띠링!

베개 언저리에 놓인 핸드폰이 울렸다. 잠시간 움직임이 없던 주혁은 어렵사리 핸드폰을 집었다.

김재황 사장.

발신자는 김재황 사장이었다.[281]

같은 날 늦은 밤, 사장실.

자리에 앉아 밀린 업무를 보던 주혁이 피곤했는지, 눈과 눈 사이를 꾹꾹 누르다, 커피머신으로 이동했다.

취익!

커피를 추가로 떠온 주혁이 책상 위에 펼쳐져 있는 수첩을 내려다봤다.

진행 중인 미래 정보들이 보였다.[282]

인용문에서 볼 수 있듯이 강주혁은 출근해서 자리에 앉자마자 업무 연락을 받고, 밤늦게 집에 들어가 겨우 눈 좀 붙이려 했더니 거래처 사장이 전화를 걸어오고, 밤이 늦은 시각이지만 퇴근은커녕 커피를 연거푸 들이켜며 밀린 업무를 봐야 한다. 비록 미래에 대한 정보를 받아 남들보다 앞서나갈 기회를 얻었지만, 그럼에도 매 순간마다 최선을 다하지 않으면 한순간에 나락으로 떨어질 수 있다는 불안과 조악한 생존에 대한 열망이

281 장탄, 2019~2020, 앞의 책, 103화.

282 장탄, 2019~2020, 위의 책, 109화.

강주혁을 '갓생'에 종속되도록 이끌고 있다. 기실 허구세계가 믿는 체하기의 세계라면, 강주혁의 '갓생'은 생존이 '주의'로 격상한 시대를 살아가는 우리의 자화상이다.

3.2. 경쟁과 성장을 대신하는 대리만족 미션

『보이스피싱인데 인생역전』의 강주혁은 보이스피싱이 제공하는 미래정보를 이용해 엔터테인먼트 업계의 일인자가 된다. 그는 사업가로만 성공하는 게 아니라 세계적 기업으로 회사를 키운 후에는 본업인 배우로 돌아가 진정한 연기파 배우로 거듭나게 된다. 전 소속사 사장의 계략으로 나락에 떨어지지만, '추락하는 것에는 날개가 있다'는 말처럼 그는 역경을 딛고 결국 원하던 것을 이룩하게 된다.

보이스피싱 내용은 마치 MMORPG 게임에서 제공되는 상태창을 연상시킨다.

[‘실버’ 단계의 주인이신 강주혁님 안녕하세요!]

[강주혁 님의 유료 서비스 ‘실버’의 남은 횟수는 총 25번입니다.]

[유료 서비스인 ‘실버’ 단계를 통해 인생역전에 더욱 가까워지길 기원합니다!]

[계속 진행을 원하시면 1번을 눌러주세요.]

(중략)

[들으실 항목의 키워드를 ‘선택’해주세요!]

[1번 ‘보이스프로덕션’, 2번 ‘당해낼 수 없다’, 3번 ‘새벽 3시’, 4번 ‘데이트 폭력’, 5번 ‘1년 전 겨울’, 6번……]

[다시듣기는 # 버튼을 눌러주세요.]

키워드를 듣자마자, 주혁은 눈알이 커지며 1번 ‘보이스프로덕션’을

연타했다.[283]

보이스피싱에는 강주혁이 운영하는 보이스프로덕션의 소속 배우인 강하진이 전작 영화인 〈폭풍〉 촬영 전에, 스텝과 함께 한 워크숍에서 감독에게 심한 성추행과 성희롱을 당했다는 이야기를 폭로하는 내용이 담겨 있다. 보이스피싱은 아직 일어나지 않은 근미래의 정보를 제공하므로 강주혁이 해당 퀘스트에서 상황을 바로잡지 못한다면, 알려준 대로 불운한 일이 벌어질 것이다. 그러므로 보이스피싱은 강주혁에게 강하진이 영화감독으로부터 성폭행당하는 일을 미연에 막아달라는 미션을 내린 것이나 마찬가지다.

내부에 배치된 식탁에는 심황석 감독과 강하진 그리고 캐스팅 팀장이 앉아 있고, 추민재 팀장과 로드매니저는 바닥에 쓰러져 있다.

바닥에 누워있는 추민재 팀장과 로드매니저를 보며 후덕한 캐스팅 팀장이 비릿한 웃음을 지으며 입을 열었다.

"감독님, 아무리 그래도 수면제를 먹인 건 좀 너무하지 않습니까?"

(중략)

말을 마친 심황석 감독이 식탁 오른쪽에 삼각대 그리고 그 위에 얹힌 디지털카메라를 가리켰다.

"근데 저거 지금 녹화 제대로 되는 거지?"

"아, 헤헤. 당연하죠."

(중략)

"잘 확인해. 그게 나중에 다 무기가 되는 거니까. 우리가 지금까지 해먹은 게 전부 고놈 덕분이잖나."

---

283 장탄, 2019~2020, 앞의 책, 115화.

"그라믄요. 자~알 알죠."

씨익 웃은 심황석 감독이 다시 강하진을 쳐다보며 자리에서 일어났다.[284]

이미 일은 벌어졌다. 강하진의 담당 매니저인 추민재 팀장과 로드매니저는 심황석 감독이 권한 양주를 다량으로 마신 후 곯아떨어졌고, 술을 마시지 않겠다는 강하진에게는 수면제를 투여해 실신시켜 놓은 상태다. 감독과 그의 공범인 캐스팅 팀장은 앞으로 행할 성폭행 장면을 녹화해 입막음용으로 활용할 계획이다. 보이스피싱이 말한 것처럼 사건은 조만간 일어날 것처럼 보인다. 그러나 웹소설 속 플레이어인 주인공은 장대한 승리(Epic Win)를 거둠으로써 가능성의 영역을 확장한다.[285] 주인공은 불가능을 가능으로 바꾸며 적대자가 반항하지 못하도록 만든다.

손에 박 과장이 매달린지도 모르는 것처럼 보였다.

사형집행자처럼 박 과장을 질질 끌고 오는 강주혁을 공포스럽게 쳐다보던 심황석 감독이 가만히 서 있는 황 실장을 보며 악을 질렀다.

"이, 이봐! 당신은 안 말리고 뭐 해!"

(중략)

"아악!"

심황석 감독이 고통스러운 비명을 질렀다. 침까지 흘려댔다. 언뜻 보면 약에 취한 사람처럼 보이기까지 했다.

---

284 장탄, 2019~2020, 앞의 책, 116화.

285 장대한 승리(Epic Win)는 게이머들의 은어로 크고 놀라운 성공을 뜻한다. 이를테면 아슬아슬한 역전승, 이례적이지만 효과가 엄청난 전력, 계획보다 잘 돌아가는 팀워크, 전혀 뜻밖의 플레이어가 보이는 영웅적 행동 등이다. 즉 불가능하다는 통념을 깨뜨림으로써 비범한 인물로 거듭나게 된다. McGonigal, J., 2012, 『누구나 게임을 한다』, 김고명 옮김, 알에이치코리아, 342~344쪽.

당연했다. 강주혁의 온 힘이 왼손에 집중됐으니까.

(중략)

귀빵을 후드려맞은 심황석 감독의 양 볼은 어느새 시뻘겋게 물들었고, 이어서 주혁이 그의 머리채를 잡은 채 심황석 감독에게 가까이 다가가며 의자에 앉아있는 그의 사타구니 중앙을 구둣발로 지그시, 그러나 우직하게 눌렀다.

(중략)

"앞으로 너는 포기의 연속일거야. 니 인생에 기대라는 단어는 없을 거다."

짧게 말을 마친 주혁이 심황석 감독의 머리채를 거칠게 던졌다. 이어서 주혁의 신경은 곧바로 새근새근 잠들어있는 강하진으로 돌아갔다.[286]

강주혁은 '강트맨'이라는 별명에 걸맞게 영웅적으로 강하진을 구해낸다. 그리고 악당 심황석을 벌줌으로써 서사세계 내에 시원한 '사이다'를 제공한다. 에피소드는 단발적으로 끝나는 게 아니라 갈등의 씨앗을 남겨둠으로써 강주혁의 적대 세력과 연결점을 만든다. 심황석 감독의 차 트렁크에서 이른바 '얼음'이라 불리는 마약과 함께 전화번호가 적힌 쪽지가 나온다. 이 번호를 추적해보니, 아는 사람의 것이었다.

"역시 대포폰이었습니다."

(중략)

"다만, 이 번호의 통화내역은 확인할 수 있었습니다."

황 실장이 여러 번호가 빼곡하게 적힌 종이 몇 장을 주혁에게 내밀었다. 그런데 황 실장이 표시해둔 것인지, 중간마다 형광색 밑줄이 그어져

---

286 장탄, 2019~2020, 앞의 책, 117화.

있었고.

"이 밑줄은?"

"주기적, 반복적으로 찍힌 번호들을 표시하고 확인해봤습니다."

"그러니까 이 대포폰을 사용하는 놈이 자주 연락하는 번호다?"

"맞습니다."

(중략)

말없이 종이를 쳐다보던 주혁이 느닷없이 핸드폰을 꺼내, 형광펜으로 밑줄 쳐진 번호를 입력했다.

그런데 희한하게도 주혁의 핸드폰에 한 명의 연락처가 검색됐다.

— 장수림 변호사.

(중략)

'심황석 감독이 가지고 있던 마약 파우치. 그 안에서 나온 쪽지. 그 쪽지에 적힌 핸드폰 번호. 대포폰. 그 대포폰을 사용하던 놈이 자주 연락하던 번호.'

그 번호의 주인이 장수림? 그 순간 무언가 떠올린 주혁이 짧게 읊조렸다.

"류진태?"

"확실하진 않습니다만, 저도 이 번호의 주인은 류진태일 가능성이 크다고 생각합니다."

주혁이 턱을 쓸었다.

"지금 류진태가 어딨죠?"

"교도소에 있습니다. 여주 쪽에 있는."

"음. 만약 이 번호, 류진태가 맞다면 그 인간 일본으로 성매매만 한 게 아니란 소린데. 뭔가 일이 흥미롭게 흘러가네."[287]

---

287 장탄, 2019~2020, 앞의 책, 130화.

류진태는 강주혁을 나락으로 빠뜨렸던 전 소속사 사장이다. 여자 연예인 성매매뿐만 아니라 마약 판매까지 손을 뻗쳤고 정수림과는 동업 관계다. 그 와중에 류진태의 윗선인 박종주가 GM엔터테인먼트를 사들이고 사장 자리에는 이강수가 앉는다. 이강수는 일본 최대 연예 기획사인 F레이블 프로덕션의 수장인 토우타 나오무네의 오른팔로 이들은 모두 마약 사업을 통해 부를 축적 중이다. 류진태-장수림-이강수-토우타 나오무네로 이어지는 적대자 원형은 뒤로 갈수록 힘이 세다. 이것은 하나의 퀘스트를 깨면 더 어려운 단계로 진입, 상대하기 어려운 적수를 만나게 되는 게임의 방식과 유사하다. 레벨이 올라가면 보이스피싱은 더 고급 정보를 던져주고, 이를 이용해 강주혁은 한 단계씩 성장을 이룬다.

이러한 게이미피케이션(gamification) 서사는 끊임없는 자기 혁신과 자기계발을 도모함으로써 변화하는 상황에 스스로를 맞춰가야만 하는 실제세계의 거주자들의 삶과 일치한다. 강주혁의 미션 수행이 보이스피싱의 정보 없이는 불가능하다는 것은 현대 사회를 살아가는 우리가 자신의 운명을 스스로 결정할 수 없는 환경에 놓여 있다는 것을 방증한다. 부모가 가진 재산, 타고난 외모 등의 변수가 자기 결정성을 위협할 때 인간은 불행을 느낀다. 통제할 수 없는 일들이 늘어날수록 통제할 수 있는 부분에 대한 민감도가 높아지는 것이다.[288] 그러므로 실패하지 않는 주인공을 볼 때 그 서사에 감정이입이 늘어나고 주인공이 도전한 일에 성공할 때는 '사이다'라 불리는 강렬한 쾌감을 느끼게 되는 것이다. 이러한 대리만족은 판타지 장르에서보다는 배경이 좀 더 직접적으로 현 시대와 연결되는 현대판타지 장르에서 두드러진다. 특히 『보이스피싱인데 인생역전』의 경우와 같이 재중심화(recentering)를 통해 유사 무한성이 반복되는 행마(行馬)를 뚜렷이 보여주는 텍스트에서는 각각의 세계들이 갖는 상대적인 위

288 임홍택, 2022, 『그건 부당합니다』, 와이즈베리, 149쪽.

치가 곧 서사 게임의 전략적 상황이 되며, 이 서사 게임의 규칙은 각각의 행마를 중심(center) 쪽으로 더 가까이 가도록 하는 것이다.[289] 즉, 재중심화되어 여러 버전으로 이루어진 세계는 텍스트 실제세계(TAW) 내에서 끊임없이 변화하며 커다란 줄기를 구성해나간다.

3.3. 신뢰할 수 있는 최소 장치로서의 '공정' 테마

강주혁이 톱스타 자리에서 추락해 단칸방에 갇히게 된 건 적대자 세력이 저지르는 불의를 참지 못했기 때문이다. 류진태는 그 당시에도 소속 여배우를 이용해 박종주와 같은 재벌들에게 성상납과 술접대를 하며 부(富)를 축적했다. 강주혁은 동료 여배우가 비인간적인 상황에 내몰리는 데 분개했다. 결국 이를 참지 못한 강주혁은 박종주가 여배우로부터 접대받는 자리를 찾아가 뒤집어버린다. 그리고 류진태에게는 다시는 이런 짓을 하지 말라고 경고한다. 재벌가 자제인 박종주는 자신에게 모욕감을 준 강주혁을 파멸시킬 계획을 세운다. 그리고 매장 작업은 성공적으로 이뤄진 것처럼 보였다. 적어도 5년간 강주혁은 집 밖을 나오지 못했으니 말이다.

보이스피싱은 억울하게 누명을 쓴 강주혁에게 손을 내민다. 인성과 능력을 겸비한 강주혁이 모함과 질시로 인해 재능을 꽃피우지 못한다면 그것 자체가 불의이기 때문이다. 강주혁은 미래 정보라는 특별한 기회를 받을 만큼 충분히 자격을 갖춘 사람이다. 사실 강주혁은 태생적으로 '강트맨'의 기질을 내재하고 있었다. 동료의 어려움에 눈과 귀를 닫고 있는다 한들 누구 하나 뭐라 할 사람이 없다. 동료가 처한 곤경은 그녀들 자신의 문제인 것이지 강주혁과는 하등 상관이 없기 때문이다. 하지만 정의롭지

---

289 Ryan, M., 1991, op.cit., p. 119.

못한 행동에 눈을 감는 것은 부끄러운 일이라고 생각했기 때문에 기꺼이 나서고 말았다. 그러나 정의로운 행동에 대한 대가는 너무나 가혹했고 억울했다. 그래서 공정한 기회를 주고자 보이스피싱이 나선 것이다.

['저녁 7시 50분'! 용인에 있는 행복 초대박 로또점에서 강순철 씨가 '저녁 7시 50분' 751회차 로또 5장을 사고, 로또점 옆길로 들어서자마자, 로또 한 장을 바닥에 떨어뜨립니다. 아차! 그 로또를 5분 뒤 김진구 씨가 줍게 되는데요? 그 로또 한 장의 당첨금이 김진구 씨의 인생을 바꾸게 되고, 이 이야기는 웹상에 퍼져 화제를 불러일으킵니다.][290]

강주혁은 7시 50분에 강순철이 로또를 떨어뜨리는 곳을 지나며 로또 종이를 줍는다. 그리고 재빨리 로또 판매점에 들어가 강순철이 색칠한 숫자를 그대로 베껴서 수동으로 로또를 구매한다. 그 다음에 강주혁은 원래 로또 주인에게 이것을 돌려주기 위해 처음 장소로 이동한다. 때마침 잃어버린 로또를 찾고 있던 강순철은 강주혁이 돌려놓은 로또 종이를 발견하고 안도의 한숨을 쉰다.

위의 에피소드는 로또의 원래 주인인 강순철이 로또에 당첨돼 인생역전을 하고, 강주혁 또한 강순철이란 사람으로 인해 이득을 본다는 스토리다. 얼핏 보면 강주혁이 모든 일을 순리대로 푼 것처럼 보인다. 로또는 원래 주인을 찾았고 강주혁은 덤으로 행운을 얻은 것뿐이다. 보이스피싱이 준 미래 정보처럼 김진구가 로또 종이를 주웠다면 원래 주인인 강순철은 당첨금 구경을 하지 못했을 테니 말이다. 이렇게 상황을 해석한다면 강주혁은 옳은 일을 한 것이다. 그러나 김진구야말로 우연히 찾아온 행운을 강주혁 때문에 뺏긴 것은 아닐까? 미래 정보에 의하면 김진구는 우연

290 장탄, 2019~2020, 앞의 책, 6화.

히 주운 로또 한 장으로 인생역전을 이룰 수 있었는데 강주혁이 개입함으로써 그것이 무산되었기 때문이다.

『보이스피싱인데 인생역전』의 서사는 공정성의 기본 전제인 기회균등 원칙을 잘 지키는 편이다. 여기에는 한국인이 분배 불평등보다 기회 불평등에 더 민감하며 인생의 성공을 위해서는 모든 사람에게 자신의 역량을 발휘할 수 있는 제반 기회를 균등하게 주는 것이 타당하다는 인식이 작용한 듯 보인다.[291] 김진구와 강주혁은 한참 후에 다시 재회한다.

> 주혁을 보느라 발이 꼬였는지, 대뜸 자빠졌다.
>
> "아오- 씨."
>
> 그러다 남자가 입고 있던 바지를 툭툭 털며 다시 일어나는 데까지는 그리 오래 걸리지 않았다. 표정에는 민망한 기색이 역력했다.
>
> "……."
>
> 그 모습을 주혁은 말없이 지켜볼 뿐이었고, 남자는 연신 온몸을 털어대면서 재빠르게 자리를 벗어나기 시작했다.
>
> 그런데 남자가 넘어진 자리에 검은색 물체가 주혁의 눈에 띄었다. 꽤 도톰해 보이는 지갑이었다.
>
> "저기."
>
> 지갑을 보자마자 주혁이 남자를 불렀으나, 남자는 주혁의 말을 들었는지 어쨌는지, 재빠르게 원룸 건물로 모습을 감췄다.
>
> 그 바람에 속으로 짧게 혀를 찬 주혁이 바닥에 떨어진 지갑을 주워 펼쳤고, 곧장 지갑 속 남자의 신분증이 모습을 드러냈다.
>
> — 주민등록증
>
> — 김진구.

---

291 엄승범 · 김재우, 2021, 앞의 글, 6쪽.

"김진구?"[292]

김진구는 애니메이션 〈폭풍전야〉를 만드는 큐애니스튜디오의 리더였다. 〈폭풍전야〉 시나리오를 쓴 고진아는 이곳에서 시나리오 작가로 일하고 있지만, 작품이 애니메이션으로 제작될 가능성은 희박했다. 투자는 이루어지지 않았고, 몇 년째 시나리오는 사무실에 묻혀 있기 때문이다. 그 와중에 고진아는 용돈벌이라도 할 겸 영화용으로 시나리오를 각색해 강필름에 팔았다. 영화 시나리오를 먼저 본 강주혁은 영화로 제작하자고 했고, 지금 영화 촬영이 한창이었다. 그런데 보이스피싱 정보에 의하면, 애니메이션으로 제작되는 〈폭풍전야〉도 흥행에 성공한다고 한다. 그런데 표절시비에 휘말려 그 성공은 오래가지 않는다는 단서가 붙었다.

'나 대신 로또를 주웠을 김진구. 그가 큐애니스튜디오의 책임자였어. 그런데 내가 개입하면서 김진구가 로또를 줍지 못했지.'

주혁이 당시 상황을 떠올리며 팔짱을 꼈고.

'그리고 한참 뒤에 영화 '폭풍' 시나리오가 세상에 나왔고, 내가 영화 '폭풍' 시나리오를 산 뒤에 애니메이션 '폭풍전야' 미래정보를 들었어. 그런데 두 작품 다 고진아라는 작가가 썼다 이거고. 고진아는 큐애니스튜디오 소속.'

생각을 마친 주혁이 잠시 들렀던 큐애니스튜디오의 열악한 환경을 떠올렸다.

'내가 개입했기 때문에 애니메이션 제작을 하지 못한 것은 아닐까?'

만약, 강주혁이 로또를 줍지 않고 김진구가 주웠다면, 그랬다면 분명 김진구는 그 돈으로 애니메이션을 제작하지 않았을까? 정도로 주혁이

292 장탄, 2019~2020, 앞의 책, 167화.

추측했다.

하지만 김진구는 로또를 줍지 못했다.[293]

강주혁은 자신이 개입함으로써 바뀐 미래에 대한 책임을 느꼈다. 현재 큐애니스튜디오는 애니메이션 제작은커녕 사무실 임대료도 내지 못하는 형편이다. 강주혁 대신 김진구가 로또를 주웠다면 아마도 〈폭풍전야〉가 애니메이션으로 제작되었을지 모른다. 그러나 표절시비에서 자유롭지 못할 수도 있었다. 애니메이션보다는 강주혁이 제작에 참여한 영화 〈폭풍〉이 먼저 개봉할 테니 말이다.

그러나 강주혁이 개입함으로써 훨씬 좋은 상황이 만들어지게 된다. 신준규라는 망나니 배우가 음주운전을 저질러 세계적으로 유명한 애니메이션 감독인 최상희를 죽일 뻔한 걸 강주혁이 보이스피싱을 통해 미리 정보를 알고 구해주기 때문이다. 최상희는 강주혁에게 감사 인사를 하기 위해 찾았다가 〈폭풍전야〉 감독을 맡게 된다.

"제가 말한 건 규모를 말씀드리는 게 아닙니다. 회사가 다루는 영역을 말씀드리는 거죠. 제겐 원대한 목표가 있습니다. 그 목표를 향해 걸어가는 도중에 만난 게 애니메이션이고, 전 아깝습니다. 그 수많은 인재들이 국내를 떠나, 해외로 나가는 것이. 죄다 뺏기는 일이니까."

"그러니까, 사장님 말씀은."

말을 정리하려던 최상희 감독보다 주혁의 말이 빨랐다.

"개척자가 되면 어떨까 싶습니다."

개척자.

순간, 최상희 감독은 어째선지 가슴이 뛰었다. 개척자라는 짧은 단어

---

293 장탄, 2019~2020, 앞의 책, 173화.

덕분이었다. 더불어 그 단어를 뱉은 인물이 최근 국내 엔터계를 휘어잡고 있는 강주혁.

절대 말을 허투루 뱉을 리가 없었다.[294]

국내 애니메이션 업계가 열악하다 보니 실력 있는 감독들은 해외에서 활동해 성공하는 경우가 많았다. 최상희도 그런 케이스였다. 그런데 이미 강주혁이 일군 보이스프로덕션은 할리우드와도 합작 영화를 제작할 만큼 규모가 크고 내실 있는 기업이다. 김진구가 로또 당첨금으로 애니메이션을 제작했다 한들 최상희를 감독으로 캐스팅하지는 못했을 것이다. 그동안 최상희는 국내 애니메이션 업계는 거들떠보지도 않았기 때문이다.

강주혁이 정보를 이용해 미래를 바꾸는 바람에 김진구는 인생역전의 기회를 놓치는 듯했지만, 결과적으로는 더 큰 보상을 얻게 된 셈이다. 이로써 김진구는 그토록 간절히 바랐던 애니메이션 제작을 계속할 수 있게 되었고, 심지어 최상희 감독이라는 명감독과 함께 일할 기회를 얻게 되었다.

우리 삶에서 기회가 가치 있는 이유는 그것이 자아실현과 그로 인해 발생하는 행복감과 밀접히 연관돼 있기 때문이다. 인간은 쾌락을 느끼는 기계에 불과한 게 아니다.[295] 단지 쾌락을 수동적으로 경험하는 것을 넘어

294 장탄, 2019~2020, 앞의 책, 232화.

295 로버트 노직은 경험기계(experience machine) 문제를 제기한 바 있다. 당신이 원하는 그 어떤 경험이라도 마련해 줄 경험기계가 있다고 가정하자. 그 기계에서는 모든 체험이 미리 처리된 채로 뇌에 주입되어진다. 그리하여 실제로는 아무것도 하고 있지만 마치 당신이 위대한 소설을 쓰고 있다고 착각하거나 또는 흥미 있는 책을 읽고 있다고 느끼게 만들 수 있다. 그렇다면 당신은 이 기계에 평생 연결돼 있길 원하는가? 노직은 경험기계의 가장 난감한 점이 우리를 대신해 우리의 삶을 사는 점이라고 했다. 우리가 욕구하는 것은 현실과 접촉하여 능동적으로 우리 자신을 사는 것이다. 경험기계가 우리를 대신하지 못하는 이유를 그는 세 가지 들었다. 첫째, 경험을 하는 게 중요한 게 아니라 우리가 무엇을 하고 싶어 하는지가 중요하다. 우리는 무언가를 경험하길 원하는 게 아니라 무언가를 행동하길 원한다. 둘째, 경험기계에 연결된 인간은 무규정의 형체 없는 덩어리에 불과하다. 인간은 나 자신, 우리 자

직접 행동을 통해 자신의 소질과 능력을 계발하길 원한다. 이를 통해 인간은 고유의 개성을 가진 존재가 될 수 있으며 사회에서 뭔가 의미 있는 일을 실제로 성취하게 되면 남들에게 인정받고 존중받게 되는 것이다. 우리는 타인과의 관계 속에서 행복을 얻는다. 이것은 쾌락을 경험하는 것 이상의 것을 포함하고 있다. 행복하게 산다는 것은 잘살아가고 있음을 보여주는 지표다.[296] 결국 이것은 이 시대의 '잘살기(Well-Being)'와 긴밀히 연결된 지표이며 기회가 공정하게 주어진다는 것은 소망하는 삶을 살 수 있는 길이자 이 사회가 최소한으로 제공해야 할 신뢰 장치이다.

신으로, 인간인 '나'로 존재하길 원한다. 셋째, 경험기계가 만든 세상은 인조의 현실로 인간이 구축할 수 있는 것보다 더 심오하거나 중요치 않는 세계에 제한될 수 있다. 환각제를 통해 겪는 경험세계가 아무리 황홀하다 할지라도 그것이 나타내는 표상은 국지적일 수밖에 없다. 실제 인간의 삶은 훨씬 다양하며 심오하다. 우리가 경험기계에 접속해서 만나는 세상은 환각제의 세상이 표상하는 그것과 같을지도 모른다. Nozick, R., 2005, 앞의 책, 68~71쪽.

296 UN 산하 자문기구인 '지속가능발전해법네트워크(The Sustainable Development Solution Network, SDSN)'에서 정기적으로 발간하는 제7차 「세계 행복 보고서(World Happiness Report)」(2019)를 보면, "어려움에 처했거나 도움이 절실할 때 믿고 의지할 친지가 있는가"라는 항목 지표에서 대한민국은 전체 조사국 156개국 중 101위, "하루에 얼마나 웃고 즐거운 감정을 느끼는가"라는 긍정적 감정 상태 항목 지표에서는 91위를 차지했다. 한국 사회가 경제적 부(富)의 측면에서는 OECD 국가 중 상위권이지만, 삶의 질 측면에서는 하위권에 속한다는 것을 보여주는 지표이다. 김도균, 2020, 『한국 사회에서 정의란 무엇인가: 우리 헌법에 담긴 정의와 공정의 문법』, 아카넷, 273~274쪽.

제5장

결론

2013년 '네이버 웹소설 공모전'에서 시작해 웹소설이란 용어가 처음 태동한 이래 웹소설 장르는 시장 상황에 따라 압축과 변형을 거듭해왔다. 장르 교섭 현상도 활발해 '판타지' 장르에서는 '현대판타지(현판)'가 '로맨스' 장르에서는 '로맨스판타지(로판)'가 각기 분화하였다. 그러나 웹소설에서 장르는 그동안 변화와 생성을 거듭해왔듯 언제든 앞으로도 변형되거나 변용될 여지가 있으며 해당 논의는 '지금 현재'에 초점을 맞춘다.

'현대판타지' 장르는 '현대물'과 '판타지'라는 두 장르의 이종교배 장르답게 각각의 장르가 지닌 특성을 함께 지니고 있다. '현대물'이라 함은 '현대'가 가진 실제의 시공간을 모방하고 재현하는 이야기다. 거기에 '판타지'라는 기이와 경이 사이의 세계가 섞였으니 '현대판타지' 장르의 서사세계는 환상과 실재를 넘나드는 다양한 세계관을 지니고 있다 할 수 있다. 그러므로 해당 장르에 관한 새로운 연구방법이 필요해졌으며 본고에서는 가능세계이론을 주요 방법론으로 채택하였다.

가능세계라는 개념은 가능성과 필연성의 개념에서 생겨난 것으로 언어 그 자체를 대상으로 하는 구조주의 문법에 반발해 자신들의 연구에 의미론적 성분을 더하기 위한 시도로 변형문법생성 학자들에 의해 본격적으로 논의되기 시작했다. 이후 철학자이자 서사학자인 데이비드 루이스(David K. Lewis), 언어학자 솔 크립키(Saul Kripke), 논리학자 자코 힌

티카(Jaako Hintikka) 등에 의해 참과 거짓을 다루는 허구성 개념이 논구되었으며, 움베르토 에코(Umberto Eco), 토마스 파벨(Thomas Pavel), 루보미르 돌레첼(Lubomîr doležel), 도린 마흐트레(Doree Maître), 엘레나 세미노(Elena Semino), 마리-로르 라이언(Marie-Laure Ryan) 등의 문학 이론가들에 의해 가능세계이론은 서사론적 의미론에 적용되었다. 이 중 텍스트를 통한 새로운 세계 창조와 그 관계 양상을 살펴본 M. 라이언의 서사이론이 한국 웹소설의 '현대판타지' 장르를 심도 깊게 조망하는 데 유용할 것으로 판단하여 분석작들을 대상으로 해당 이론을 적용해 톺아보았다.

M. 라이언은 실제세계(Actual World)와 허구세계(Fictional World)가 존재론적 위상이 같은 의미체계를 갖는다고 전제한다. 그리고 텍스트를 분석할 때 등장하는 허구세계(Textual Fictional World)를 텍스트 우주(Textual Universe)라 부르는데 그 안에는 현실세계를 모사한 공간인 텍스트 참조세계(TRW)가 들어 있고 그 중심을 텍스트 실제세계(TAW)가 차지하고 있다고 상정한다. 텍스트 참조세계(TRW)는 내포화자(또는 대체 화자)가 사는 공간이며 텍스트 실제세계(TAW)는 텍스트 참조세계(TRW)가 투사한 상(image)이 맺히는 공간이라고 보면 된다.

텍스트의 행마(行馬) 분석을 할 때는 텍스트 실제세계(TAW) 중심으로 바라보지만, 텍스트에 투사된 상(image)인 등장인물들의 행마는 실제세계(AW)를 모방하거나 재현한 텍스트 참조세계(TRW)와의 상호작용을 통해 양상을 읽어낼 수 있다. 텍스트 속 등장인물은 실제세계(AW)의 인간과 존재론적 지위가 같기 때문에 그들을 고유한 이름과 대명사를 지닌 가능한 인간(possible person)으로서 읽어낼 수 있다. 즉 가능세계이론에서는 등장인물의 위상이 독자의 상상적 독서행위를 통해서가 아니라 텍스트 내에서 결정되어지므로 등장인물의 시각에서 텍스트를 바라보는 게 가능하다. 이러한 시각에서 2장에서는 공간 속에서 벌어지는 행위의 플롯을, 3장에서는 등장인물의 행마를 자세히 들여다보았고, 4장에서는 2장과 3장의 행마와 플롯 분석을 통해 텍스트가 가지는 궁극적인 서사 의미를 사유해 보았다.

주요 분석작은 무장 작가의 『갓 오브 블랙필드』, 산경 작가의 『재벌집 막내아들』, 장탄 작가의 『보이스피싱인데 인생역전』이다. 이 밖에도 가짜 과학자 작가의 『철수를 구하시오』, 데이우 작가의 『마늘밭에서 900억을 캔 사나이』, 서인하 작가의 『로또 1등도 출근합니다』와 『치타는 웃고 있다』, 싱숑 작가의 『전지적 독자시점』 등을 주요 분석작과 대비하거나 비교함으로써 한국 현대판타지 웹소설의 전반적인 서사세계를 훑어보았다. 이들 작품을 선정한 이유는 다음과 같다. 첫째, 웹소설은 상업 콘텐츠이므로 흥행작 위주로 분석을 진행하는 것이 타당하고, 상기 작품들은 유행에 민감한 스낵컬처 시장에서도 장기간 스테디셀러로 머물고 있기 때문에 전 회차에 걸쳐 세세하게 작품 자체를 관망하는 것은 필요해 보였다. 둘째, 웹소설이 2013년에 태동한 지 올해로 십 년을 맞이한 만큼 십 년사를 조망할 수 있도록 작품 선택을 했다. 『갓 오브 블랙필드』는 2014~2016년 연재, 『재벌집 막내아들』은 2017 · 2018년 연재, 『보이스피싱인데 인생역전』은 2019 · 2020년 연재, 『마늘밭에서 900억을 캔 사나이』는 2021 · 2022년 연재작으로, 웹소설 태동기부터 현재에 이르기까지 웹소설의 경향성과 당대 시대상을 통시적으로 살펴볼 수 있는 작품들로 구성했다.

웹소설은 여러 화를 연재할수록 수익률이 높아지는 구조를 가지고 있으므로 연독률은 무엇보다 중요하다. 특히 작품의 흥행을 결정하는 지표인 연독률의 가능성을 탐지해보는 구간이 무료 회차 25화까지인 만큼 작가가 가장 공을 많이 들이는 부분이기도 하다. 추후 유료 결제율을 결정하는 구간이므로 웹소설에서 초기 서사의 향방이 무척 중요하다는 것은 주지의 사실이다. 그러므로 대부분의 선행 연구는 무료 회차 25화까지만 논의하거나 전체 회차를 다루더라도 주요 키워드 분석을 통해서만 작품을 바라보았다. 하지만 웹소설이 상업적인 것은 맞지만 완결성을 가진 서사 콘텐츠라는 사실 또한 변함이 없다. 아무리 상업 콘텐츠라 할지라도 그 자체로 의미를 내포하는 서사물이라면 작품의 전 회차를 면밀하게 파헤치는 작업은 필요하다. 그리하여 본고에서는 수년씩 연재한 작품들—오래 연재했다는 것 자체가 흥행을 증명하는 것—의 전체 회차를 대상으로 서사세계를 깊이 있게 들여다보는 작업을 했다.

이 글은 한국 현대판타지 웹소설의 여정이 등장인물 중심으로 이루어져 있으며 그중에서도 주인공의 여정에 초점이 맞추어져 있다고 보았다. 주인공은 보통 영웅으로 간주될 만하며 이들 영웅이 모험을 벌이는 서사가 한국 현대판타지 웹소설의 주요한 특징이라는 것이다. 영웅 서사는 인간의 근원적인 욕망을 건드리는 원초적 서사로서 이러한 영웅 모티프는 일찍이 할리우드에서 실험·적용된 바 있다. 할리우드의 디즈니 애니메이션 제작자인 보글러는 캠벨의 '원질신화(monomyth)'를 바탕으로 영웅의 여행 지도를 작성했다. 그러나 애니메이션과 웹소설은 같은 상업 콘텐츠라 할지라도 매체가 다르므로 형식과 서사세계 면에서 상이한 측면이 많다. 특히 스마트폰에 설치된 플랫폼을 통해 소비되는 웹소설은 유독 길이에 민감하고 단시간에 강한 자극을 이끌어야만 하는 장르이다. 그러므로 한국 웹소설의 영웅 여정은 재구성될 필요가 있었다.

이 글은 보글러의 3막 12장으로 구성된 영웅 여정을 웹소설에 걸맞게 3막 10장으로 단축했다. 모험으로의 입사를 추동하는 1막 과정을 축소시키고 모험 서사가 본격화되는 2막에 초점을 맞추었다. 2막은 웹소설의 연재 분량을 고무줄처럼 늘일 때 주로 활용되는 구간이다. 주인공이 끊임없이 새로운 모험을 진행하게 되면 자연스럽게 시련은 반복되고, 다시 모험에의 소명을 받은 후 모험으로 진입할 수 있기 때문이다. 그리하여 모험 관문을 통과해 귀환하면 주인공은 행복한 미래를 맞이하게 된다.

결말 부분에 이르면 앞으로 살아갈 미래에 대한 정보도 모두 소진되고 이제 주인공은 오직 자신의 능력치로만 인생을 헤쳐 나가야 하지만, 그동안 성공적인 모험담에 비추어 보건대 주인공의 미래는 밝다. 괜히 영웅인 게 아니다. 마지막에 삶의 자유를 얻는 해피 엔딩을 통해 이야기는 고전적 결계를 치른다.

이러한 영웅의 여정을 살펴보기 위해서 본고는 제2장에서 가능세계에서의 서사공간을 고찰했다. 한국 현대판타지 웹소설의 공간을 '회빙환'이 일어나기 전과 후로 나누고 '회빙환'이 일어나는 세계를 양립 불가능한 서사공간으로, '회빙환' 이후의 인생역전 공간을 양립 가능한 서사공간으로 상정했다. '회빙환'은 회귀와 빙의, 환생의 줄임말로 서사 초반에 일어나는 기연(奇緣)으로 인해 등장인물들의 삶이 변화하는 것을 가리킨다. 회귀는 과거로 가는 것이고, 환생이나 빙의는 과거 또는 미래, 심지어 현재와 다름없는 시간대로 이동하기도 한다. 웹소설 초반부에서 주로 일어나는 이 '회빙환'은 등장인물의 강한 소망과 의도가 반영된 것으로 실제세계에서는 대부분 일어날 수 없는 현상을 내포하고 있다. 꼭 '회빙환'이 아니더라도 '회빙환'에 준하는 기연이 이를 대체하기도 하지만 그것의 효과는 '회빙환'과 거의 동일하다고 볼 수 있다. 그럼으로써 등장인물이 서 있는 텍스트 실제세계는 우리가 사는 실제세계와 양립 불가능한 사회를 지시하게 된다.

『갓 오브 블랙필드』에서 주인공 강찬은 살해당하는 순간 블랙헤드 에너지를 몸에 흡수하게 되면서 환생이라는 기연을 맞이하게 된다. 행복한 미래를 위해서는 절대 함께 할 수 없는 구질구질하고 처참한 과거는 이렇게 절연되고, 주인공은 화려하고 멋진 삶으로 돌입한다. 『재벌집 막내아들』에서도 주인공 윤현우는 주인에게 배신당해 억울하게 죽음을 맞이한다. 원통한 마음을 하늘도 알아준 건지는 모르겠지만, 알 수 없는 이유로 그는 재벌가 막냇손자로 환생한다. 심지어 과거로 돌아간 통에 미래 정보까지 모두 쥐고서 말이다. 이렇듯 '회빙환'을 통해 변화를 겪은 주인공은 '사이다'가 터지는 시원한 공간 속으로 배치된다. 이 공간은 기연 이후에 맞이하는 우리가 겪고자(또는 만나고자) 하는 '멋진 신세계'다. 이 공간 속에서 주인공은 뜻을 펼치고 자신이 가진 역량을 맘껏 발휘한다. 그리하여 영웅으로 우뚝 서는 허구세계가 완성된다. 영웅이 가진 능력치는 이미 '회빙환'을 통해 얻어진 것이므로 그가 무한히 열려진 텍스트 대안세계(TAPW) 내에서 벌이는 행마(行馬)는 충분히 양립 가능한 세계를 시사한다. 그는 이미 천재거나 엄청난 괴력을 소지한 전사거나 지독히 안목이 좋은 사업가이기 때문에 남이 하면 기적일 일을 영웅인 주인공이 행하면 당연한 일이 된다. 그럼으로써 '회빙환' 이후의 공간은 텍스트 실제세계 내에서 재중심화(recentering) 과정을 거친 열린 세계로서 기능할 뿐만 아니라 한국 현대판타지 웹소설이 가진 장르적 조망(generic landscape)으로 읽힐 수 있다.

M. 라이언의 서사이론은 양상 실재론(modal realism)에서 영향을 받았다. 양상 실재론에서는 실제세계와 가능세계 사이에 존재론적 구분이 없기 때문에 둘 다 물질적으로 동일한 사물과 사건으로 구성된 각기 다른 양상을 지닌 실체로 파악된다. 그렇다면 허구적 서사세계 속 인물 또한 구체적이고 존재론적으로 완전한 개체일 수 있다. 왜냐하면 허구적 텍스트가 그리는 참조세계는 실제세계의 재현이기 때문이다. 그리하여 3장에서는 실제 인간과 가능한 인간이 똑같은 존재론적 위상을 가진다는 전제하에 허구세계에서 움직이는 양상을 소원, 의도, 지식, 의무의 네 가지 패턴으로 나누어 분석하였다. 그리고 그 세부 유형은 캠벨과 보글러가 제시한 인물 원형을 따랐다.

4장에서는 이러한 인물과 공간 분석을 바탕으로 한국 현대판타지 웹소설의 서사가 가진 의미를 궁구하고자 했다. 『갓 오브 블랙필드』는 밀리터리물이자 첩보물로서 프랑스 용병이었던 주인공 강찬이 상관에게 죽임을 당하던 순간, 미지의 에너지를 흡수해 과거보다 더 단련되고 강인한 체력을 가진 자로 환생, 전 세계의 정보 세계에서 일인자가 된다는 이야기다. 그 과정에서 벌어지는 여러 전투 씬과 그 안에서 피어나는 전우애 등은 자연스레 국가와 민족에 대한 애정으로 화한다. 또한 강찬으로 인해 대한민국의 위상이 올라가는 것을 보면 더욱 더 '국뽕'에 젖어들게 된다. 『갓 오브 블랙필드』에서는 민족주의가 어떻게 시대를 거듭하며 대중적으로 화했는지를 살펴보았고, 신자유주의가 보편화된 사회에서 민족주의란 세계화와 함께 동반된다는 것을 확인할 수 있었다. 한국인이 좋아하는 봉지 커피를 다른 인종, 다른 국가의 사람들이 한국 사람처럼 즐기고, 한국인인 강찬이 전 세계의 정보 세계를 좌지우지하는 리더가 되었을 때, 서사세계는 웅장하고 가슴 벅찬 나르시시즘으로 가득 차게 된다. 이는 선진국 출신의 백인 유튜버들이 주로 만드는 '국뽕 콘텐츠'를 통해서 느끼는 양가감정과도 유사하다. 별 볼 일 없다고 생각했던 한국 문화나 생활 습관이 그들이 만든 소셜 미디어 콘텐츠 안에서는 엄청나게 대단하고 훌륭한 것으로 둔갑되기 때문이다. 이제는 열등감이 아니라 자기애를 느낄 때라고 속삭이는 것은 대한민국 국민으로 살아가는 우리 마음속의 소리다.

『재벌집 막내아들』에는 이전의 한국 문학에서는 볼 수 없었던 새로운 기업가가 등장한다. 영악하게 자기 잇속을 챙길 줄 아는 호모 에코노미쿠스가 신자유주의 시대 한국 사회에서는 영웅으로 불리고 있다는 걸 깨닫게 되는 작품이다. 진도준은 회귀를 통해 얻은 능력으로 '머슴' 생활을 종결짓고 '주인'으로 거듭나게 된다. 그런데 이 작품의 서사세계는 과거에서 가져온 미래 정보가 아무리 고급이라 할지라도 이를 보는 안목과 자본 증식에 대한 기술이 없으면 절대 '주인'이 될 수 없다는 것을 보여주기도 한다. 출세와 성공은 부단한 자기계발을 통해서만 얻을 수 있다는 신자유주의적 자아를 더욱 깊게 각인하게 되며 이러한 모든 활동은 '웰빙'

이라는 한 단어로 축약된다. 세속적인 성공과 공격적 생존을 위해 달려가는 주인공의 모습은 이 시대를 살아가는 우리의 '거울 자아'로서 기능하고 있다.

『보이스피싱인데 인생역전』의 주인공 강주혁은 정말 분주하게 하루하루를 살아간다. 보이스피싱이라는 행운의 전화를 통해 인생역전의 기회를 맞이하지만 『재벌집 막내아들』의 진도준처럼 그도 부단히 자기계발을 해야만 살아남을 수 있다. 이러한 경향성은 소설을 이끌어가고 있는 게이미피케이션(gamification) 서사가 큰 몫을 하고 있다. 하나의 퀘스트를 깨면 더 어려운 단계로 진입할 수 있고, 그마저도 해치우면 게임을 클리어하게 되는 서사세계는 이 시대의 진정성이 생존주의로 변모했다는 것을 보여주는 것이자 자기혁신과 자기계발 없이는 변화하는 상황에 보폭을 맞출 수 없다는 절박감의 표현이기도 하다. 그런데 여기서 민감하게 작용하는 원칙은 기회의 균등성이다. 누군가에게 주어진 행운조차 기회이므로 그것을 박탈해서는 안 된다는 게임 규칙이 서사세계를 지배하고 있는 것이다. 이렇듯 본고는 구체적인 작품 속 주제의식을 통해 서사의미를 추출하는 작업을 진행했다. 이러한 시대 의식은 한국 웹소설이 당대의 대중문화 콘텐츠로서의 역할을 톡톡히 하고 있다는 방증임과 동시에 동시대인의 사고와 가치를 드러내는 보편적이고 주요한 매체로 활용되고 있다는 것을 증명하고 있는 것이다.

참고문헌

1. 기본자료

가짜과학자, 『철수를 구하시오』, 문피아, 2020.

데이우, 『마늘밭에서 900억을 캔 사나이』, 문피아, 2021 · 2022.

무장, 『갓 오브 블랙필드』, 마루&야마, 2014~2016.

산경, 『재벌집 막내아들』, Studio JHS, 2017 · 2018.

서인하, 『로또 1등도 출근합니다』, 라온E&M, 2019 · 2020.

______, 『치타는 웃고 있다』, 라온E&M, 2021.

싱숑, 『전지적 독자시점』, 문피아, 2018~2020.

장탄, 『보이스피싱인데 인생역전』, 문피아, 2019 · 2020.

최인호, 『상도』(개정판) 총3권, 여백, 2015.

2. 국내 논저

1) 단행본

고장원, 『SF란 무엇인가』, 부크크, 2015.

김도균, 『한국 사회에서 정의란 무엇인가: 우리 헌법에 담긴 정의와 공정의 문법』, 아카넷, 2020.

박찬기 외, 『수용미학』, 고려원, 1992.

박찬승, 『민족 · 민족주의』, 소화, 2019.

송호근 · 송북 · 김우창 · 장덕진, 『한국사회, 어디로?』, 아시아, 2017.

우승택, 『사마천의 화식열전: 2000년 전의 비밀! 부를 이룬 사람들』 1권, 참글세상, 2010.

임홍택, 『그건 부당합니다』, 와이즈베리, 2022.

케이디앤리서치, 『2020 웹소설 이용자 실태조사』, 한국콘텐츠진흥원, 2020.

2) 논문

강용수, 「우연적 연대성에 대한 연구」, 『철학논집』 39, 2014.

고경은, 『한국 웹소설의 서사모티프 연구-카카오페이지를 중심으로』, 중앙대학교 석사학위논문, 2022.
김기봉, 「역사의 거울에 비춰 본 한국인 정체성」, 『한국사학사학보』 21, 한국사학사학회, 2010.
김기현, 『한국 현대 환상문학 주인공의 인물 유형 연구: 웹소설 판타지 장르를 중심으로』, 중앙대학교 석사학위논문, 2020.
김경애, 「한국 웹소설 독자의 특성 연구」, 『한국산학기술학회논문지』, 22(7), 2021.
김명석, 「웹소설 창작론 연구」, 『우리문학연구』 77, 2023.
김미현, 「웹소설에 나타난 '회귀와 환생'의 욕망코드: 인과계층관계 분석을 중심으로」, 『미래연구』 4(2), 2019.
김석수 · 최성환 · 이한수, 「한반도 통일시대 유라시아 대륙철도 출발역 선정을 위한 연구」, 『철도저널』 24(4), 2021.
김정희, 「서사 분석 기반 주제어 설정을 통한 현대소설과 고전소설의 큐레이션 가능성-웹소설 〈울어봐, 빌어도 좋고〉, 고전소설 〈춘향전〉의 서사적 상관성을 중심으로」, 『문화콘텐츠연구』 25, 2022.
김주, 『웹소설 이용자의 이용동기와 준사회적 상호작용이 만족도와 지속적 이용의도에 미치는 영향에 관한 연구』, 원광대학교 박사학위논문, 2022.
김준현, 「웹소설 장에서 사용되는 장르 연관 개념 연구」, 『현대소설연구』 74, 2019.
______, 「웹소설의 댓글과 독자 주체성의 문제」, 『국제어문』 91, 2021.
김예니, 「웹소설의 미감과 장르교섭 양상」, 『한국문예비평연구』 64, 2019.
김홍중, 「삶의 동물/속물화와 참을 수 없는 존재의 귀여움」, 『사회비평』 제36권, 나남출판, 2007.
______, 「서바이벌, 생존주의, 그리고 청년세대: 마음의 사회학의 관점에서」, 『한국사회학』 49(1), 2015.
______, 「생존주의, 사회적 가치, 그리고 죽음의 문제」, 『사회사상과 문화』 20(4), 2017.
권경미, 「로맨스 판타지 웹소설의 신계급주의와 서사 특징-책빙의물과 회귀물을 중심으로」, 『인문과학』 84, 2022.
노희준, 「플랫폼 기반의 웹 소설의 장르성 연구」, 『세계문학비교연구』 64, 2018.
류수연, 「웹 2.0 시대와 웹소설-웹 로맨스 서사를 중심으로」, 『대중서사연구』, 25(4), 2019.

박수미,「웹소설 서사의 파격성과 보수성」,『한국문예비평연구』 75, 2022.
______,「웹소설 시스템이 서사구조에 미친 영향」,『인문과학』 87, 2022.
박지희,「한국 웹소설 『재벌집 막내아들』에 나타난 신자유주의 시대 현실 재현 양상 연구」,『인문콘텐츠』 66, 2022.
손남훈,「국뽕과 민주주의」,『오늘의 문예비평』 123, 2021.
송명진,「디지털 매체 시대의 소설 쓰기 연구」,『국제어문』 91, 2021.
안상원,「웹소설 유료화에 따른 플랫폼과 서사의 변화 양상 연구」,『한국문예창작』 16(3)(통권 41호), 2017.
______,「한국 웹소설의 회귀 모티프 연구」,『한국문학이론과 비평』 80, 2018.
______,「한국 장르소설의 마스터플롯 연구-모험서사의 변이로 본 차원이동 연구」,『국어국문학』 184, 2018.
______,「한국 웹소설 '로맨스판타지' 장르의 서사적 특성 연구」,『인문콘텐츠』 55, 2019.
______,「상상의 질료, 해체의 대상으로서의 역사-장르소설과 웹소설의 대체역사물 연구」,『민족문학사연구』 72, 2020.
______,「모험서사와 여성혐오의 결합과 독서 욕망-웹소설 호맨스 판타지 장르에 나타난 성장물의 양가성」,『이화어문논집』 53, 2021.
엄승범 · 김재우,「한국인의 사회경제적 가치관에 따른 사회경제적 지위, 기회공정성 인식, 주관적 안녕감 간의 관계」,『한국사회』 22(1), 2021,
유인혁,「한국 웹소설 판타지의 형식적 갱신과 사회적 성찰-책빙의물을 중심으로」,『대중서사연구』 26(1), 2020.
윤혜준,「아리스토텔레스 《시학》과 미메시스의 문제」,『성곡논총』 27(1), 1996.
음성원 · 장웅조,「웹소설에서의 회귀 · 환생 모티브 활용 연구-Vogler의 서사구조를 중심으로」,『문화콘텐츠연구』 25, 2022.
이병수,「남북한 민족주의 가치관의 이중성」,『통일인문학』 84, 2020.
이용기,「임정법통론의 신성화와 '대한민국 민족주의'」,『역사비평』 128, 2019.
이융희,「웹소설 시장 변화에 따른 웹소설 창작자 의식 변화 연구: 웹소설 작법서를 중심으로」,『한국문학연구』 70, 2022.
이예슬,「세상에 마냥 좋기만 한 것은 없다-국뽕의 이중성」,『오늘의 문예비평』 123, 2021.

전성규 · 곽지은, 「키워드로 본 웹소설의 10년-2013~2022년 네이버 포탈 사이트에 게시된 기사를 중심으로」, 『서강인문논총』 65, 2022.
정은혜, 『한국 웹소설의 애정서사연구』, 이화여자대학교 석사학위논문, 2016.
______, 「한국 로맨스 웹소설과 딱지본 소설의 파라텍스트에 나타난 공통점 분석」, 『인문콘텐츠』 50, 2018.
______, 「한국 웹소설의 태그 생성 구조」, 『글로벌문화콘텐츠』 47, 2021.
______, 「한국 웹소설 태그의 기호학적 분석」, 『문화와 융합』 44(4)(통권 92집), 2022.
______, 『한국 웹소설의 장르 생성 연구』, 이화여자대학교 박사학위논문, 2023.
정한울, 「'국뽕' 논란과 '헬조선' 담론을 넘어선 대한민국 자부심: 명과 암」, 『EAI 이슈브리핑』, 2020.
조수연 · 오하영, 「웹소설 키워드를 통한 이용 독자 내적 욕구 및 특성 파악」, 『한국정보통신학회논문지』, 2020.
최배은, 「한국 웹소설의 서술형식 연구」, 『대중서사연구』 23(1), 2017.
하철승, 「웹소설 연재 주기와 연독률의 상관관계 연구-웹소설 연재 사이트 문피아 연재작을 중심으로」, 『인문사회과학연구』 21(4), 2020.
______, 「웹소설 플랫폼 지표분석을 통한 흥행작품 특징 연구-문피아를 중심으로」, 『인문사회21』 12(3), 2021.
한혜원 · 김유나, 「한국 웹소설의 멀티모드성 연구」, 『대중서사연구』 21(1), 2015.
한혜원 · 정은혜, 「한국 웹 기반 여성소설에 나타난 서사적 특성 연구」, 『한국문예창작』 14(2)(통권 제34호), 2015.
향진, 『중국 웹소설 이용자의 이용동기가 만족도에 미치는 영향에 관한 연구』, 원광대학교 박사학위논문, 2021.
홍우진 · 신호림, 「고전문학 기반 웹소설의 서사 확장 방식에 대한 시론-웹소설 〈용왕님의 셰프가 되었습니다〉를 대상으로」, 『기호학연구』 68, 2021.

3) 기사

강원택 · 신창운, 〈한국인 그들은 누구인가, '대한민국 민족주의' 뜬다〉, 《중앙일보》, 중앙일보사, 2005.10.13.
양태삼, 〈코로나 탓에… 국내 외국인 수, 200만 명 밑으로 떨어졌다〉, 《연합뉴스》, 연합뉴

스통신사, 2022. 1. 26.
장덕진, 〈한국인은 안보와 성장 중시하는 물질주의자들 많다〉, 《중앙일보》, 2019. 7. 1.

3. 국외 논저

1) 단행본

Baggini, J., 『에고 트릭: '나'라는 환상, 혹은 속임수를 꿰뚫는 12가지 철학적 질문』, 강혜정 옮김, 미래인, 2012.
Barthes, R., 『S/Z』, 김웅권 옮김, 연암서가, 2015.
Becker, E., 『죽음의 부정』, 노승영 옮김, 한빛비즈, 2019.
Bezemer, J. · Kress, G., 『다중양식, 학습, 그리고 의사소통: 사회기호학적 프레임』, 안미경 옮김, 한국외국어대학교 지식출판콘텐츠원, 2020.
Brown, B., 『(완벽을 강요하는 세상의 틀에) 대담하게 맞서기』, 최완규 옮김, 명진출판, 2013.
Campbell, J., 『천의 얼굴을 가진 영웅』, 이윤기 옮김, 민음사, 2009.
Chomsky, N. · 장영준, 『촘스키의 통사구조』, 알마, 2016.
Dardot, P. · Laval, C., 『새로운 세계합리성: 신자유주의 사회에 대한 에세이』, 심세광 · 전혜리 옮김, 그린비, 2022.
Fink, E., 『니이체 哲學』, 하기락 옮김, 형설출판사, 1984.
Foucault, M., 『생명관리정치의 탄생』, 심세광 · 전혜리 · 조성은 옮김, 난장, 2012.
Graeber, D., 『가치이론에 대한 인류학적 접근: 교환과 가치, 사회의 재구성』, 서정은 옮김, 그린비, 2009.
Hood, B., 『지금까지 알고 있던 내 모습이 모두 가짜라면?』, 장호연 옮김, 중앙북스, 2012.
Illouz, E., 『감정 자본주의』, 김정아 옮김, 돌베개, 2010.
Jauβ, H. R., 『挑戰으로서의 文學史』, 장영태 옮김, 문학과지성사, 1983.
Lefebvre, H., 『공간의 생산』, 양영란 옮김, 에코리브르, 2014.
Lie, J., 『한없는 한』, 이윤청 옮김, 소명출판, 2022.
McGonigal, J., 『누구나 게임을 한다』, 김고명 옮김, 랜덤하우스코리아, 2012.
Mckee, R., 『시나리오, 어떻게 쓸 것인가 Ⅰ』, 고영범 · 이승민 옮김, 민음인, 2018.

Nozick, R., 『아나키에서 유토피아로』, 남경희 옮김, 문학과지성사, 2005.
Nunning, A and V., 『서사론의 새로운 연구방향』, 조경식 · 권선형 · 김경희 · 김현진 · 배정희 · 송연정 · 안소현 옮김, 한국문화사, 2018.
Smiles, S., 『자조론』, 김유신 옮김, 21세기북스, 2006.
Storr, W., 『지위 게임』, 문희경 옮김, 흐름출판, 2023.
Todorov, T., 『환상문학 서설』, 최애영 옮김, 일월서각, 2013.
Tuan, Y., 『공간과 장소』, 구동회 · 심승희 옮김, 대윤, 2011.
Ross, E. K., 『죽음과 죽어감』, 이진 옮김, 청미, 2018.
Ryan, M., *Possible Worlds, Artificial Intelligence and Narrative Theory*, Indiana Univ. Press, 1991.
Vogler, C., 『신화, 영웅, 그리고 시나리오 쓰기』, 함춘성 옮김, 비즈앤비즈, 2022.
Kendall L. W., 『미메시스: 믿는 체하기로서의 예술』, 양민정 옮김, 북코리아, 2019.

2) 논문

Ryan, M., "The Text as World versus the Text as Game: Possible Worlds Semantics and Postmodern Theory", *Journal of literary semantics*, JULIUS GROOS, Vol. 27, No. 3, 1998.
________, "What are characters made of? Textual, Philosophical and "world" approaches to character ontology", *Neohelicon, Springer Nature*, Vol. 45, No. 2, 2018.

3) 인터넷 사이트

네이버 IT 용어 사전, 웹 2.0, https://terms.naver.com/entry.naver?docId=865296&cid=42346&categoryId=42346
Wikipedia, Marie-Laure Ryan, https://en.wikipedia.org/wiki/Marie-Laure_Ryan
나무위키, 웹 3.0, https://namu.wiki/w/%EC%9B%B93.0
________, 2015 대종상 논란, https://namu.wiki/w/2015%20%EB%8C%80%EC%A2%85%EC%83%81%20%EC%8B%9C%EC%83%81%EC%8B%9D%20%EB%85%BC%EB%9E%80

찾아보기

ㅂ

ㅅ

ㅇ

ㅈ

ㅊ

한국 웹소설의 서사세계

2024년 12월 27일 초판 1쇄 펴냄

지은이 박지희
펴낸이 김흥국
펴낸곳 보고사

책임편집 김태희
표지디자인 김규범

등록 1990년 12월 13일 제6-0429호
주소 경기도 파주시 회동길 337-15
전화 031-955-9797(대표)
팩스 02-922-6990
메일 bogosabooks@naver.com
홈페이지 http://www.bogosabooks.co.kr

ISBN 979-11-6587-759-0 (93810)

정가 20,000원